폭풍의 시대 1권

폭풍의 시대 1권

초판1쇄 인쇄 | 2023년 3월 7일
초판1쇄 발행 | 2023년 3월 15일

지은이 | 이원호
펴낸이 | 박연
펴낸곳 | 한결미디어

등록 | 2006년 7월 24일(제313-2006-000152호)
주소 | 서울시 마포구 모래내로 83 한올빌딩 6층
전화 | 02-704-3331
팩스 | 02-704-3360
이메일 | okpk@hanmail.net

ISBN 979-11-5916-171-1 979-11-5916-170-4(set) 04810

ⓒ한결미디어

폭풍의 시대

1권
대통령

이원호 지음

한결미디어

저자의 말

'영웅시대'는 이번 11부 '폭풍의 시대'로 이광의 파란만장한 이야기가 막을 내립니다.

2017년 8월 25일 1부가 출간된 후에 6년 만에 마치게 되었습니다.

'영웅시대'는 처음에 기업소설로 시작되었습니다. 주인공 이광의 군시절부터 회사에 입사한 후에 사원, 과장대리, 과장, 부장, 회장을 거쳐 뻗어나가게 된 것입니다. 이것이 마침내 6년간 11부 31권의 소설로 만들어졌습니다.

11부 '폭풍의 시대'는 이광의 '대통합'을 의미합니다. 남북한 통일과 이어서 옛 고구려 영토를 회복하는 '고구려성'의 등장, 나아가서 중국의 통합까지 이루는 대업을 성취하게 됩니다. '최고통치자'란 바로 그것을 말합니다.

'영웅시대'는 각 부(部)가 주인공 이광을 중심으로 다른 이야기가 전개되었기 때문에 따로 읽어도 불편하지 않을 것입니다.

한민족사(韓民族史) 5천 년 동안 고구려시대를 제외하고 단 한 번도 한반도 밖으로 진출하지 못했던 한민족이었습니다.

지금은 중국 정부가 '동북공정'을 완성시켜 고구려 역사를 중국 역사에 편입시켜놓은 상황입니다. 우리는 고구려를 신라, 백제와 더불어 한민족의 삼국

시대(三國時代)로 배우지만 중국역사는 다릅니다. 역사는 승자의 기록입니다. 강자(强者)의 기록이기도 합니다.

남북한을 통일한 이광이 중국의 동북 3성을 고구려성으로 통합, 김정은을 성장(省長)으로 영입하고 마침내 중국의 '최고통치자'가 된다는 것이 '폭풍의 시대' 줄거리입니다.

실명(實名)에다 줄거리에 살을 붙여 쓴 픽션소설이나 문득 일체유심조(一切唯心造)를 떠올립니다.
-모든 일은 오직 마음먹기에 달려있다.-
소설은 -가능한 일의 기록-이라고도 했습니다.
우리, 꿈을 꿉시다. 꿈을 꾸는 것은 희망을 의미합니다. 꿈 없는 인생은 삭막하고 미래를 포기한 것이나 같습니다.
나는 '영웅시대'를 그렇게 써서 여러분과 함께 꿈을 나누고 싶었습니다.
감사합니다.

2023년 2월 10일 이원호 드림

차례

1장
대선준비

"아, 예."

놀란 강윤호가 외마디 대답부터 하고는 바로 앉았다.

이광을 응시하고 있지만 어느덧 눈이 흐려진 상태다.

이광이 이제는 잠자코 시선만 주었기 때문에 강윤호가 마침내 입을 열었다.

"아, 그러시군요."

"놀란 모양이네요."

"그렇습니다, 회장님."

"대답을 해주시겠소?"

"합니다."

그렇게 대답한 강윤호의 흐려진 눈동자에 초점이 잡혔다.

"해야지요."

"시작을 했으면 목표를 달성할 겁니다."

"당연히 그래야 합니다."

"내가 정치는 안 했지만, 생리는 압니다."

"많이 밖에서 겪으셨겠지요."

"내부가 많이 썩어서 이대로 방관할 수가 없었습니다."

"그렇습니다."

"북한도 마찬가지입니다. 이 기회에 대한민국이 새롭게 태어나야 합니다."

"제가 신명을 다해서 돕겠습니다."

"그런 말씀을 들으니까 내가 백만 원군을 얻은 것 같습니다."

그러고는 이광이 의자에 등을 기댔다.

이광과 강윤호의 대담은 그야말로 물 흐르듯이 막히지 않고 일사천리로 진행되었다.

그때 안학태가 입을 열었다.

"의원님, 회장님께선 의원님께 처음으로 말씀을 꺼내신 것입니다."

다가선 고성욱이 김여정을 보았다.

오전 10시, 당 비서국의 국장실 안.

고성욱은 김여정의 심복이다, 직책은 대외사업부장, 48세. 간부치고는 젊은 층에 속하지만, 33세인 김여정보다는 15살 연상이다.

부부장실 안에는 둘뿐이다.

"드릴 말씀이 있습니다, 국장 동지."

"말해."

"옌지에 있는 대외사업국 지사장한테서 연락이 왔습니다."

김여정은 시선만 주었다.

차분한 표정. 김여정은 두말할 것 없이 권력의 실세다.

지도자 김정은의 여동생. 목표는 김정은이 세우지만, 세부 지시, 집행은 김여정이 수행해왔다.

김여정이 절대 권력자다.

그때 고성욱이 말을 이었다.

"리스타에서 연락이 왔습니다. '리스타 아프리카' 사장인 이동욱이란 자가 지

사장에게 연락해왔습니다."

"뭔데?"

"리스타 그룹 비서실장 안학태가 국장님과의 면담을 요청해왔습니다."

"안학태가?"

김여정이 숨을 들이켰다. 안학태를 김여정이 모를 리가 있겠는가.

북한 체제에서 보면 이광 회장을 최측근에서 보좌하는 비서실장 안학태가 리스타의 이인자다. 해밀턴보다도 윗선으로 친다.

김여정이 긴장했다.

"나하고의 면담을 요청해?"

"예, 국장 동지."

"지도자 동지를 만나는 것이 아니라?"

"예, 국장 동지."

"무슨 일인데?"

"한반도의 미래에 대해서 이광 회장의 지시를 받고 면담을 요청한다는 겁니다."

"나한테?"

"예, 비밀 면담을 강조했습니다."

고성욱이 말을 이었다.

"허락하신다면 안학태 씨가 평양으로 오겠다고 합니다."

"비밀리에 말이지?"

"예, 국장 동지."

그러자 눈을 치켜떴던 김여정의 눈빛이 흐려졌다.

"내가 지도자 동지께 말씀드릴 테니까, 기다려."

지도자 동지를 움직일 사람은 김여정이다.

도쿄에 있던 안학대가 이동욱의 보고를 받았을 때는 오후 5시 무렵이다.

이동욱은 지금 옌지에서 통화를 한다.

"내일 평양에 오시면 만나 뵙겠답니다."

이동욱이 말을 이었다.

"김여정 국장이 공항에 나오겠다고 했습니다."

안학태가 바로 대답했다.

"그럼 베이징을 통해서 들어가야겠군."

도쿄에서 바로 날아가면 표시가 난다.

다음 날 오후 2시 반.

리스타 마크를 붙인 리스타 전용기가 평양 순안 공항에 착륙했다.

전용기에서 내린 안학태를 김여정이 맞는다.

엄격히 보도 통제를 했기 때문에 주위에는 김여정 일행뿐이다.

"잘 오셨어요."

김여정이 웃음 띤 얼굴로 인사를 했다.

"아이구, 이렇게 나와 주셔서 영광입니다."

안학태가 김여정이 내민 손을 쥐면서 따라 웃었다.

"앞으로 자주 뵙게 되기를 바랍니다."

안학태는 20여 명의 수행원을 대동했기 때문에 일국의 통치자 같다.

비공식 비밀 회담이었기 때문에 그들은 곧 차에 올라 초대소로 향했다.

좀 쉬고 나서 오후 5시.

초대소의 응접실에서 안학태와 김여정, 둘이 독대하고 있다.

안학태의 요구로 모두 물리친 것이다.

이제는 긴장한 김여정의 얼굴에 웃음기가 지워져 있다.

그때 안학태가 입을 열었다.

"남북한 분위기가 심상치 않습니다. 특히 남쪽은 내년 대선을 기회로 남북한의 체제를 바꾸려는 것 같습니다."

김여정이 눈만 크게 떴고 안학태가 말을 이었다.

"대통령 비서실장 윤필성이 내년 대선에 부통령으로 지명되었습니다. 알고 계시지요?"

"알고 있습니다."

"한국 법으로 대통령이 유고시에는 부통령에게 대통령직이 이양됩니다."

"……."

"윤필성은 이미 사전 준비를 했고 북한에도 동조자가 있습니다. 바로 선전선동부장 우명수와 그 심복인 고동표지요. 그들은 옌지를 기반으로 수십 명의 군 장성, 간부들을 포섭해놓았습니다."

"……."

"윤필성이 이민 자금에서 횡령한 자금을 고동표에게 넘겨 포섭 자금으로 사용하게 한 것입니다."

고개를 든 안학태의 얼굴에 쓴웃음이 번졌다.

"그래서 우리 회장께서 내년 한국 대통령에 출마하실 계획입니다."

순간, 김여정이 놀란 듯 눈을 크게 떴다.

그때 안학태가 말을 이었다.

"그것이 한국은 물론이고 남북한 관계에도 이로울 것 같다고 판단하신 것입니다."

김여정이 고개를 끄덕였다.

"알려주셔서 감사합니다."

그러더니 덧붙였다.

"바로 지도자 동지께 말씀드리겠어요."

오후 11시 반.

이 시간은 김정은이 활발하게 일하는 시간이다.

이곳은 대동강 변의 제2초대소 안.

김여정한테서 이야기를 들은 김정은이 고개를 들었다.

눈이 흐려져 있다.

"우명수의 반란이냐?"

"은밀하게 조사해본 결과, 안학태의 말이 맞습니다."

김여정이 탁자 위에 놓인 서류를 눈으로 가리켰다.

안학태가 전해준 우명수에게 포섭된 일당 리스트다. 수십 명의 고위직 장군, 간부들의 이름과 포섭된 자료가 적혀 있다.

그때 김정은이 고개를 끄덕였다.

"적극 협조하겠다고 전해라, 그리고."

김정은이 이제는 초점이 잡힌 눈으로 김여정을 보았다.

"내가 이 회장을 믿고 있다고도 전해."

"알겠습니다."

고개를 끄덕인 김여정이 김정은을 보았다.

여전히 굳은 표정이다.

"내부의 반란자들은 어떻게 처리하는 게 좋겠습니까?"

방 안에는 여기서도 둘뿐이다.

다른 사람은 아무도 믿지 않는다는 증거다.

그래서 지금까지 집권을 이어갈 수 있었다.

배신은 최측근이 한다. 우명수의 경우가 그것을 증명하고 있다.

그때 김정은이 어깨를 부풀렸다가 내렸다.

"호위총국장도 믿을 수 없어."

"제 생각도 그렇습니다."

김여정이 목소리를 낮췄다.

"우명수를 치면, 장성달이 갑자기 득세하게 될 것입니다."

"그렇다고 보위부장 박준일이나 무력부장 조경만을 내세운다면 혼란이 일어날 거다."

김여정이 고개를 끄덕였다.

집권한 지 6년이지만, 아버지 김정일 옆에서 7, 8년 동안 통치술을 보아온 김정은이다.

고개를 든 김정은이 김여정을 보았다.

"안 실장한테 가서 전해."

"예, 오빠."

"이동욱이를 내 옆으로 보내달라고 해."

숨을 들이켠 김여정을 향해 김정은이 말을 이었다.

"이 회장과의 연락책 역할이 있어야겠다. 그리고 또."

김정은의 두 눈이 번들거렸다.

"내부 정리에도 이동욱의 역할이 필요하다고 전해."

김여정이 고개를 끄덕였다.

김정은도 이동욱의 전력을 아는 것이다.

이동욱이 해밀턴의 전화를 받은 것은 오전 9시 무렵이다.

이동욱은 옌지의 안가에서 통화를 한다.

"리, 심복 3명만 데리고 평양에 들어가도록 해."

대뜸 해밀턴이 말했기 때문에 이동욱은 전화기만 고쳐 쥐었다.

응접실 안에는 안명호와 장영남이 와 있다.

해밀턴이 말을 이었다.

"옌지 공항에서 고려 항공을 타고 입국하면 된다."

"옌지에서 평양으로 가는 비행기가 있습니까?"

엉겁결에 이동욱이 물었을 때 해밀턴이 짧게 웃었다.

"고려 항공 비행기가 모레 10시에 그곳에 갈 거다. 널 실어가려고 비행기가 그곳에 가는 거야."

"가서 뭘 합니까?"

"김정은 위원장의 보좌관이 되는 거다."

순간, 숨을 들이켠 이동욱의 귀에 해밀턴의 목소리가 울렸다.

"김 위원장이 직접 널 원한 거야."

"저를 말씀입니까?"

"어제 안 실장한테 김여정이 전달했어."

"알겠습니다."

"네가 연락책 겸 위원장의 보좌역으로 신변 안전까지 맡게 되는 거야."

"알겠습니다."

"해보겠지?"

"당연하지요."

숨을 들이켠 이동욱이 길게 뱉었다.

"절 택하셨다니 영광입니다."

안학태가 돌아온 것은 그다음 날이다.

2박 3일간 평양 방문 일정을 마치고 돌아온 것이다.

이광의 숙소인 긴자의 저택에서 안학태가 보고했다.

"김 위원장이 적극 돕겠다고 했습니다."

이광이 고개만 끄덕였고 안학태가 말을 이었다.

"이동욱은 내일 중으로 평양에 들어가 위원장을 만날 것입니다."

"이제 시작이군."

"예, 회장님."

안학태가 생기 띤 눈으로 이광을 보았다.

"남북한 양쪽에서 작업이 시작된 것이나 같습니다."

이곳은 서울, 여의도의 일식당 '도쿄'에서 민국당 의원 강윤호가 양기선, 조병구와 둘러앉아 있다.

셋은 같은 민국당 의원으로 '신한회' 멤버. 신한국을 건설해보자는 비밀 모임인 것이다.

"우리 셋을 중심으로 세를 불리기로 하지. 일단 점조직으로 움직여야 돼."

강윤호가 말하자 양기선이 고개를 끄덕였다.

"한 달 안에 30명을 확보하는 거야. 그러면 눈덩이가 굴러가는 것처럼 될 거야."

양기선의 얼굴에 쓴웃음이 번졌다.

"강자(强者)에 붙는 것은 자연스러운 일이니까."

"이 회장을 내세우면 승산이 있어. 하지만 대통령 세력의 방해가 만만치 않을 거야."

조병구가 말을 이었다.

"15명쯤 되면 그 소문이 번질 텐데, 막을 수가 없어. 그럼 윤필성의 공작이 시작될 거야."

"그러면 여론전이 시작되는 거지."

강윤호가 둘을 번갈아 보았다.

"그 여론으로 의원들이 동모하게 될 테니까. 그러면 그 가능성을 나름대로 계산하고 결정할 계기가 되는 거야."

"리스타가 그때는 전면에 나서겠지?"

양기선이 묻자 강윤호가 고개를 끄덕였다.

"물론이지, 리스타가 곧 한민족, 대한민국의 희망으로 나타날 테니까."

그 시간에 이동욱이 대동강 변의 제2초대소에서 김정은의 앞에 서 있다.

옆에 선 김여정이 김정은에게 소개했다.

"위원장님, 이동욱 씨가 왔습니다."

그때 이동욱이 고개를 숙였다.

"이동욱입니다."

"잘 왔어."

김정은이 고개를 끄덕이면서 앞쪽 소파를 눈으로 가리켰다.

"거기 앉아."

"감사합니다."

이동욱이 김여정과 자리에 앉았을 때 김정은이 지그시 시선을 주었다.

"내가 왜 동무를 필요로 하는지 아나?"

"예, 각하."

"각하?"

되물은 김정은의 얼굴에 웃음이 떠올랐다.

"남조선에서는 대통령을 각하라고 하나?"

"아닙니다. 옛날에 그랬고 지금은 대통령님이라고 합니다."

"그렇군. 어쨌든 각하라는 호칭도 괜찮다. 그렇게 해라."

"예, 각하."

"네가 왜 이곳에 온 것 같나?"

"측근들을 믿지 못하시기 때문입니다, 각하."

"그렇지. 부끄러운 일이야."

고개를 끄덕인 김정은이 말을 이었다.

"그리고 또 있어. 아나?"

"예, 각하. 리스타와의 연락 업무로 제가 필요하신 것입니다."

"그렇다."

김정은이 이번에는 길게 숨을 뱉었다.

"그리고 또 있다."

"……."

"반역자를 처단하는 과업을 너한테 맡기려는 거야."

이동욱은 대답하지 않았다.

예상은 했다.

"최명철입니다."

부동자세로 선 장교가 이동욱에게 경례를 했다.

상좌 계급장을 붙이고 있다. 허리에는 권총을 찼고 가슴에는 훈장이 가득 붙어있다.

두 명. 둘 다 30대 후반쯤.

"박태진입니다."

그 옆에 선 장교가 이어서 인사를 했다.

이동욱이 계속해서 고개만 끄덕였다.

이곳은 제2초대소 안의 보좌관실, 이동욱의 방이다.

이동욱의 앞에 선 장교 2명은 김정은이 배속시킨 부관이다. 보좌관의 부관인 셈이다.

"거기 앉아."

이동욱이 눈으로 옆쪽 소파를 가리켰다.

둘이 나란히 자리에 앉았을 때 이동욱이 입을 열었다.

"나를 상관으로 모시는 것에 거부감이 있을지도 모르겠군."

이동욱의 얼굴에 웃음이 떠올랐다.

"그렇지 않나?"

"아닙니다, 보좌관 동지."

최명철이 상반신을 세우고 이동욱을 보았다. 정색하고 있다.

"저희는 지도자 동지의 지시를 받았습니다. 보좌관 동지의 지시만을 따르라고 하셨습니다. 모시게 되어서 영광입니다."

이동욱이 고개를 끄덕였다.

최명철과 박태진은 이동욱의 행동대 역할을 맡게 되었다.

김정은한테서도 언질을 받았을 것이다.

선전선동부장 우명수는 현재 연금 상태다.

사흘 전, 아침에 갑자기 경호대가 방문했다.

자택에서 출근 준비를 하던 우명수에게 경호대 장군 한성일이 말했다.

우명수는 한성일하고 안면이 있다.

응접실에서 망연자실한 얼굴로 서 있는 우명수에게 한성일이 말했다.

"이 시간부터 동무는 가택 연금을 합니다. 동무는 자택에서 밖으로 나갈 수 없습니다. 그리고 가족도 마찬가지입니다."

한성일이 말을 이었다.

"밖으로의 통신도 금지합니다. 전화, 휴대폰은 몰수하고 TV, 라디오 시청도 금지합니다."

이것이 가택 연금이다.

선전선동부 부부장 고동표가 경호대에 연행된 것은 오전 10시쯤이다.

경호대는 친위대로도 불리는 김정은 직속의 경호부대다.

대원은 20여 명. 모두 소좌에서 대좌까지의 고급 장교로 김정은의 신변 경호를 전담하는 '그림자부대'다. 그중 둘이 이동욱의 부관이 된 것이다.

고동표는 사무실에서 연행되어 주석궁의 부속 건물인 별관 2호 동으로 옮겨 왔다.

빈방에 혼자 남겨진 고동표가 10분쯤 앉아있었을 때 문이 열리면서 사내 하나가 들어섰다.

그 뒤를 사내 둘이 따른다. 앞장선 사내를 본 고동표가 숨을 들이켰다.

이동욱인 것이다.

고동표는 이동욱의 자료를 읽을 수 있는 신분이다.

그때 앞쪽에 앉은 이동욱이 고동표를 보았다.

"고동표 씨가 지금까지 포섭한 당 간부, 군 장성들의 명단을 확인해야겠어요."

이동욱이 억양 없는 목소리로 말을 이었다.

"여기에 적어서 제출해주시지요."

앞에 놓인 종이와 펜을 고동표 앞으로 밀어 놓았다.

"잘 아시겠지만, 나도 자료를 갖고 있으니까 일부러 누락시킨다면 그 책임을 지게 될 겁니다."

고동표는 앞에 놓인 백지를 응시한 채 움직이지 않았다.

잠깐 동안 머릿속이 앞의 백지처럼 하얗게 되었기 때문이다.

오후 6시 반.

초대소의 식당에서 김정은과 이동욱, 김여정 셋이서 식사를 하고 있다.

이동욱이 평양에 도착한 지 사흘째가 되는 날이다.

김정은이 웃음 띤 얼굴로 이동욱을 보았다.

"네가 와서 든든하다."

이제 김정은은 자연스럽게 말을 놓는다.

수저를 내려놓은 김정은이 말을 이었다.

"고동표가 자백한 반역자들은 모두 보위부에서 체포했다는 보고를 받았다."

일사불란하고 전격적인 체포 작전이다. 숙청에 이골이 난 터라 움직임이 전광석화 같다.

이제 북한의 권력자들은 벌벌 떨고 있을 것이다. 숨도 죽이고 다음 순서를 기다리고 있다.

그때 김정은이 말을 이었다.

"고동표, 우명수의 최종 목표가 무엇이었는지를 알아내야 되겠지."

정색한 김정은이 이동욱을 보았다.

"우명수가 남조선의 윤필성과 모의한 내용을 알아내는 중이야."

"예, 각하."

고개를 든 이동욱이 김정은을 보았다.

"한국에도 그 정보가 들어갔을 것입니다."

"윤필성이 도망칠까?"

"그럴 리는 없겠지요."

"대통령이 체포할 수는 없겠지?"

"한국에서는 힘듭니다."

"그놈도 반역자 아닌가? 더구나 리스타 자금까지 횡령한 놈 아닌가?"

"그것도 증거를 확보한 후에 고발하는 절차를 밟아야 합니다."

"답답하군."

쓴웃음을 지은 김정은이 고개를 끄덕였다.

"이 회장님이 대통령에 입후보하는 이유를 알 것 같다."

그때 김여정이 말했다.

"오늘 밤에 옌지에서 청소 작업이 있을 겁니다. 우명수의 선전선동부 조직이 숙청됩니다."

김여정이 말을 이었다.

"그러니까 이 보좌관도 옌지의 리스타 관계자한테 연락을 해주시죠."

"알겠습니다."

"그리고."

고개를 든 김여정이 이동욱을 보았다.

"양철기 상장을 만나셨지요?"

"예, 만났습니다."

"양철기도 소환해서 해명을 들었습니다."

이동욱이 고개를 끄덕였다.

자신이 김정은의 보좌관이 된 이상, 양철기는 반역자로 몰릴 수는 없을 것이다. 반역자가 된 우명수의 적대 세력이었던 양철기는 우군이 된다.

그때 김정은이 입을 열었다.

"이제는 남조선과 손발을 맞출 때다."

"북한에서 정변이 일어난 겁니다."

천기수가 말을 이었다.

"그렇게 볼 수밖에 없습니다."

청와대 비서실장실 안.

윤필성과 천기수가 머리를 맞대고 있다.

오후 7시 반, 퇴근 시간이 지났지만 둘은 아직도 청와대에 남아 있다.

윤필성이 고개를 들었다.

"고동표하고 연락이 끊겼어?"

"예, 선전선동부와 연락이 안 됩니다."

옌지의 선전선동부를 말한다.

그때 천기수가 목소리를 낮췄다.

"실장님, 전 대표를 만나보시지요."

윤필성의 시선을 받은 천기수가 말을 이었다.

"야당이 이것을 기회로 분위기를 반전시키려고 할 테니까요."

천기수는 윤필성의 제갈공명이다.

윤필성의 두뇌 역할로 지금까지 아이디어를 내놓았다.

북한 우명수와의 연합 계획도 천기수의 착상이었다.

윤필성이 고개를 끄덕였다.

"연락해서 나 바꿔줘."

전인명은 여당인 민국당의 대표다.

62세. 5선 위원으로 대통령 유준상의 신임을 받는 인물이다.

그 전인명이 윤필성의 전화 한 통으로 약속한 일식당으로 나왔다. 그것도 두 시간 전의 약속으로.

이태원의 일식당 '전원'의 방 안.

윤필성과 전인명이 마주 보고 앉아있다.

윤필성이 먼저 입을 열었다.

"전 대표님, 내년 대선에서 야당은 박상윤 씨가 후보가 되겠지요?"

"그럴 겁니다."

전인명이 고개를 끄덕였다.

"4년 동안 절치부심해왔으니까 다른 후보들은 조연으로 시청률이나 올려주게 되겠지요."

박상윤은 4년 전 대선에서 현 대통령 유준상에게 패배했고 이번에 다시 도전할 예정이다.

그때도 50만 표의 차이로 패배했으니 전략만 잘 세우면 승산이 있는 것이다.

그때 윤필성이 물었다.

"대표님, 리스타가 남북한 관계에 너무 개입하는 것 같지 않습니까?"

"무슨 말씀입니까?"

젓가락을 내려놓은 전인명이 윤필성을 보면서 되물었다.

"리스타가 남북한 이민을 아프리카로 데려가는 대작업을 하고 있지 않습니까? 그런데 개입한다니?"

"남북한 관계에 끼치는 영향력으로 주도권을 잡으려는 것 같습니다."

"어떤 주도권 말입니까?"

"남북한의 정치에 대한 주도권 말입니다."

"그럴 리가."

고개를 기울였던 전인명이 윤필성을 보았다.

"지금까지 리스타는 전혀 남북한 정치에 관여하지 않았습니다. 그런데 갑자기."

"중국 쪽에서 그런 분위기가 보입니다."

전인명의 시선을 받은 윤필성이 말을 이었다.

"내가 받은 정보인데, 한국에 우호적인 북한 고위층이 중국에서 실종되고 있다는 겁니다."

"……."

"그것을 조종하는 것이 리스타라는 겁니다."

"도대체 왜 그러는지 알 수가 없죠."

당 대표인 전인명은 윤필성이 비서실장으로 최고급 비밀에 접근할 수 있다는 것을 안다.

윤필성은 지금 전인명에게 리스타의 위험성을 전파하고 있다.

그때 윤필성이 입을 열었다.

"리스타가 정치에 참여하지 못하도록 법안을 만들어주셔야겠습니다."

"법안을?"

"국가와 국민을 위해서 필요합니다."

"국민을 위해서……."

"국민들도 당연하다고 생각할 겁니다."

윤필성이 정색하고 전인명을 보았다.

한국은 법으로 규제하면 꼼짝 못 한다. 국회의원 하나가 김정은 역할을 할 수 있는 것이다. 여당 의원 130명이 뭉치면 김정은 130명이 된다.

윤필성이 말을 이었다.

"이것은 대통령님의 뜻입니다, 대표님."

긴장한 전인명에게 목소리를 낮췄다.

"리스타 임직원의 정치 개입을 금지하는 법안을 상정시켜주시지요."

다음 날 오전.

국회에 나온 전인명이 원내 부대표 김훈을 불렀다.

김훈은 전인명의 최측근이다.

대표실에서 둘이 마주 보고 앉았을 때 전인명이 말했다.

"어젯밤에 윤 실장을 만났는데, 리스타 임직원의 정치 개입을 금지하는 법안을 통과시켜 달라는데."

"윤 실장이 말입니까?"

김훈은 3선 의원으로 행동력이 강하다.

눈을 치켜뜬 김훈이 전인명을 보았다.

"대통령의 말씀이라고 했지요?"

"맞아."

"하긴, 소문이 돌고 있습니다."

김훈의 얼굴에 쓴웃음이 번졌다.

"이 회장이 내년 대선에 출마한다는 것입니다."

"나도 들었어. 그래서 그런가?"

"윤 실장이 그런 이야기는 안 합니까?"

"남북 간 관계가 불안하다느니, 북한 고위층들이 중국에서 실종되고 있다느니 하고 횡설수설하면서 그래."

"대표님은 어떻게 하실 겁니까?"

"그래서 내가 당신한테 묻잖아?"

이맛살을 찌푸린 전인명이 김훈을 보았다.

"이거, 괜히 일 만드는 거 아냐?"

"강윤호 의원한테 가서 상의해보시지요."

"강윤호한테?"

"강 의원이 아프리카 이민 업무를 하고 있으니까 의견을 들어보시는 것이 나을 것 같습니다."

전인명이 고개를 끄덕였다.

강윤호를 찾아간 김훈이 둘이 있게 되었을 때 말했다.

"어젯밤, 윤필성이 전 대표를 만나서 이 회장의 정치 참여를 금지하는 법안 상정을 부탁했다는 거야. 대통령의 지시였다는군."

강윤호는 듣기만 했고 김훈이 말을 이었다.

"북한 상황이 불안하다느니 어쩌느니 하다는 정보가 샜나?"

김훈의 시선을 받은 강윤호가 쓴웃음을 지었다.

김훈도 이번에 이광을 대통령으로 추대할 계획인 것이다.

이제는 핵심 멤버가 되어서 활동하고 있다.

그때 강윤호가 말했다.

"법안 발의는 몇 사람 시켜서 하겠지만, 비밀 투표니까 부결될 거야."

"어쨌든 서둘러야 돼."

김훈이 말을 이었다.

"탈당 일자를 당길 필요가 있어."

"정보가 윤필성에게 새나간 것 같습니다."

안학태가 이광에게 보고했다.

"윤필성이 리스타 임직원의 정치 참여 금지법을 상정시키라는 건, 우리들의 급소를 노린 것이지요."

안학태의 얼굴에 쓴웃음이 번졌다.

"이제는 속도전이 되었습니다."

"적이 누군가를 아는 것이 중요해."

고개를 끄덕인 이광이 말을 이었다.

"한국은 윤필성, 북한은 우명수다."

"유준상 대통령이 어디까지 개입하고 있는지 알 수 없습니다."

"내 생각은 윤필성이 대통령을 속이고 있는 거야."

이광이 정색하고 안학태를 보았다.

"대통령 유고를 노린 놈이니까 그럴 만하지 않겠나?"

"그렇긴 합니다만……."

말끝을 흐린 안학태가 이광의 시선을 맞받았다.

"알고도 윤필성의 행동에 동조할 이유도 충분하지 않습니까?"

"어쨌든 나도 정면에 나서야겠어."

이광이 말을 이었다.

"그래야 국민들에게 나를 있는 대로 보여줄 수 있지 않겠나?"

안학태가 어깨를 늘어뜨렸다.

이광은 있는 그대로 드러내어서 심판을 받겠다는 것이다.

자신감이 있기 때문이기도 하지만, 정치는 이광에게 미지의 영역이다.

기업과는 전혀 다른 세상인 것이다.

그날 밤, 도쿄 긴자의 안가에 또 한 사람의 한국인이 도착했다.

한창열, 68세. 10년 전에 대통령 비서실장을 지낸 정치계의 거물. 지금은 은퇴해서 변호사로 지내다가 안학태가 보낸 특사와 함께 날아온 것이다.

한창열은 민국당의 전신인 민한당의 대표도 지냈다. 별명이 '사꾸라', 나쁘게 표현하면 이쪽저쪽으로 오가는 철새이고 좋게 말하면 융통성이 탁월하다는 평가를 받는다.

한창열은 안학태가 추천한 것이다.

응접실에서 이광의 인사를 받은 한창열이 활짝 웃었다.

"시기가 무르익었어요, 이 회장님. 저를 불러주셔서 영광입니다."

한창열은 제의를 받자 두말 않고 승낙했다는 것이다.

그때 이광이 한창열을 보았다.

"한 대표님이 대선 운동 본부를 이끌어주셨으면 합니다."

"하지요."

고개를 끄덕인 한창열이 말을 이었다.

"바로 시작하겠습니다."

그때 안학태가 말했다.

"강윤호 의원도 대표님을 기다리고 있었습니다. 만나보시지요."

"그래야지요."

"회장님의 대선 출마 발표 일정까지 상의해주십시오."

"알겠습니다."

정색한 한창열이 이광을 보았다.

"리스타와 대한민국의 통합, 한민족의 대약진을 슬로건으로 내걸겠습니다."

이광이 고개를 끄덕였다.

"하나 더 추가해주시죠."

한창열의 시선을 받은 이광이 말을 이었다.

"남북한의 통합입니다."

그때 안학태가 덧붙였다.

"북한도 적극 협조해줄 테니까요."

"그렇게만 된다면."

어깨를 부풀린 한창열의 두 눈이 번들거렸다.

"자신 있습니다."

이른바 북풍이다. 지금까지 한국의 총선과 대선은 여러 번 북풍의 영향을 받아온 것이다.

그때 안학태가 말을 이었다.

"여당에서 리스타 임직원의 정치 개입을 금지하는 법안을 통과시키려고 합니다."

"뭐요?"

놀란 한창열이 눈을 크게 떴다가 헛웃음을 지었다.

"리스타 임직원의 정치 개입을 금지한다고요?"

"회장님이 대선에 출마하신다는 정보를 얻은 것 같습니다."

"대통령의 입김이 작용했겠군."

"윤필성 비서실장이 나서고 있습니다."

"그렇군."

한창열이 고개를 끄덕였다.

"윤필성이 음모가야, 위험한 인물이오."

그때 이광이 입을 열었다.

"여당 내부에서 법안에 찬성하는 의원도 많지 않을 것 같습니다. 그리고 야당도 나눠지겠지요."

이광의 얼굴에 웃음이 떠올랐다.

"대표님을 중심으로 여야 의원들을 규합해서 새 당을 창당해야 되겠습니다."

이것이 한창열을 부른 목적인 것이다.

한창열은 새 당의 대표 겸 이광의 대선 출마를 위한 대선운동본부장을 맡게 되었다.

"여당 내부에서 찬반양론으로 나뉘어 있습니다."

강윤호가 전인명에게 말했다.

당 대표실 안.

소파에는 김훈까지 셋이 앉아있다.

강윤호가 전인명을 보았다.

"대표님, 여기서 리스타에 대한 적대감을 표출시키면 대통령님께 영향이 오지 않겠습니까?"

"무슨 말인가?"

"리스타를 견제하는 것이 별로 이롭지 않을 것 같습니다."

"그래서 놔두란 말인가?"

"예, 리스타가 지금까지 국가를 위해 해준 것도 그렇고……."

"그럼 리스타 이광이 대선에 나오도록 놔두라는 말이군."

"어쩔 수 없는 일 아니겠습니까? 그것을 법으로 막는 것이 오히려 위법입니다."

"기업 하는 자는 기업만 하도록 해야 돼. 아무나 나서면 안 돼."

"그건 말도 안 되는 말씀입니다."

"아니, 이 사람이 뭐라고?"

전인명이 목소리를 높였을 때 강윤호는 오히려 피식 웃었다.

"지금 대표께서 무슨 말씀을 하고 계시는지는 아십니까?"

"결국, 강 의원은 반대라는 말이군."

"예, 반대합니다."

"그럼 놔둬, 내가 추진할 테니까."

"알겠습니다."

강윤호가 자리에서 일어섰을 때 지금까지 둘의 다툼만 듣고 있던 김훈도 따라 일어섰다.

"김 의원은 어디 가시나?"

전인명이 물었을 때 김훈이 따라 나가면서 대답했다.

"잠깐 이야기 좀 하고 오겠습니다."

둘은 강윤호의 의원실로 들어가 마주 보고 앉았다.

강윤호는 아직도 상기된 얼굴이다.

숨을 고른 강윤호가 입을 열었다.

"빨리 시작해야겠어, 윤필성의 음모가 시작되기 전에."

"그럼 창당을 해야 하나?"

김훈이 이맛살을 모으고 물었을 때 강윤호가 고개를 저었다.

"윤필성의 의도가 오히려 우리에게 기회를 준 셈이야. 우리가 뭉치는 계기를 만들어준 셈이지."

강윤호의 두 눈이 번들거렸다.

"여기서 당당하게 법에 어긋나는 행동에 반발하는 자세를 보이지 않는 자는 새 시대에 동참할 수가 없어. 이 기회에 우리들의 면모를 보여야 돼."

이것이 강윤호의 진면목이다.

위기를 기회로 활용하는 발상의 전환.

그래서 이광이 가장 먼저 강윤호를 선택했던 것 같다.

그로부터 한 시간 후인 오후 2시 반.

강윤호가 전화를 받았다.

미리 연락을 받고 기다리고 있었던 전화다. 바로 한창열이 연락해온 것이다.

"강 의원, 나요."

"예, 대표님."

강윤호가 반가운 목소리로 대답했다.

초선 의원 시절에 강윤호는 한창열 대표의 비서실장을 지낸 인연이 있는 것이다.

"나, 지금 이 회장님 만나고 돌아왔습니다. 오늘 좀 만납시다."

한창열의 말에 강윤호가 반색했다.

"그럼요, 뵙지요. 어디서 몇 시에 뵐까요?"

"7시에 내 사무실에서 봅시다."

한창열은 변호사로 일하고 있다.

전화를 끝낸 강윤호는 이제 골격이 잡혔다고 생각했다.

리스타가 만들어준 것이다.

평양.

선전선동부장 우명수 일당의 숙정이 태풍처럼 휩쓸고 지났지만, 피바람은 불지 않았다.

극히 예외적인 일이다.

우명수와 고동표를 중심으로 20여 명의 당 간부, 군 사령관급 장성 등이 파면되었다.

그렇지만 지방 공장의 현지 근로자로 박히거나 수용소에 수감되었을 뿐, 전처럼 총살되지는 않았다. 그러나 평양 분위기는 무겁고 어둡다.

우명수 대신 호위총국장 장성달이나 보위상 박준일이 실력자가 된 것도 아니고 리스타와 연합했던 양철기 상장 등에게 힘이 실린 상황도 아니다.

물론 이동욱이 김정은의 보좌관으로 부상해서 신진 세력이 되었지만, 이인자는 아니다.

오후 3시 반.

이동욱이 보좌관실에서 양철기를 만나고 있다.

보좌관이 된 지 보름, 그동안 북한은 숙정 바람이 휩쓸고 지났다.

그러나 이동욱과 양철기는 평양에서 처음 만난다.

양철기는 55세, 인민군 3군단장으로 상장이지만 긴장하고 있다.

보좌관실은 주석 집무실의 바로 옆인 것이다.

그때 이동욱이 입을 열었다.

"주석 각하께서는 북한에 새로운 지도 체제를 구상하고 계십니다. 양 상장께서 그 중심이 되셔야겠어요."

순간, 양철기가 숨을 들이켰다가 재채기를 했다. 숨구멍으로 침이 들어간 것 같다.

세 번이나 재채기를 하고 난 양철기가 붉어진 얼굴로 이동욱을 보았다.

"무, 무슨 말씀입니까?"

"말씀드린 대로요."

"난 지난 15일 동안, 살아있는 것 같지 않았습니다."

아직도 가쁜 숨을 고르면서 말하는 양철기의 눈이 번들거리고 있다. 습기가 배어 있기 때문이다.

"어쨌든 나도 남조선과 내통한 것이나 마찬가지였기 때문이오. 북조선을 위한 충성심 때문이었지만, 따지고 보면 반역이나 마찬가지였지요."

"그것을 주석 각하께서 이해하신 겁니다. 그래서 나를 보좌관으로 임명하신 것 아닙니까?"

"이 사장님이 보좌관이 되셔서 마음은 조금 놓였지만……."

마침내 양철기의 눈에서 눈물이 흘러내렸다.

딸꾹질을 하고 난 양철기가 말을 이었다.

"주석 동지께 목숨을 바쳐 충성을 바치겠습니다. 보좌관께서 그 말씀이라도 전해주시지요."

"곧 만나게 될 테니까 직접 말씀드리시지요."

이동욱이 정색하고 말했다.

김정은은 양철기 등 신진 세력으로 북한 체제를 바꾸려는 것이다.

그것이 이동욱을 보좌관으로 임명하면서 시작된 개혁이다.

양철기는 리스타와 연결된 세력이기도 하다.

그날 저녁.

이동욱과 김여정이 제8초대소의 응접실에 앉아있다.

이곳도 대동강 변의 초대소다. 김여정의 전용 별장이라고 봐도 될 것이다.

김여정이 이곳으로 이동욱을 초대한 것이다.

고개를 든 김여정이 이동욱을 보았다.

"양철기 상장이 포섭한 고위 간부, 군 장성은 모두 17명이군요. 그중에 우명수한테 붙어서 양다리를 걸친 인물도 있어서 그중 11명을 선발했어요."

이동욱이 탁자 위에 놓인 명단을 보고 고개를 끄덕였다.

새로운 당 간부, 군 지휘관으로 교체되는 것이다.

그것도 조금씩, 그중에서 양철기의 승진이 눈에 띄었다.

양철기가 대장으로 승진되면서 보위상으로 임명된 것이다. 파격적인 인사다.

이것으로 양철기가 북한의 경찰력을 장악한 실세로 변신했다.

김여정이 말을 이었다.

"선전선동부장은 당분간 내가 겸임하게 될 거예요. 그래서 나하고 양철기 대장이 내부 정리를 할 것입니다."

이동욱이 고개를 끄덕였다.

자신은 북한 내부 상황이나 권력 투쟁에 대해서는 문외한이다. 그리고 관계할 위치도 아니다.

그때 김여정이 이동욱을 보았다.

"남조선에서는 이 회장님에 대한 방해 공작이 시작되었더군요. 곧 리스타 임원들에 대한 법안이 상정될 것 같다는데, 준비는 하고 있죠?"

"알아보겠습니다."

"윤필성이 우명수한테 이른바 북풍(北風) 공작 제의를 한 사실도 있어요. 그 녹음테이프 있으니까 전해주세요."

김여정이 탁자 위에 알루미늄 가방을 내려놓았다.

"윤필성의 육성 녹음도 있고 심복인 비서관 천기수의 테이프가 많습니다. 상대는 우명수와 고동표였지요."

이동욱의 시선을 받은 김여정이 쓴웃음을 지었다.

"그야말로 조국인 대한민국의 이익보다 자신의 권력을 위한 반역적 행위가 그대로 드러나 있더군요."

"……."

"우리한테는 서로 상부상조하자면서 끌어들였는데 그것은 우리 북조선을 무시하는 것과 같습니다."

김여정의 두 눈에 열기가 띠어졌다.

"그놈들은 우명수 일당보다 더 질이 나쁜 종자들입니다."

이동욱이 고개를 끄덕이면서 가방을 집어 들었다.

"도움이 되겠습니다. 감사합니다."

청와대 집무실에서 대통령 유준상이 비서실장 윤필성, 국정원장 양찬성, 민국당 대표 전인명까지 넷이 둘러앉아 있다.

수석 비서관들까지 배제한 극비 최고위급 회의다.

오후 6시.

전인명과 양찬성은 청와대에서 보낸 차를 타고 숨어 들어왔다.

먼저 양찬성이 입을 열었다.

"북한에 정변이 일어난 건 맞습니다. 권력 실세였던 선전선동부장 우명수가 현재 실종 상태이고, 김여정이 직무 대리를 맡았습니다."

양찬성이 말을 이었다.

"제3군단장이었던 양철기가 상장에서 대장으로 승진하면서 보위상으로 파격 적으로 임명되었습니다."

"……"

"우명수 일파는 대부분 숙정되었고 이제는 김여정, 양철기 등 신진 세력이 주 도권을 잡았습니다."

양찬성이 번들거리는 눈으로 유준상, 윤필성을 둘러보았다.

"그보다 더 충격적인 사실이 있습니다."

"뭡니까?"

유준상이 묻자 양찬성이 한숨부터 쉬고 나서 대답했다.

"리스타 '아프리카 연방' 소속의 이동욱이라는 자가 김정은 주석의 보좌관이 된 것입니다. 이동욱은 주석 보좌관으로 최측근이 되어있는 것이지요."

"……"

"이것이 의미하는 바가 큽니다."

"뭐라고 보시오?"

유준상이 묻자 양찬성이 허리를 폈다.

"리스타와 북한의 밀착입니다."

"……"

"그리고 이번 리스타 회장 이광 씨의 내년 대선 출마와 연관이 있다고 봅니다."

"돕겠다는 것인가?"

"당연하지요."

"그 목표는?"

유준상이 다시 물었을 때 대답은 윤필성이 했다.

"리스타의 한반도 통일이죠, 아니 북한과의 합병이라고 봅니다."

"북한과의 합병?"

유준상이 기가 막힌다는 표정을 짓고 주위를 둘러보았다.

"북한 체제로의 합병이란 말인가?"

"그 증거가 이동욱을 보좌관으로 데려간 것 아니겠습니까?"

그때 전인명이 고개를 들고 유준상을 보았다.

"마침 잘되었습니다."

전인명이 말을 이었다.

"이동욱을 터뜨리는 것이죠. 그것이 리스타 임직원 정치 참여 금지 법안 통과
에 도움이 될 겁니다."

전인명이 이를 드러내고 웃었다.

"전화위복이죠. 좋은 일이 있으면 나쁜 일도 일어나고, 그 반대의 경우도 일
어나는 법이지요."

그때 윤필성이 고개를 끄덕였다.

"언론에 터뜨려서 국민들에게 위기감부터 조성해놓아야 합니다."

다음 날 오전.

고려일보에서 대특종이 터졌다.

제목이 '리스타와 북한과의 결탁'이다.

그리고 그 밑의 부제목은 '남북한의 합병, 고려 연방으로 사회주의 체제로 가려는가?'였다.

기사는 리스타의 고위 간부인 이동욱이 북한 지도자 김정은의 측근이 되었다는 것이었다. 충격적인 내용이다.

이것은 남북한 관계에 있어서도 양국을 긴장시킬 만한 사건이었다.

고려일보는 이 정보가 '여권'에서 나왔다고만 보도했기 때문이다.

여권, 즉 정부 차원에서 북한에 대항한 셈이다.

신문 보도는 어쩔 수 없이 북한에 비판적이었다.

"윤필성 측이 기사를 준 거야."

안학태가 컴퓨터로 기사를 읽고 나서 말했다.

고개를 든 안학태가 앞에 앉은 해밀턴을 보았다.

해밀턴이 기사를 먼저 보았다.

"해밀턴, 윤필성은 북한과 대립할 작정 같은데."

"그럴 모양이야."

해밀턴이 정색했다.

"북한까지 까면서 덤비다니 미쳤어."

윤필성 측이 이동욱까지 지적하면서 폭로할 줄은 예상하지 못한 것이다.

"우선 대통령부터 되자는 건가?"

고개를 든 안학태의 눈이 흐려졌다. 생각하는 표정이다.

그때 해밀턴이 입을 열었다.

"한국 내부 분위기가 어떤지 궁금하군."

"맞불을 놓으려는 거야."

신문을 내려다본 한창열이 고개를 든 강윤호를 보았다.

얼굴에 웃음이 떠올라 있다.

"좋아. 이동욱을 터뜨렸으니 다음은 이 회장이야. 우리도 시작해야 돼."

"어쩔 수 없군요."

강윤호가 말했을 때 한창열이 혀를 찼다.

"그렇게 수동적인 자세는 안 돼, 강 의원."

"알겠습니다. 우리도 내일 발표를 하지요. 언론에도 통보하겠습니다."

"우리가 기선을 빼앗긴 것이 아냐."

한창열이 말을 이었다.

"내일 하자구. 우리 등을 떠민 셈이야."

같은 시간의 평양.

주석궁의 주석실에 김정은, 김여정, 이동욱, 셋이 둘러앉아 있다.

김정은의 앞에는 오늘 자 고려일보가 펼쳐져 있다.

'리스타와 북한의 결탁'은 검은색 사인펜으로 둘러쳐져 있다.

신문에서 시선을 든 김정은의 얼굴에 웃음이 떠올랐다.

"윤필성이 발악을 하는군."

"우리 상황이 기폭제가 된 것이죠."

김여정은 정색하고 말했다.

"일단 우리는 의식하지 않고 이 회장을 깨부수려는 것입니다."

"우선 대통령부터 되고 보자는 것이군."

김정은이 고개를 끄덕이며 말했다.

"그리고 나서 나중에 우리하고 이야기하자는 수작이야."

고개를 든 김정은이 이동욱을 보았다.

"이 회장은 지금 어떤 상황이냐?"

"제가 연락해보겠습니다."

"이 회장도 서둘러야겠다."

김정은이 손가락으로 신문에 난 제 사진을 가리켰다.

"이런 상황까지 되었으니 나서야겠어."

"예, 그렇게 말씀드리겠습니다."

"그쪽도 다 계획이 있겠지만, 나도 돕겠다고 전해."

"예, 각하."

"나는 누구한테 이용당하는 사람이 아냐."

자리에서 일어서는 이동욱을 향해 김정은이 말을 이었다.

"잠깐만, 하나 또 있다."

"예, 각하."

"좀 더 잘 나온 사진을 내놓으라고 해."

김정은이 사진을 손으로 짚었다.

"이광이 대통령으로 출마한다는 건가?"

홍대 앞쪽의 먹자골목에서 안동수가 고재일에게 물었다.

안동수는 골수 민국당원으로 유준상빠다.

술잔을 든 고재일이 고개를 끄덕였다.

"해야지."

"해야지?"

되물은 안동수가 눈썹을 모았다.

"이광이 왜? 리스타 회장도 양에 안 차니까 한국 대통령이 된다구?"

"뭐, 그럴 수도 있지."

한 모금 술을 삼킨 고재일이 술잔을 내려놓았다.

고재일은 이른바 중도 세력이다. 여당도 야당도 아닌, 어중간한 입장이어서 안동수의 이야기도 끝까지 들어준다.

그때 안동수가 어깨를 부풀렸다.

"욕심이 많으면 탈이 나는 법이야."

"무슨 욕심?"

고재일이 고개를 저었다.

"이광은 모은 재산을 세상에 내놓고 있는 인물이야. 정치인들이 욕심을 부리고 있는 거지."

"아니, 이 자식이 이광빠가 되었구만."

전과는 달리 고재일이 반대 입장을 펼쳤기 때문에 안동수가 가쁜 숨을 뱉었다.

둘은 고등학교 동창으로 30년 지기다. 안동수는 직원 1명을 데리고 복사집을 운영하는 중이고 고재일은 초등학교 교사다.

그때 고재일이 입을 열었다.

"너, 알아?"

"뭘?"

"어제 여론 조사를 했어. 그 결과가 어떻게 나왔는지 알아?"

고재일의 두 눈이 번들거리고 있다.

침만 삼키는 안동수에게 고재일이 말을 이었다.

"이광이 대선 후보 되는 것에 찬성 여론이 78퍼센트야. 압도적이지."

"……."

"너같이 생각하는 놈들은 10퍼센트도 안 돼. 잘 모르겠다는 사람이 10퍼센트가 넘거든."

고재일이 쳐다보는 시선이 마치 미친놈을 보는 것 같았기 때문에 안동수는 어깨를 늘어뜨렸다.

이러면 기가 죽는다.

오전 10시 반.

민국당 의원 강윤호가 국회의원회관의 기자 회견장에 섰다.

강윤호 좌우에는 민국당 원내부대표 김훈 의원을 포함해서 12명의 의원이 도열해 있었기 때문에 분위기가 소란했다.

회견장에 모인 기자들만 1백여 명이다. 모두 강윤호의 기자 회견 내용을 아는 것이다.

어제 오후 6시에 강윤호가 전격적으로 민국당 탈당과 신한당 창당 선언을 예고했기 때문이다.

그때 중심에 선 강윤호가 고개를 들고 카메라를 보았다.

그 순간의 시청률이 KBC는 42퍼센트, 엄청난 시청률이다.

강윤호가 입을 열었다.

"친애하는 국민 여러분, 해외동포 여러분, 우리는 혼란스러운 정국을 수습하고 더 나은 조국의 미래를 위해 결단을 내렸습니다."

일사천리로 말한 강윤호가 고개를 들고 화면을 보았다.

시청률이 48퍼센트로 올라갔다.

강윤호가 말을 이었다.

"우리 민국당 의원 23명은 오늘 자로 민국당을 탈당, 신한당을 창당합니다."

지금 벌려 서 있는 12명이 아니라 23명인 것이다.

그때 강윤호가 말을 이었다.

"또한, 야당인 자유당 의원 14명도 신한당에 합류하기로 했습니다. 따라서 신한당은 현역 의원 37명으로 출발합니다."

이곳은 장안평의 커피숍 안.

TV를 보고 있던 안동수가 잇새로 말했다.

"역적 같은 놈."

커피숍 안은 손님이 가득 차 있었는데 길 가던 행인도 들어와 TV를 보고 있기 때문이다.

커피숍 안이 술렁거리고 있지만, 큰 소리는 일어나지 않는다.

안동수가 눈을 치켜뜨고 말을 잇는다.

"이광이 저놈들을 내세웠어. 아마 돈을 엄청 먹였을 거다."

그때 강윤호가 말을 이었다.

"우리 신한당 대표는 한창열 씨가 선임되었으며, 이번 대선에 리스타 회장 이광 씨가 대선 후보로 출마할 예정입니다."

커피숍 안의 웅성거림이 조금 더 커졌다.

안동수도 입을 짝 벌렸지만, 말을 하지는 않았다. 모두 예상하고 있었기 때문이다.

그것을 본 고재일이 말했다.

"난 얼마 전부터 이렇게 될 줄 예상하고 있었어. 이렇게 되어야 해."

"무슨 말이야?"

안동수가 버럭 물었을 때 고재일이 바로 대답했다.

"기다리고 있었단 말이다."

고재일의 얼굴에 웃음이 떠올랐다.

"정치는 예상했던 일이 일어나야 돼. 꿈을 꾸던 일이 말야."

"무슨 귀신 씨나락 까먹는 소리야?"

"이광 씨가 필요해."

자르듯 말한 고재일의 두 눈이 번들거렸다.

중도파였던 고재일이 이렇게 나오는 것은 처음이었기 때문에 안동수는 쳐다만 보았다.

윤필성이 어금니를 물고 TV를 응시하고 있다.

앞에 앉은 천기수는 외면한 채 몸을 굳히고 있다.

강윤호의 '신당 발표'가 끝나고 TV 화면은 꺼졌다.

그러나 윤필성은 입을 다문 채 반응하지 않는다.

이제 강윤호는 현역 의원 37명인 신한당의 창당을 발표했다. 당 대표는 한창열. 단숨에 한국에 제3당이 출현했다.

그 신한당의 추천을 받아 이광이 내년 대선에 출마하는 것이다.

대선까지는 5개월 남았다.

그때 눈의 초점을 잡은 윤필성이 천기수를 보았다.

"리스타 임직원의 정치권 진입 불가 법안은 물 건너갔군."

"그렇습니다."

천기수가 어깨를 늘어뜨렸다.

"법안을 발의하지도 못했습니다."

그리고 발의해도 헛것이다. 법안이 가결될 가능성도 없다.

이미 이광의 신한당은 현역 의원 37명이다. 그리고 앞으로 더 늘어날 것이었다.

그때 윤필성이 자리에서 일어섰다.

"대통령께서도 뉴스 보셨겠지. 뵙고 오겠어."

윤필성의 얼굴에 쓴웃음이 번졌다.

"이광이 사업은 세계 제1인자인지 모르지만, 정치는 제 뜻대로 되지 않을 거야."

이광이 서울에 도착했을 때는 오후 3시 무렵이다.

일정이 공개되었기 때문에 공항에는 1백 명이 넘는 취재진이 몰려들었다.

취재진의 요청으로 잠깐 입국장에서 발을 멈춘 이광에게 기자 하나가 물었다.

"내년 대선에 출마하실 건가요?"

"네, 출마합니다."

이광의 얼굴이 전국으로 생방송되고 있다.

그때 뒤쪽에서 기자 하나가 소리쳐 물었다.

"리스타의 자금을 살포해서 돈 선거를 하실 건가요?"

누군지는 밝혀지지 않았지만, 목소리가 TV를 통해 다 울렸다.

그때 이광이 빙그레 웃었다.

"누구십니까? 소속을 말씀해주시면 대답해드리지요."

대답이 없었기 때문에 이광의 얼굴에 웃음기가 지워졌다.

"나는 지금까지 남북한 발전과 화합에 투자를 해왔습니다. 그 투자를 더 효율적으로 하고 싶습니다."

이광이 말을 이었다.

"돈은 정당하게 적절한 곳에 투입되어야 합니다. 내가 정치에 참여하게 된 이유가 바로 그것 때문입니다."

시청률 48퍼센트.

이광에게 트집을 잡으려고 누군가 던진 질문이 오히려 기회가 된 셈이다.

"순발력이 대단하군."

의원실에서 그것을 본 김훈이 고개를 끄덕였다.

"그리고 화면에 대해 전혀 두려움을 느끼지 않는구만."

"보스야."

같이 TV를 보던 양기선 의원이 말했다.

양기선도 이번에 탈당해서 신한당 창립 멤버가 되었다.

양기선이 말을 잇는다.

"신선한 분위기야. 그리고 자신감이 보여."

"이런, 단번에 팬이 되었구만."

김훈이 웃음 띤 얼굴로 말했다.

"하지만 우리 의원들 중에서 이 회장님을 만난 사람이 한두 명뿐이야."

"강 의원이 만났다지? 혼자 만났나?"

"한 대표도 만났다니까."

"한 대표는 의원이 아니잖아?"

"만난 사람은 한두 명뿐이야."

"이제 곧 상견례를 하겠구만."

그때 의원실로 강윤호가 들어섰기 때문에 둘의 얼굴에 웃음이 떠올랐다.

"마침 이야기 중인데, 잘 오셨습니다."

"내 이야기 하신 거요?"

자리에 앉은 강윤호가 둘을 번갈아 보았다.

"오늘 저녁에 이 회장님 모시고 저녁 식사를 하십시다."

"아이구, 그 이야기도 했는데."

반색한 김훈이 얼굴을 펴고 웃었다.

"의원들 모임입니까?"

"예, 7시에 쉐라톤 호텔 로비에서."

김훈이 말을 이었다.

"의원 42명이 모일 겁니다. 하루 만에 의원 5명이 늘었어요."

야당의 대선 후보인 박상윤은 현역 의원이다.

자유당의 당 대표까지 겸하고 있기 때문에 당권은 완전히 장악한 인물. 63세. 5선 의원으로 제2당인 원내 117석의 자유당을 이끌고 있다. 그러다 이번에 14명이 갑자기 빠져나갔기 때문에 충격을 받은 상태.

자유당 의석은 117석이었다가 이제 103석이 되었다.

의사당의 당 대표실 안.

박상윤이 원내총무 천용학에게 물었다.

"또 무슨 일이오?"

"글쎄 그것이."

천용학은 방금 들어와서 숨을 고르는 중이다.

방 안에는 둘뿐이었지만 천용학이 주위를 둘러보았다.

"문제가 생겼습니다."

"문제는 이미 생겼지 않소?"

박상윤이 목소리를 높였다.

"14명이나 도망가다니. 그놈들은 인간도 아냐, 배은망덕한 놈들. 하나같이 나한테 신세를 입은 놈들이야. 무능한 놈들……."

"대표님."

"다음 총선에서 두고 보라지. 대선 반년 후에 총선이야. 그놈들이 내년에 배지 달고 있을 것 같은가?"

"대표님."

"당장 당협위원장 교체 작업을 합시다. 14개 지역구에 공모를 하세요."

"대표님."

마침내 천용학의 목소리가 높아졌기 때문에 박상윤이 눈을 치켜떴다.

그때 천용학이 말했다.

"다시 3명이 탈당했습니다. 3명이 추가되었습니다."

"뭐라구?"

숨을 들이켠 박상윤이 천용학을 보았다.

눈이 흐려져 있다. 반쯤 벌어진 입 끝에서 침이 흘러내릴 것 같다.

"셋이 더?"

"예, 앞으로 더 나갈 것 같은 분위기인데요. 큰일 났습니다."

그때 박상윤의 입 끝에서 침이 주르르 떨어졌다.

천용학이 말을 이었다.

"민국당도 마찬가지입니다. 민국당 측 관계자 이야기를 들었더니 민국당에서도 앞으로 10여 명이 더 빠져나갈 것 같다고 합니다."

그때 박상윤이 손등으로 침을 닦았다.

더 이상 말이 뱉어지지 않는다.

쉐라톤 호텔의 라운지 안, 오후 7시.

전세를 낸 라운지에 1백여 명의 손님이 둘러앉아 있다.

중앙에는 이광과 한창열이 나란히 앉아있고 둥글게 만든 테이블에 이번에 신한당에 참가한 의원들이 둘러앉았다.

그런데 의원 숫자가 또 늘어났다.

몇 시간 만에 4명이 더 추가된 것이다.

그래서 오전에 37명으로 '창당 선언'을 했다가 오후에 5명이 늘어나고 42명이 되더니, 다시 4명이 추가되어 현재 현역 의원만 46명이 되었다.

당 대표는 한창열, 원내 대표는 강윤호로 임시로 구성된 신한당이다.

그때 사회를 맡은 강윤호가 자리에서 일어나 인사를 했다.

"우리는 이광 회장님의 대선 출마를 위해 결성된 당이니만큼, 다 생략하고 먼저 이 회장님의 인사 말씀부터 듣겠습니다."

그러고는 자리에 앉았다. 깔끔한 인사다.

그때 이광이 고개를 숙여 보이고는 정색한 얼굴로 좌중을 둘러보았다.

취재 기자들을 다 물리친 홀 안에는 의원들과 리스타 관계자들뿐이다.

그때 이광이 입을 열었다.

"나는 기업에서 성취하는 것만으로 국가와 국민들께 보답할 수 있다고 믿었습니다."

장내가 조용해졌고 이광이 말을 이었다.

"그런데 정치가 부패하면 그것이 어렵다는 것을 깨닫게 되었습니다. 내가 출마를 하게 된 동기가 바로 그 때문입니다."

홀 안은 숨소리도 나지 않았고 이광의 목소리가 다시 울린다.

"내가 대통령이 되면 그런 일은 일어나지 않을 겁니다. 그리고 북한과의 관계도 훨씬 더 개방될 것입니다."

그러고는 이광이 고개를 숙여 보이고는 자리에 앉았다.

2분밖에 안 걸린 짧은 연설이다.

그 순간, 장내에 우레 같은 박수가 터졌다.

짧고 쉬운 연설이다.

모두 감동한 표정이다.

대통령 유준상이 이맛살을 찌푸리고 비서실장 윤필성을 보았다.

"상황이 급박하게 돌아가는구만. 지금 46명이 모였다구?"

"예, 대통령님."

윤필성이 말을 이었다.

"지금 민국당, 자유당은 혼란 상태입니다. 앞으로 더 이탈자가 나올 것 같습니다."

고개를 든 윤필성이 말을 이었다.

"자유당과 연합해서 이광을 때려야겠습니다. 자유당도 펄펄 뛰고 있으니까요."

"……."

"이광이 돈으로 정치권을 매수할 작정입니다. 지금 따라간 자들 대부분도 매수된 것이 분명합니다."

"……."

"대변인을 통해 우려를 표명하시는 것이 나을 것 같은데요. 돈으로 정치권을 매수하려는 것입니다."

그때 유준상이 고개를 들었다.

"왜 이렇게 되었는지 모르겠군."

유준상의 눈이 흐려져 있다.

"이광 씨가 갑자기 정치를 한다고 나설 줄은 누가 알았겠나?"

이번에는 윤필성이 입을 다물었고 유준상이 말을 이었다.

"그리고 북한의 동향도 심상치가 않아. 이 회장의 측근이 김정은 씨 옆에 붙어있다는 것도."

"……."

"대변인 성명은 보류하기로 하지. 당분간 상황을 보고 판단을 하자는 거야."

대통령의 결단이다.

"잘했어."

김정은이 고개를 끄덕이며 이동욱을 보았다.

"이제 제대로 된 북남관계가 되겠구만."

주석 집무실에는 오늘도 김여정까지 셋이 둘러앉아 있다.

김정은이 말을 이었다.

"다음에는 이 회장님이 보낸 이민 지원금을 횡령해서 북조선 간부들을 매수한 증거를 남조선 인민들한테 알려주면 되겠다."

그 자료는 이미 리스타 측이 보낸 것이다.

그때 김여정이 말했다.

"그것은 리스타 측에 맡겨야겠지요."

"리스타가 아니라 이제는 신한당이지."

김정은이 웃음 띤 얼굴로 말을 이었다.

"대선이 이제 5개월 남았다. 유준상, 박상윤도 만만한 상대가 아냐."

지난 대선 때도 유준상과 박상윤이 대결했다.

"이번 대선은 3자 대결이 되겠습니다."

김여정이 말을 받았다.

"표가 3곳으로 분산되니까 경쟁이 더 치열해지겠어요."

"두고 봐야지."

김정은의 두 눈이 번들거렸다.

"언제 어떻게 변할지는 아무도 모른다."

이동욱이 숨을 들이켰다.

김정은과 함께 있으면서 느낀 점이 있다면 이곳, 북한의 정권도 단순하지가 않다는 것이다.

오히려 남한보다 더 복잡하고 불안하다.

언제 어떻게 뒤집힐지 예측할 수가 없는 것이다.

그것을 어렸을 때부터 아버지 옆에서 보아왔던 김정은이다.

그래서 그런지 처신이 조심스럽다.

이동욱은 오히려 배우는 중이다.

그때 김정은이 고개를 돌려 이동욱을 보았다.

"보좌관."

"예, 각하."

"넌 앞으로 북남관계가 어떻게 되리라고 생각하나?"

순간, 이동욱이 숨을 들이켠 채 망설였다.

평화, 화해 등 온갖 단어가 머릿속에 맴돌았으나 곧 정신을 차렸다.

대선 후의 남북관계에 대해서 이광이나 안학태한테서 들은 적이 없는 것이
다. 그리고 관여할 위치도 아니다.

이동욱이 똑바로 김정은을 보았다.

"지금보다는 나아지리라고 생각합니다."

"어떻게 말이냐?"

"서로 소통하겠지요. 누구를 매수하거나 비밀공작도 하지 않을 것입니다."

김정은은 시선만 주었고 이동욱이 말을 이었다.

"윤필성이 이민 자금을 횡령해서 북한에 제 세력을 키우려고 하지 않았습니
까? 그것을 선거에 이용하려고 했겠지요."

"……."

"그것이 우리 회장님이 정치에 참여하게 된 동기가 되었으니까요."

"통일을 서둘 필요는 없어."

김정은이 입을 열었기 때문에 이동욱이 숨을 죽였다.

김정은이 말을 이었다.

"70년이 넘도록 다른 체제로 살아왔어. 갑자기 합치면 부작용이 크다."

"……."

"내 말을 이 회장한테 전해, 네가 그러려고 내 옆에 왔으니까."

"예, 각하."

"북남 이민이 아프리카에 함께 진출해서 함께 사는 것이 그 시작이 되었지. 다른 땅에서 합쳐지는 것이 시작이야."

김정은의 두 눈이 번들거렸고 목소리에 생기가 띠어졌다.

김여정도 숨을 죽이고 듣는다.

김정은이 말을 이었다.

"다음 순서가 체제는 그대로 두고 남조선이 북조선에 대규모 공장을 세우는 거야. 그래서 수백만의 인력을 고용하고 북조선 경제를 일으켜주는 거지."

"……."

"그렇게 10년만 지나면 북남 수준이 조금씩 비슷해지면서 발전되겠지."

김정은의 눈이 흐려지면서 목소리가 떨렸다.

"우리 체제도 변할 것이고, 조금씩 말야. 그러다가 어느덧 합쳐지는 것이지."

이동욱이 소리 죽여 숨을 뱉었다.

이 말을 이광에게 전해야 한다. 남한에서 북한 지도자와 호흡을 맞춰갈 인물은 이광뿐이니까.

신한당은 이제 현역 의원 58명인 제3당이다.

이광의 귀국 15일 만에 첫날 37명에서 21명이 늘어난 것이다.

그리고 당 체제가 일사불란하게 갖춰졌고 대선 준비를 시작했다.

신한당은 여의도의 극동 빌딩을 당사로 매입하여 사용하고 있다.

오후 4시 반.

당사의 대선 후보실 안에는 이광과 당 대표 한창열, 당의 원내총무 강윤호, 그리고 비서실장 안학태까지 넷이 둘러앉았다.

그때 먼저 강윤호가 입을 열었다.

"여권에서 온갖 루머를 퍼뜨리고 있습니다. 심지어 후보님과 김정은이 결탁해서 모든 사유 재산을 국유화한다는 소문까지 났습니다."

"그건 너무 심한데."

이광이 쓴웃음을 지었다.

"근거도 없이 정치권에서 그런 거짓말을 퍼뜨리나?"

"그럴듯한 근거를 내놓아서 모르는 사람들은 속아 넘어갈 정도입니다."

"설마 그럴라구?"

이광이 정색하고 한창열과 강윤호를 번갈아 보았다.

"무시하면 안 됩니까? 그게 허무맹랑한 일이라고 정상적인 국민들이라면 다 알 것 아닙니까?"

"아닙니다."

그때 한창열이 고개를 저으면서 말했다.

"한 번 빠지면 거의 마음을 바꾸지 않습니다. 유준상 씨 지지자는 진보층이 많은데 무슨 일이 있어도 유준상 씨를 찍는 지지자가 30퍼센트는 됩니다."

"……."

"보수 성향의 박상윤 씨 지지자도 30퍼센트 정도구요. 이들이 부동층이죠."

"중도층 40퍼센트가 당락을 좌우하는군."

"그렇습니다."

대답한 강윤호가 말을 이었다.

"이들에게 온갖 헛소문을 퍼뜨리고 있는 겁니다. 우리도 시급히 대책을 세워야 합니다."

강윤호는 원내 대표 겸 신한당 대선 본부장을 겸하고 있다.

이광이 고개를 끄덕였다.

눈에는 눈, 피에는 피로 대응하는 것이 정석이다.

뺨을 맞으면 다른 쪽 뺨을 내민다는 식으로 대응하면 다음 순서는 목을 자르려고 덤비는 것이 정치다.

오후 8시가 되었을 때 응접실로 안학태가 들어섰다.

이곳은 이태원의 2층 저택, 방이 27개나 되는 대저택이다.

이광이 서울의 숙소로 사용하는 이곳에서 안학태와 리스타 간부들이 함께 거주하고 있다.

"조금 전에 이동욱한테서 전화가 왔습니다."

앞자리에 앉은 안학태가 보고했다.

"김정은 씨하고 회의를 했는데 후보님께 전해드리라는 말씀이 있었습니다."

안학태가 이동욱의 보고사항을 말하는 동안, 이광이 잠자코 듣는다.

이윽고 보고가 끝났을 때 이광이 안학태를 보았다.

"김 주석이 통일의 선구자가 될 것 같구만."

"방향을 알려준 셈이지요."

정색한 안학태가 말을 이었다.

"김 주석만 협조해준다면 가능한 일입니다."

"김 주석이 있기 때문에 내가 대선에 나선 거야."

"그것은 김 주석도 마찬가지였을 것입니다. 유일하게 믿는 사람이 후보님이기 때문이죠."

그때 고개를 든 이광이 안학태를 보았다.

"여론 조사에 내가 3위인가?"

"여론 조사는 믿으실 것 없습니다."

안학태가 바로 대답했다.

"조작한 것이나 같습니다. 질문 내용을 바꾸면 정 반대의 결과가 나오니까요."

하지만 이광이 대선 후보로 등록했을 때 지지율이 46퍼센트까지 치솟았다가 15일이 지난 오늘은 유준상, 박상윤 다음인 3위다.

지지율은 24퍼트센. 유준상은 32퍼센트. 박상윤은 27퍼센트다.

안학태가 말을 이었다.

"후보님의 장점은 보수, 진보 양쪽의 지지를 골고루 받고 계신다는 점입니다. 후보님 지지자는 어느 한 쪽에 치우치지 않는 중도 성향인 데다 전 연령층에 골고루 퍼져 있습니다. 그것이 바람직한 지도자 상이 아닙니까?"

"하지만 양쪽에서 다 외면 받을 수도 있지. 민국당, 자유당이 공격하는 것이 바로 그것 아닌가?"

바로 그것이다.

그래서 보수, 진보 양측 지지자들이 함께 빠져나갔다.

이광이 고개를 끄덕였다.

"그렇다고 양쪽 비위를 다 맞추지는 않을 거야. 내 소신대로 밀고 나갈 거다."

"윤필성이 곧 큰 것을 하나 터뜨린다는 정보가 있습니다. 그것으로 후보님을 매장해버리겠다고 합니다."

안학태는 이광을 후보라고 부른다.

이광이 안학태의 시선을 받고는 빙그레 웃었다.

"겪어 봐야지."

이광은 말보다는 실천으로 대신하는 성품이다.

말이 길지 않았고 요점만 말하되 남의 말은 많이 듣는다.

말이 길고 유려하게 이어가는 사람 중에서 이광에게 중용되는 사람은 없었다.

이광과 함께 있으면 다 비슷하게 된다.

바로 안학태가 그렇다.

이광의 표정을 본 안학태가 따라 웃었다.

리스타의 탈세가 특종으로 보도되었을 때는 이틀 후 아침이다.

그야말로 기습 특종으로 리스타 측에는 전혀 예고도 사전 확인 절차도 없이 국제 신문 1면에 대서특필된 것이다.

'3조 5천억 원'의 탈세. 치밀한 계획하에 집행. 최고 경영자인 이광의 묵인.

'리스타 서울 법인'의 은폐. 증인으로 전(前) 서울 법인장 최경수의 증언. 자료 제출, 증거확보 등, 1면 전체를 탈세 기사로 메웠다.

그것을 신호로 모든 방송이 특보로 '리스타 탈세'를 보도하기 시작했다. 미리 예약을 해놓은 최경수가 KBC 방송에 나와 조목조목 자료를 내보이며 증언했다.

엄청난 사건이다.

3조 5천억을 1년 동안 탈세한 것이다. 추적하면 수십조가 될 것이었다.

대사건이다.

일단 현(現) 리스타 한국 법인장 박만영이 소환되었다.

즉각적인 반응이다.

박만영이 검찰에 소환되는 장면이 전 언론에 보도되면서 이미 리스타의 탈세는 국민들에게 '기정사실'로 굳어지고 있다.

"증거 자료는 모두 최경수가 조작한 것입니다."

이번 사건을 맡게 된 국내 로펌 '한국로펌'의 대표 변호사 유장호가 안학태에게 말했다.

극동빌딩의 사무실 안.

방 안에는 안학태와 비서실 직원 셋, 유장호가 데려온 변호사 셋까지 8명이 둘러앉았다.

대책 회의다.

유장호가 말을 이었다.

"오늘 중으로 한국 법인에 압수수색이 들어갈 것 같습니다."

"어처구니가 없군요. 사실 확인도 안 하고 피의자가 되는 겁니까?"

"조작한 서류를 확인하려면 시간이 꽤 걸리겠지만, 모양은 갖췄으니까요."

고개를 든 유장호가 쓴웃음을 지었다.

"서류가 철저하게 조작되었거든요."

"준비를 꽤 했군, 나쁜 놈들이."

"전문가를 여럿 고용한 것 같습니다."

유장호는 법무장관 출신의 로펌 대표다.

로펌에는 1백여 명의 변호사가 근무하고 있는데 유장호가 직접 나선 것이다. 지금 수행해 온 변호사 3명도 모두 전문가들이다.

유장호가 말을 이었다.

"곧 한국법인장이 소환되고 다음에는 영장 청구, 구속 영장이 승인되면 법인장 구속, 그다음 순서가 리스타 회장에 대한 소환 조사로 이어질 것 같습니다."

"이것이 누구 작품 같습니까?"

"뻔하지 않습니까?"

60대 초반의 유장호가 바로 대답했다.

"윤필성 비서실장입니다. 그 사람이 배후에 있다는 건, 세상 사람들이 다 압니다."

유장호의 얼굴에 쓴웃음이 번졌다.

"요즘은 비밀을 지키기 힘듭니다. 제 목숨을 바쳐서 충성하겠다는 사람이 없기 때문이죠. 다 제 살길을 만들어 놓고 일하는 바람에 정보가 새는 겁니다."

"그렇겠군."

"특히 부정한 사업, 불법 행위의 지시를 받은 사람들은 바보가 아닌 이상 다 보험을 들고 일합니다. 공범으로 같이 죽을 수는 없으니까요."

"알겠습니다."

안학태가 천천히 고개를 끄덕이면서 쓴웃음을 지었다.

"이런 자들을 척결하려고 우리 회장께서 대선에 나오신 겁니다."

2장
이광의 구속

"어떻게 된 거야?"

대통령 유준상이 묻자 윤필성은 고개를 들었다.

"리스타의 부패가 마침내 터진 것입니다. 곪았던 상처가 터진 것이나 같습니다."

대통령 집무실 안.

유준상의 손에 쥔 신문에는 대서특필된 '리스타 탈세'가 기사화되어 있다.

유준상이 정색하고 물었다.

"이거, 당신 작품인가?"

"아닙니다. 언론사에서 특종을 한 것이지요. 저도 보도를 보고서야 알았습니다."

윤필성이 고개까지 저었다.

"대통령께선 염려하지 않으셔도 됩니다."

"이봐, 윤 실장."

"예, 대통령님."

"난 그렇게까지 해서 대통령이 되고 싶지는 않아."

"알고 있습니다, 대통령님."

"이 특종을 한 기자하고 당신하고 관계는 없지?"

"없습니다."

그때 다시 신문을 펼친 유준상이 기사를 보더니 어깨를 늘어뜨렸다.

"이건 내가 경쟁자를 떨어뜨리려는 공작처럼 보일 텐데, 민망하군."

"대통령님, 이것은 자연스러운 일입니다. 일어날 일이 일어난 것이지요."

윤필성이 정색하고 말을 이었다.

"대선에 입후보했다고 잘못이 덮일 수는 없는 것 아니겠습니까? 국민들도 그렇게 생각할 것입니다."

그러고는 윤필성이 덧붙였다.

"국민 여론이 그것을 증명하고 있습니다. '리스타 탈세' 비리를 밝혀야 한다는 여론이 무려 78퍼센트입니다."

그건 그렇다.

'리스타가 탈세로 조사를 받고 있습니다. 이것을 끝까지 수사해야 되겠습니까? 예, 아니요로 대답해주세요.' 했을 때의 찬성률이 78퍼센트인 것이다.

그날 오후 8시 반.

신한당 선거대책 본부장을 맡고 있는 강윤호의 사무실로 김훈이 들어섰다.

여의도 극동 빌딩 안.

김훈이 털썩 앞쪽 의자에 앉더니 강윤호를 보았다. 눈동자가 흐려져 있다.

"무슨 일이야?"

강윤호가 묻자 김훈이 눈썹을 모았다.

"확인해봐."

"뭘?"

"지금 후보님 어디 계시지?"

"위층에."

강윤호가 눈으로 천장을 가리켰다.

"대표님하고 같이 계셔."

"루머가 돌고 있어."

"또 무슨."

짜증을 낸 강윤호가 김훈을 노려보았다.

김훈은 부본부장 겸 정보 책임자다. 그래서 간부 회의의 참석자며 휘하에 정보팀을 운영하고 있다.

그때 김훈이 말했다.

"후보님이 탈세에 책임을 지고 사퇴한다는 소문이 퍼지고 있어."

"이런, 미친."

"걷잡을 수 없어. 갑자기 퍼졌는데 이미 민국당은 물론 자유당까지 다 퍼졌어. 이러다간 내일 중으로 전 국민이 다 알게 될 거야."

"알면 뭐해? 루머인데."

"선거 한두 번 해?"

버럭 화를 낸 김훈이 강윤호를 노려보았다.

"탈세로 상황이 이런데 그 소문까지 퍼지면 아무리 부정을 해도 국민이 믿어 줄 것 같아? 이러다가 망하는 사람이 하나둘이야?"

"그래서 어쩌라는 거야?"

"후보께서 성명서라도 발표해야 돼. 후보 사퇴는 없다고 말야."

"우리가 언론에 끌려 다니란 말인가?"

"언론이 아냐. 여론이지."

"여론 좋아하네."

강윤호가 고개를 저었다.

"가볍게 나설 수 없어. 오후에 대표님하고 이야기를 했어."

"이건 우리 정보팀의 의견이라구."

"간부 회의에서 상의해보지."

마침내 강윤호가 양보했다.

"내일 오전에 대표께 보고하고 오후에 간부 회의를 열도록 말야."

"늦어!"

벌써 오후 9시가 되어가고 있다.

김훈이 한숨을 쉬었다.

고개를 든 이광이 안학태를 보았다.

"내가 사퇴한다는 소문이 돈다구?"

"예, 조직적으로 퍼뜨리고 있습니다. 공권력과 친여 시민단체까지 총동원하고 있습니다."

안학태가 소리 죽여 숨을 뱉었다.

"이 소문이 결국 후보님의 사퇴를 유도하는 압력으로 작용하게 하려는 의도지요."

"과연 그것이 가능할까?"

안학태의 시선을 받은 이광이 빙그레 웃었다.

"내가 죄가 없는데 말야. 없는 죄도 만들어서 고발하고 조사 중인 상황에서 루머를 만들어서 사퇴 압박을 한단 말이지?"

"그렇습니다."

"이런 상황이 통할 수도 있나?"

"국민들은 믿습니다. 그렇게 해 왔거든요."

"믿어?"

"믿고 싶은 사람들은 진실을 보려고 하지도 않거든요."

그때 이광이 고개를 들고 안학태를 보았다.

눈이 흐려져 있다.

안학태가 말을 이었다.

"국민, 그러니까 유권자의 수준에 맞는 정치를 하셔야 됩니다."

"……."

"지금은 그렇게 해야 됩니다."

"지금은?"

되물었던 이광이 곧 외면하더니 입을 다물었다.

다음 날, 신한당의 간부회의.

오후 3시 반에 당사의 회의실이 열렸다.

먼저 발언권을 얻은 김훈이 자료를 들어 보이면서 말했다.

"심각합니다. 언론에서까지 후보님이 곧 소환될 것이라는 보도를 하는 실정입니다. 이것을 막아야 합니다."

김훈이 열기 띤 눈으로 간부들을 둘러보았다.

"여론 조작, 언론의 허위 보도라고 해도 이것으로 대세를 만들 수가 있는 것이 현실입니다. 따라서 이것을 막고 조작 세력에 반격을 해야 합니다."

모두 침묵했고 김훈의 말이 이어졌다.

"그래서 후보님의 대국민 성명이 필요합니다. 강력하게 후보 사퇴를 부인하고 끝까지 투쟁하겠다는 발표를 하는 것입니다."

그때 여럿이 동의했다. 박수를 치는 간부도 있다.

참석자 대부분이 현역 의원들이었고 여러 번 선거를 치러본 선수들인 것이다.

여론이 얼마나 쉽게, 허망하게, 그리고 어이없게 변하는지를 아는 것이다.

거기에다 한 번 선입견이 굳어지면 그것을 벗기기가 얼마나 어렵다는 것도 겪어본 경험자들이다.

회의가 끝나고 주요 간부들이 후보실로 들어갔다.

이광이 들어오라고 했기 때문이다.

당 대표 한창열에다 본부장 강윤호, 김훈까지 포함한 7명이다.

이광에게 설명은 한창열이 했다. 김훈의 주장을 그대로 옮긴 것이다.

한창열의 설명이 다 끝났을 때 모두의 시선이 이광에게 모였다.

그때 이광이 고개를 끄덕였다.

"여러분들이 있어야 내가 나설 수가 있는 겁니다."

옆에 앉은 안학태가 숨을 들이켰다.

귀신 씨나락 까먹는 소리 같지만, 긍정적인 신호다.

그래서 둘러앉은 간부들의 표정이 밝아졌다.

그때 이광이 말을 이었다.

"수사 결과를 기다립시다. 나를 소환한다면 출석해야지요. 내가 죄가 있다면 구속되고 재판을 받아야 합니다."

모두 숨을 삼켰고 이광의 말이 이어졌다.

"대변인은 수사 촉구를 주장하세요. 그 성명이 필요합니다."

그러고는 이광이 얼굴을 펴고 웃었다.

"내가 후보 사퇴를 안 한다고 발표하는 것은 본질을 희석시키는 일입니다. 문제는 내가 죄를 지었냐는 것이지요. 그것에 집중합시다."

이광이 의자에 등을 붙였다.

"검찰이 죄 없는 나를 죄인으로 만들었다면, 그리고 언론이 그대로 보도한다면, 또 국민들이 그대로 따른다면 나는 수감되고 후보는 당연히 사퇴되겠지요."

그때 이광이 다시 웃었다.

"물론 나는 최선을 다해 해명할 겁니다. 놔두고 하늘의 뜻에 맡기지는 않습니다. 그러나……"

"……"

"악(惡)이 이긴다면, 국민이 그 악을 믿는다면 나는 한국을 떠납니다, 그런 나라에서는 희망이 없으니까요."

이광이 고개를 저었다.

"그것은 국민이 알면서도 제 이익을, 제 편을 위해서 대의(大義)를, 국가를 버린 것이나 같기 때문이죠."

후보실을 나왔을 때 김훈이 강윤호에게 말했다.

"후보님 의지는 이해했어."

"난 감동했어."

복도를 걸으면서 강윤호가 말을 받았다.

"저런 자신감이 있어야 돼."

"맞아."

김훈이 고개를 끄덕였다.

"덜컥 성명서를 발표하는 것이 어쩌면 경솔하고 나약하게 보일 것 같아."

신한당의 반응이 오후 6시에 나왔다.

후보 대변인의 성명이다.

"신한당은 '리스타 탈세' 사건에 대한 특검을 적극 주장한다. 조속한 시일 안에 전력을 다해 사건 수사를 해주기 바란다. 엄정한 수사를 통해 결과가 나온다면 신한당 후보는 그 결과에 승복, 탈세가 분명하다면 후보직을 사퇴, 법의 심판을 받겠다. 그러나."

고개를 든 대변인이 TV 화면을 응시했다.

"만일 이 '탈세' 사건이 거짓으로 판명된다면 사건을 조작한 당사자는 책임을 져야만 할 것이다. 리스타는 물론 신한당도 절대 좌시하지 않을 것이다."

"흥!"

신한당 후보 대변인의 성명을 실시간으로 TV를 통해 본 김정은이 코웃음을 쳤다.

"약해."

"네, 약한 것 같습니다."

김여정이 고개를 끄덕이며 말했다.

"참모진에서는 후보가 절대 사퇴하지 않겠다는 성명을 주장했다는데요."

"그렇지. 그것이 약하긴 하지만, 그 정도까지는 해야지."

"이 회장이 그렇게 지시했다는 겁니다."

"그 양반이 정치를 안 해봐서 그런가?"

"글쎄요."

김정은의 시선이 옆쪽에 앉은 이동욱에게로 옮겨졌다.

"보좌관, 네 생각은 어떠냐?"

"저는 잘 모르겠습니다, 각하."

"보좌관이 서울에 연락을 해야겠어."

"예, 각하."

긴장한 이동욱에게 김정은이 말을 이었다.

"내가 여기서 성명서를 발표하려는데 어떻게 생각하느냐고 물어봐."

"예, 각하."

이동욱이 상반신을 세웠다.

뭔가?

이동욱이 서울에 나타난 것은 그다음 날 오전 9시다.

밤에 평양을 출발, 베이징에서 첫 비행기를 타고 온 것이다.

물론 비밀 입국이어서 언론은 눈치채지 못했다.

연락을 받은 안학태가 공항으로 차를 보냈고, 10시에는 이동욱이 이광의 앞에 앉게 되었다.

이곳은 안가, 방의 응접실에 안학태까지 셋이 둘러앉았다.

인사를 마친 이동욱이 입을 열었다.

"주석께서 윤필성이 리스타 이민 자금을 횡령해서 북한 고위층을 매수했다는 사실을 방송하겠다는데요."

이광은 듣기만 했고 이동욱이 말을 이었다.

"선전선동부장이었던 우명수를 TV에 출연시켜 윤필성의 음모를 낱낱이 자백시키겠다고 합니다."

그렇게 되면 윤필성은 온갖 죄를 뒤집어쓰게 된다.

아마 살기 힘들 것이다.

"윤필성은 유준상 대통령의 파트너야."

그때 이광이 말했다.

이동욱의 시선을 받은 이광이 부드럽게 웃었다.

"유준상 대통령의 입장을 고려해주는 것이 낫겠다."

"어떻게 말입니까?"

안학태가 물었는데 굳은 얼굴이다. 이해가 안 된다는 표정이다.

이광이 정색하고 안학태를 보았다.

"대통령이 윤필성한테 끌려가는 것 같다."

"회장님, 아니 후보님."

안학태가 당황해서 이광을 회장님이라고 잘못 불렀다.

고개를 든 안학태의 목소리가 높아졌다.

"저도 비서실장입니다만, 비서실장에게 끌려가는 주군 입장까지 고려해주실 필요는 없을 것 같습니다만."

"아니야."

이광이 고개를 저었다.

"안 실장, 나하고 유준상 씨하고는 다르다. 나하고 비교하지 말도록."

안학태가 입을 다물었을 때 이광이 이동욱에게 말했다.

"너는 주석께 가서 당분간은 폭로를 멈춰 주시라고 해라. 내가 고마워하고 있다는 말은 꼭 전하고."

"예, 회장님."

"내가 대통령을 비밀리에 만날 예정이라고도 전해."

"예, 회장님."

"그 결과도 알려드리겠다고 해."

"알겠습니다."

어깨를 늘어뜨린 이동욱이 대답했을 때 이광이 안학태에게 물었다.

"윤필성을 통해 대통령 면담 신청을 하면 성사가 안 되겠지?"

"힘들겠지요."

안학태가 한숨을 쉬면서 말을 이었다.

"다른 루트로 전달해보겠습니다."

이광이 고개를 끄덕이며 웃었다.

"이 사람아, 언젠가 자네가 그랬지? 정치는 뺨 때리면 다른 쪽 뺨 내미는 환경이 아니라고. 그러면 목까지 잘린다고 말이야."

"저는 그런 말씀 드린 적 없는데요?"

정색한 안학태가 말했지만 이광이 말을 이었다.

"난 뺨 맞은 게 아냐. 이쯤은 바람이 지나간 정도야."

안학태는 입을 다물었고 이광이 얼굴을 펴고 웃었다.

"냄새나는 바람이었지. 잠깐 숨을 참으면 돼."

"제가 청와대 쪽에 손을 써보겠습니다."

안학태가 일어서면서 말하자 이광이 고개를 끄덕였다.

이동욱도 인사를 하고 일어섰다.

방에서 나왔을 때 안학태가 이동욱을 돌아보며 말했다.

"하긴, 지금까지 회장님이 겪으신 일에 비하면 이런 일은 아무것도 아니지."

안학태의 얼굴에 쓴웃음이 번졌다.

"하지만 이렇게 허무맹랑하고 더러운 경우는 처음이야. 나도 정치를 처음 겪지만, 이렇게 눈 뻔히 뜨고 사기를 치는 줄은 몰랐어."

"저는 바로 돌아가겠습니다."

이동욱이 안학태한테도 인사를 했다.

김정은한테 빨리 알려줘야 한다.

"그래. 다시 연락해."

안학태가 이동욱의 어깨를 움켜쥐고 말했다.

"김여정 씨한테 내 안부도 전하고."

"리스타는 마약 사업으로 돈을 벌었습니다."

화면에 나온 백영표는 전(前) 리스타 한국법인 상무를 지낸 인물이다.

51세. 리스타를 퇴직한 지 5년 되었다고 했다.

말쑥한 용모의 백영표가 말을 이었다.

"태국, 캄보디아 등지에서 사들인 마약을 상품으로 위장, 미국과 유럽으로 판매한 것입니다."

백영표의 목소리에 열기가 띠어졌다.

"엄청난 물량이 전 세계로 판매된 것입니다. 리스타의 상품으로 속여 각국의 '리스타 법인'으로 반입시킨 후에 판매했습니다. 이것은 범죄입니다. 이 사업으로 리스타는 수천억 불을 벌어들인 것입니다. 이것으로 리스타의 기반이 굳어졌습니다."

KBC의 오후 2시 방송이다.

'리스타 탈세' 사건으로 이광의 후보직 사퇴 소문이 퍼진 상황에서 다시 리스타의 '마약 판매'를 폭로한 것이다.

백영표가 검찰에 제시한 자료는 방대했다.

검찰은 즉각 '마약 사건'에 대한 수사에 들어갔고 리스타 서울 법인장 박만영에게 구속 영장이 신청되었다.

"백영표는 공금을 횡령했다가 적발되어 파면되었습니다."

안학태가 보고했다.

"수십억을 교묘한 방법으로 횡령해서 탕진했는데 적발되자 변상하는 조건으로 경찰에 넘기지 않고 파면으로 끝낸 것입니다."

"언론에는 그냥 퇴사했다고 했던데."

이광이 안학태를 보았다.

"그리고 그 자료라는 것, 확인해보았나?"

"모두 위조한 것이겠지요, 서울 법인장으로 있을 때 서류를 많이 수집했을 테니까요. 그것으로 위조했을 겁니다."

"별놈들이 다 나서는구만."

"또 사건이 조작된 것입니다."

안학태가 고개를 절레절레 흔들었다.

"윤필성의 형태는 악랄합니다. 김정은 주석이 잘 보셨는지 모르겠습니다."

이광의 집무실 안이다. 오후 5시 반.

그때 안학태가 목소리를 낮췄다.

"모레 오후 7시에 청와대 후문 근처의 '정원' 한식당에서 대통령님하고 면담이 잡혔습니다."

안학태가 말을 이었다.

"윤필성은 모르는 일입니다."

"아니, 이런."

눈을 치켜뜬 강윤호가 앞에 선 보좌관을 보았다.

"또 압수 수색이야? 이틀 사이에 두 번씩이나?"

"이번은 수사관이 50여 명이나 동원되었습니다. 곧 뉴스에도 나올 겁니다."

오후 6시 반.

방으로 달려 들어온 보좌관이 말을 이었다.

"보도진들한테 미리 통보했기 때문에 언론사 기자들은 다 몰려갔다고 합니다."

"그런데 당사자인 우리한테는 전화 한 통 없단 말이지?"

"우리는 정당이고 리스타와는 관계가 없다는 것이지요."

"그렇게 죽이는군."

"백영표가 공금 횡령으로 파면되었다고 했지만, 기사를 낸 곳은 2곳뿐입니다. 그것은 백영표가 소송을 내고 반박했다는 기사가 나왔어요."

"뭐라는 소송인데?"

"파면 무효 소송이랍니다."

"나쁜 놈. 이 사건 기간 동안, 제 본질을 흐리려는 수작이야."

"……."

"조종도 하겠지. 조건을 걸고."

"탈세 의혹을 제시했던 최경수와 비슷하게 행동하고 있습니다."

그때 방으로 들어온 비서가 잠자코 TV를 켜자 뉴스가 나왔다.

특보다. 기자가 소리치듯 말했는데 뒤쪽에 수십 명이 박스를 갖고 나오는 장면이 보인다.

"리스타의 마약 밀수 사건으로 수사관 50여 명이 출동했습니다. 리스타는 연이어서 터지는 사건으로 이제 공황상태입니다. 리스타의 고위 간부 하나는 마침내 터질 것이 터졌다고 말했습니다."

그때 강윤호가 고개를 돌려 보좌관을 보았다.

"고위 간부, 누구야?"

"그건 모릅니다."

강윤호가 어깨를 늘어뜨렸다.

국민 대부분이 믿을 것이다.

"고위 간부, 누구야?"

당사 집무실에서 TV를 보던 안학태가 옆에 선 비서에게 똑같은 질문을 했다.

그때 비서가 얼굴을 일그러뜨렸다.

"없습니다."

"없다구?"

"기자가 지어낸 말입니다, 아니 방송국에서 만든 기사입니다."

"……."

"제가 바로 문의했습니다. 처음에는 취재원을 밝힐 수 없다고 하더군요. 그래서 작가한테 캐물었더니 고위층에서 그렇게 하라고 했답니다."

"……."

"고위층은 밝힐 수 없답니다."

그때 비서 하나가 전화기를 손에 들고 방으로 들어섰다.

"실장님, 김 사장이란 분입니다."

"김 사장?"

되물었던 안학태가 손을 내밀었다.

전화기를 받아든 안학태가 응답했다.

"예, 안학태입니다."

"실장님, 접니다."

목소리를 알아들은 안학태가 긴장했다.

청와대 안보보좌관 김은수다.

김은수가 대통령과 이광과의 비밀 회동을 윤필성 모르게 주선했던 것이다.

회동은 내일 저녁이다.

그때 김은수가 말했다.

"실장님, 내일 회동은 보류해야 될 것 같습니다."

안학태는 숨을 죽였고 김은수의 말이 이어졌다.

"분위기가 좋지 않습니다. 이런 상황에서 회동은 별 도움이 되지 않을 것 같습니다."

"알겠습니다."

안학태는 갑자기 가슴 안에서 심장이 끓어오르는 느낌이 들었다.

심장이 부들거리며 끓어오르는 것 같다.

이것이 바로 울분인가?

당사의 후보실로 들어선 안학태는 TV를 보고 있는 이광을 보았다.

화면에는 지금도 '마약 사건'을 보도하고 있다.

패널로 나온 평론가들이 이구동성으로 리스타를 비난하고 있다.

그때 이광이 TV에서 고개를 돌려 안학태를 보았다.

그 순간, 안학태가 숨을 들이켰다.

이광의 얼굴이 웃고 있었기 때문이다.

웃음 띤 얼굴로 안학태를 바라보고 있다.

"대단하군. 전 세계를 상대로 마약 사업을 벌인 '리스타그룹'이 되었군."

패널 하나가 그렇게 강조했던 것이다.

"저렇게 살아온 놈들입니다."

안학태가 TV에 나온 패널을 눈으로 가리키며 말했다.

따라 웃으려고 했지만 안 되어서 얼굴이 일그러졌다.

"이대로 가면 정말 내가 후보 사퇴를 하고 리스타가 정밀 검사를 받을 때까지 구속되어야 할 것 같다."

"회장님, 아무래도 저희들이 너무 순진했던 것 같습니다."

안학태의 목소리가 떨렸다.

"이곳은 이미 오염되었습니다. 다 알면서도 휩쓸려가고 있습니다."

이광의 시선을 받은 안학태가 말을 이었다.

"오늘 리스타랜드로 떠나시지요."

"……."

"이대로 며칠만 더 지나면 회장님이 혐의도 없이, 물증도 없이 여론에 의해서 구속 수감될 가능성이 있습니다."

"……."

"유장호 변호사한테서 방금 전화가 왔습니다. 그것이 낫겠다고 합니다."

"……."

"당 대표와 선거본부장은 지금도 회의 중입니다만, 결론을 내지 못하고 있습니다. 모두 기가 꺾인 상황입니다."

"……."

"당내 강경파들도 전의(戰意)가 꺾인 상황입니다. 이런 악재가 연거푸 터지리라고는 예상하지 못했다고 합니다."

"……."

"그들에게 기업의 사고는 생소한 문제니까요. 후보가 탈세, 마약 사건으로 연루되었다는 것이 치명적이라고만 하는군요."

이제는 안학태의 얼굴에 일그러진 웃음이 떠올랐다.

"회장님, 조작된 것인지도 모릅니다만, NSB 여론 조사 기관에서 회장님이 후보를 사퇴해야 한다는 여론이 87퍼센트가 되었습니다."

"……."

"사건 진상이 밝혀질 때까지 회장님의 출국을 금지해야 한다는 여론이 88퍼센트입니다."

"……."

"회장님, 전용기가 대기하고 있습니다."

"하하하하."

갑자기 이광이 웃었기 때문에 안학태가 깜짝 놀랐다.

고개를 든 이광이 웃음 띤 얼굴로 안학태를 보았다.

"안 실장이 이 정도니 모두 기가 꺾일 만하구만."

안학태는 숨만 쉬었고 이광이 말을 이었다.

"안 실장, 청와대에 연락해서 내일 대통령 면담은 연기하는 것이 낫겠다고 전해."

"……."

"죄송하다고 하고 말야. 분위기가 이래서 만나는 것이 서로 부담될 것 같다고 정중히 사과해."

그때 안학태가 정신을 가다듬었다.

조금 전에 김은수한테서 들은 보류 이야기는 안 해도 된다.

"예, 회장님."

이광이 먼저 제의한 것으로 되었구나.

그래서 이광이 상처를 받지 않았다는 감동은 아직 일어나지 않았다.

그만큼 정신이 돌아오지 않았으니까.

"그리고."

이제는 정색한 이광이 안학태를 보았다.

두 눈이 반짝이고 있다.

"난 서울에 남아 있는다."

신한당 대선 선거본부장 강윤호가 여의도 일식당 도쿄에 들어섰을 때는 오후 8시다.

기다리고 있던 부본부장 김훈과 정책실장 양기선이 강윤호를 맞았다.

자리 잡고 앉은 셋의 분위기는 침울하다. 미리 음식을 시켜놓았지만 셋은 젓가락 대신 술잔부터 들었다.

먼저 입을 연 사람은 김훈이다.

"이대로 사흘만 가면 여론에 밀려서 후보한테 구속 영장이 신청될 거야."

예상한 강윤호는 듣기만 했고 김훈이 말을 이었다.

"진영 분위기가 떨어져서 계기를 만들어야 돼."

"……."

"후보님이 외국으로 도피한다는 소문이 돌고 있어. 만일 그렇게 되면 우리는 망하는 거야."

"마타도어야."

"그건 아는데 여론이 그쪽으로 쏠리고 있어. 후보님이 도망간다고 말야."

"……."

"그렇게 되면 대부분이 여론 방향으로 움직이게 돼."

"아냐!"

술잔을 소리 나게 내려놓은 강윤호가 김훈과 양기선을 노려보았다.

"우리 후보님은 그렇게 비겁한 사람이 아냐!"

강윤호의 목소리가 공허하게 울린 것은 동조하는 사람이 없었기 때문이다.

정남희가 서울에 도착한 것은 그다음 날이다.

'리스타의 마약' 밀수가 전 언론에 도배를 한 상황에 온 것이다.

리스타랜드에서 사태를 주시하다가 날아왔는데 해밀턴이 동행했다.

오후 7시 반.

저택의 응접실에 이광과 안학태, 정남희와 해밀턴까지 리스타의 최고위층 넷이 모였다.

먼저 정남희가 입을 열었다.

"회장님, 제가 리스타랜드에서 최고 지도자 회의를 주관했습니다."

이광은 시선만 주었고 정남희가 말을 이었다.

"처칠이 한 말이 맞습니다. 국민은 그 수준에 맞는 지도자를 뽑는다고 했습니다. 허위 선전에 넘어가는 것도 국민입니다. 제대로 사리 판단을 하지 못하는 국민에게 맞는 지도자가 있는 것 같습니다."

"……."

"저희들도 따로 여론 조사를 했는데 알면서도 진영, 또는 지역감정 때문에 받아들이지 않는 국민이 많습니다. 그들은 돌아서지 않습니다."

고개를 든 정남희가 이광을 보았다.

"회장님, 이 시점에서 돌아가시지요. 이제 국민들의 진면목을 다 보셨을 테니까 더 이상 기대하지 않으시는 것이 낫지 않겠습니까?"

그때 해밀턴이 말했다.

"다른 정보가 있습니다."

이광의 시선을 받은 해밀턴이 말을 이었다.

"곧 언론에서 회장님의 여자관계를 터뜨릴 것 같습니다."

"여자관계라니?"

그때 정남희가 쓴웃음을 짓고 말했다.

"저도 등장합니다. 주역 중의 하나죠."

이광이 입을 다물었고 해밀턴과 안학태는 외면했다.

정남희가 말을 이었다.

"제가 내연녀로 리스타 업무를 전횡하고 있는데 회장님에게 여자를 골라 바치는 채홍사 역할을 한다는 것이죠."

"채홍사?"

"예, 연산군에게 전국의 미녀를 골라 바쳤던 관리라고 합니다."

"무슨 말인지."

"저는 세계 각국의 미녀를 골라 바치는 역할이니까 연산군의 채홍사보다 스케일이 몇십 배나 크죠."

"농담할 상황이 아냐."

그때 해밀턴이 입을 열었다.

"그것이 농담 같지만, 치밀하게 조작되었습니다. 폭로되면 믿을 만하게 됩니다."

이제는 정색한 해밀턴이 말을 이었다.

"여자들이 증언한 테이프가 10여 개입니다. 회장님과의 관계를 증언한 테이프지요."

"……."

"치밀하게 작업해 놓았습니다. 이 테이프를 살포하면 진위를 판별하기가 어렵고, 이번 사건과 겹치면 폭발력이 커질 것입니다."

고개를 든 해밀턴이 이광을 보았다.

두 눈이 번들거리고 있다.

"회장님, 이 작업의 배후가 있습니다."

해밀턴은 '작업'이라고 표현했다.

정남희와 안학태가 입을 다물었고 이광의 눈빛이 강해졌다.

그때 해밀턴이 말을 이었다.

"일본입니다."

"일본?"

이광의 목소리가 높아졌다.

의외였기 때문이다.

이광이 눈을 가늘게 떴다.

"일본이라니, 일본이 개입했단 말인가?"

"예, 총리실 안보실장 다께다가 주도했다는 증거가 있습니다."

해밀턴이 말을 이었다.

"도쿄에서 정보를 받았습니다."

"일본이 독자적으로 한 일인가?"

"그건 확인하지 못했지만, 다께다가 작업을 한 증거가 있습니다."

그때 정남희가 나섰다.

"일본에서 윤필성 측과 연합했는지는 아직 알 수 없지만 목적은 같습니다. 회장님을 매장시키겠다는 의도지요."

"……."

"지금은 손발이 맞는다고 봐야겠지요."

이광이 의자에 등을 붙였다.

어느덧 놀람이 가신 얼굴에 슬며시 웃음이 떠올라 있다.

"남북한 연합과 리스타의 세계 진출을 가장 불안하게 여길 국가가 일본이지."

이광이 말을 이었다.

"마침내 일본이 모습을 드러낸 거야. 올 것이 왔어."

밤, 침실에 둘이 남았을 때 정남희가 웃음 띤 얼굴로 이광을 보았다.

"이제 곧 제가 당신의 불륜녀로 등장하게 되었어요. 일본이 만든 폭로 자료를 보았더니 제가 당신을 좌지우지하는 내연녀, 리스타의 숨은 실세가 되어있더군요."

"내 잘못이지. 내가 확실하게 했어야 했어."

"일본 자료를 폭로할 매체는 3개 언론사인데 정보는 해외 특파원들이 받아 보낸 것으로 위장했습니다."

정남희가 말을 이었다.

"그래서 제가 온 거예요. 당신을 데려가려고. 이제 와서 여자관계 추문으로 명예를 더럽히면 되겠어요? 그것이 모두 날조된 것이라고 해도 말이에요."

"……."

"그렇게까지 더러운 오물 안에서 싸움을 하고도 대선에서 떨어졌을 때를 생각해보세요. 당신이 지금까지 국민을 생각했던 그 꿈이 무너져 버릴까 두려워요."

"……."

"물론 당신을 존경하고 따르는 국민들이 있겠지만, 거부하고 무조건 배척하는 국민의 실체를 확인하게 될 테니까요."

"……."

"그것을 견디고 덮고 다시 시작할 수 있겠어요?"

정남희가 이광의 허리를 두 손으로 감싸 안았다.

따스한 체온과 함께 부드러운 촉감이 전해져 왔다.

"고맙다."

이광이 정남희의 머리끝에 입술을 붙였다.

익숙한 향이 맡아졌고 가슴이 따뜻해졌다.

이광이 입을 열었다.

"내 지금 생각을 말해줄게."

"……."

"나는 끝까지 겪고 나올 거다."

"그러실 줄 알았어요."

"거짓과 음모에 부서져서 도망갈 수는 없어. 끝까지 가겠다."

"그래서 제가 온 거죠."

정남희가 이광의 가슴에 얼굴을 붙였다.

"옆에 있어 드리려고."

이광은 더 말을 잇지 않았고 정남희의 숨결도 더워졌다.

이틀 후에 이광의 '문란한 사생활'이란 제목으로 여성 편력에 대한 기사가 5개 신문에 보도되었다.

이것은 곧 방송을 탔고 확인 전화가 쇄도했다. 신한당 선거 대책본부로 쇄도한 것이다. 탈세, 마약 사업에 이어서 문란한 여성 편력이 보도된 것이다.

아직 탈세 수사가 진행 중인 상황이다.

"이런, 찌라시가."

흥분한 김훈이 신문을 들더니 반으로 찢었다.

선대본부장 사무실 안이다.

방 안에는 본부장 강윤호와 정책실장 양기선까지 셋이 모였다.

선대위의 고위급 간부 셋이 모인 것이다.

"이 새끼들을 고발해야 돼. 무고죄로 말야."

그러나 강윤호와 양기선은 입을 다문 채 눈만 껌뻑였다.

김훈이 둘을 노려보았다.

"이대로 놔둘 거야?"

"우선 무고죄로 고발을 하지."

어깨를 늘어뜨린 강윤호가 겨우 입을 열었다.

"어차피 무고죄로 고발했다는 것까지 언론에서 떠들겠지만 말야."

"정보원이 외국이라 시간이 걸려."

양기선이 잇새로 말했다.

"사건만 확대될 뿐이야."

정보원이 미국, 프랑스, 태국 등 외국이었던 것이다.

이광의 엽색 상대는 모두 외국인이다. 얼굴까지 드러난 여자들은 이광의 '애인'이었고, 한 사람은 1년간 동거했다는 사실을 생생하게 증언했다. 모두 미인인데다 젊다.

언론에 보도된 여자는 무려 7명이고 기사에는 더 있다고 했다. 추가 보도 기사가 또 나온다는 것이다.

그때 강윤호가 고개를 들었다.

"여론이 이제는 싫증을 내고 있어. 내일쯤이면 진저리를 낼 정도가 될 거야."

둘은 입을 다물었고 강윤호가 말을 이었다.

"지금은 사실 확인을 따질 상황이 아냐. 세 사건이 다 거짓이지만 우린 당했어. 저놈들에게 당했다구."

"……."

"여론이라는 걸 당신들도 알 거야. 진위를 떠나서 얼마나 잔인한지 말야. 혜성처럼 나타난 '리스타' 회장 이광에 대한 동경이 이제는 반대로 변한 거지. 잔인하게 짓밟아서 쾌감을 느끼고 싶은 것이라구."

"이런 개 같은."

숨을 고른 김훈이 번들거리는 눈으로 강윤호를 보았다.

"이것도 윤필성의 음모야. 이놈이 장난을 친 것이라구."

"증거를 잡기 힘들어."

강윤호가 고개를 저었다.

"진상을 확인하기 전에 대선이 끝날 거야."

김훈이 외면했기 때문에 방 안에는 가쁜 숨소리만 들렸다.

방 안에 덮인 것은 절망감이다. 모두 얼굴이 일그러져 있고 어깨도 늘어져 있다.

그때 안으로 보좌관이 들어섰다.

"후보께서 부르십니다."

후보실에 모인 선대위 간부는 모두 8명. 당 대표인 한창열까지 포함되어 있다.

당과 선대위의 최고위 간부가 다 모인 것이다.

인사를 마친 이광의 표정은 차분했다.

방 안 분위기는 잔뜩 가라앉아 있다.

그때 이광이 입을 열었다.

"이번에 또 내 '여성 편력'에 대해서 폭로 기사가 나왔더군요."

이광이 말을 이었다.

"모두 거짓말입니다. 여러분은 그것만은 알아주시기 바랍니다. 이에 대한 법적 조치는 당연히 해야겠지만."

잠깐 말을 그친 이광의 눈빛이 강해졌다.

"이것만은 분명히 여러분께 밝힙니다. 나는 중도 포기를 하지 않습니다. 국민이 거짓 선동에 속아서 저를 배척하더라도 나는 끝까지 대선을 치를 것입니다."

"이제 개판이군."

안동수가 쓴웃음을 짓고 말했다.

"끝났어, 이광은."

"그렇구만."

고재일도 동의했다.

모처럼 둘의 의견이 같아진 경우다.

이곳은 서교동의 막창집 안, 둘이 소주를 마시고 있다.

소주잔을 든 안동수가 말을 이었다.

"연거푸 악재가 터지고 있어. 이광은 이제 죽었다가 깨어나도 못 일어나."

고재일은 입맛만 다셨고 안동수가 한 모금에 소주를 삼켰다.

"이번 '여성 편력' 폭로로 이광에 대한 여자들의 지지도가 대폭락할 거다. 이젠 이광은 사면초가야."

"……"

"에이, 더러운 놈."

그때 고재일이 고개를 끄덕였다.

"어쨌든 이광은 이번에 대선은 제대로 치르지 못하겠다."

이것이 대다수 국민들의 생각일 것이다.

"이건, 또 뭐야?"

버럭 소리친 김정은이 앞에 앉은 장성달과 김여정, 이동욱까지 둘러보았다.

요즘은 호위총국장 장성달까지 불러들여 넷이 앉아있다.

방금 김정은은 이광의 '여성 편력' 보도에 대한 보고를 받은 것이다.

보고자는 김여정이다.

김정은이 가쁜 숨을 고르고는 말을 이었다.

"이렇게 나오도록 놔둔단 말야?"

"외국에서 들어온 정보라 국내에서는 미처 수습할 수가 없었던 것 같습니다."

김여정이 대답했다.

"나름대로 자료가 잘 준비되었어요. 기관이 작용한 흔적이 보입니다."

"한국 기관인가?"

"그건 모르겠습니다."

"나쁜 놈들."

김정은의 시선이 앞에 놓인 신문으로 옮겨졌다.

대서특필된 '이광의 여자들' 타이틀이 눈에 띈다.

"이게 무슨 죄라고? 여자들을 죽인 것도 아니잖아."

김정은의 얼굴이 상기되었다.

"다 돈 주고 집 사주고 논 여자일 텐데 말야. 그런데 이제 와서 들고 일어나?"

"조작된 것입니다."

김여정이 말을 받았을 때 이동욱이 입을 열었다.

"서울에서 연락을 받았는데 이것은 일본 측의 공작이라는 것입니다."

김정은의 시선을 받은 이동욱이 말을 이었다.

"총리 비서실 안보실장 주도로 만들어진 공작입니다. 그들이 자료를 조작, 외국에서 흘린 것입니다."

"간나 새끼들."

김정은의 얼굴이 다시 상기되었다.

"내가 그럴 줄 알았어."

눈을 치켜뜬 김정은이 이동욱을 보았다.

"내가 어떻게 도와주면 되겠느냐고 서울에 물어봐."

그 시간에 해밀턴은 하와이로 날아가서 호놀룰루의 맨스필드 호텔 라운지에 앉아있다.

라운지의 밀실에서 마주 앉은 사내는 CIA 부장 윌슨이다.

해밀턴의 요청으로 윌슨이 날아온 것이다.

창밖으로 남빛 바다, 햇살이 환한 푸른 하늘이 펼쳐져 있지만 둘의 분위기는 가라앉아 있다.

그때 윌슨이 입을 열었다.

"일본이 공작을 하리라고는 우리도 예상하지 못했어."

윌슨이 고개까지 저었다.

"총리실 소속 안보실은 조직이 잘 짜여 있어. 우리처럼 독립 기관으로 되어 있는 것이 아니라 각 기관의 정보를 총괄하는 역할이라 오히려 더 규모가 크다고 봐도 돼."

"젠장. 그걸 누가 모르나?"

해밀턴이 투덜거렸다.

"일본이 이제 노골적으로 한국 대선에 개입하는 건가?"

"이 회장이 대통령이 되면 일본의 국익에 위협이 된다고 판단한 것이지."

"그럼 총리의 묵인은 받았겠군."

"당연하지."

이맛살을 찌푸린 윌슨이 말을 이었다.

"한국이 통일되면 가장 불안해질 나라가 일본이니까. 이젠 중국이 아냐."

윤필성이 입을 열었다.

지금 윤필성은 대선 후보 유준상의 러닝메이트로 TV에 대고 특별기자회견을 하는 중이다.

생방송이다.

"도저히 있을 수 없는 일이 일어났습니다. 대선 후보가 엄청난 탈세, 마약 사업, 거기에다 이제는 수많은 여자와의 여성 편력이 폭로되었습니다. 눈을 뜨고 볼 수 없는 일입니다. 국격의 추락입니다. 여러분의 자존심에 치명타를 안겨준 사건들입니다."

윤필성의 얼굴은 상기되었고 목소리는 떨렸다.

오후 1시 반이다.

오후 2시가 되었을 때 TV에 다시 특보가 터졌다.

'리스타 한국 법인'에 대검 수사관 수십 명이 쳐들어가는 장면이 그대로 방영된 것이다.

시민 단체인 '한국통일민주연합'이 마약 사업에 대해서 리스타를 고소했기 때문이다.

곧 수사관들이 리스타에서 압류한 서류 박스들을 마치 이삿짐처럼 들고 나와 차에 실었다.

시청자들에게 그것이 마치 '마약 박스'처럼 보였다.

압수 수색 장면이다.

오후 6시 뉴스에 이광의 여자 스캔들이 또 터졌다.

2차다. 이번에는 8명이다.

국적은 미국, 일본, 프랑스 등 5국. 얼굴과 이름, 나이 등까지 자세히 보도되었다.

특파원 보도다. 특파원들은 정보원을 밝히지 않았는데 그것에 이의를 다는 사람은 없다.

당연한 일이었기 때문이다. 정보원 보호다.

다음 날, 오전에 KMCC의 여론 조사 결과가 나왔다.

요즘은 여론 조사가 대세여서 길이 막혀도 여론 조사를 하는 세상이다.

신한당 대선 후보 이광이 문제가 있느냐고 묻는 질문에 1005명 중 89퍼센트가 '있다'고 대답했다.

그다음, 이광이 대선 후보를 사퇴하는 것이 낫겠느냐는 질문에 84퍼센트가 '그렇다'고 대답했다.

사건 진상이 판명될 때까지 보류하라는 사람은 6퍼센트에 불과했다.

10퍼센트는 '모르겠다'였다.

"후보님, 해명 성명이라도 발표하시는 것이 낫겠다는 의견입니다."

선대본부장 강윤호가 충혈된 눈으로 이광을 보았다.

오후 8시 반.

신한당 당사의 대선 후보실에 이광과 강윤호, 김훈, 그리고 안학태가 둘러앉아 있다.

강윤호가 말을 이었다.

"이대로 가만있으면 인정하는 것처럼 보입니다. 국민들은 순진해서 그렇게 믿습니다."

그때 김훈이 덧붙였다.

"그리고 경쟁자들도 일제히 가만있는 것은 시인하는 것이라고 선전할 것입니다. 그럼 더 믿게 되는 것이지요."

강윤호가 말을 받는다.

"이제 곧 탈세 사건으로 후보님을 소환할 예정입니다. 그렇게 되면 후보님은 범법자 낙인이 찍히게 될 것입니다."

"……."

"그것이 여러 번 계속될 것이고, 이어서 마약 사건, 여자들의 고발 사건이 이어지면, 이것은……."

"잠깐."

안학태가 손까지 들어서 둘의 말을 막았기 때문에 분위기가 가라앉았다.

그때 안학태가 입을 열었다.

"후보께서는 성명 발표를 하지 않으실 겁니다. 검찰이 소환하면 그때 응할 것이고, 조사는 피하지 않고 받으실 겁니다."

안학태가 말을 이었다.

"서류도 다 가져갔으니까 조작하지 않는 한, 진상이 밝혀질 테니까요. 그때까지 기다리실 것입니다."

그러더니 덧붙였다.

"만일 조작하거나 조금이라도 위법한 사실이 드러났을 경우에는 그 대가를 받게 될 테니까요."

강윤호와 김훈이 서로의 얼굴을 보았다.

둘 다 눈이 흐려져 있다.

"진흙탕 싸움을 안 해보셨어."

본부장실로 돌아온 강윤호가 한숨을 쉬면서 말했다.

"하지만 희망을 보았어."

"뭔데?"

시큰둥한 표정으로 김훈이 묻자 강윤호는 쓴웃음부터 지었다.

"정치인처럼 대응하지 않는 것이 순수하게 보이는군."

"그걸 누가 아나? 우리 눈에는 그렇게 보이지만, 국민 수준으로 봐야지."

김훈이 바로 반박했다.

"글쎄, 국민 수준에 맞는 대응을 해야 된다구."

"난 후보의 자신감을 느끼게 되었어."

강윤호가 정색하고 김훈을 보았다.

"결백하다는 자신감이 있으니까 저러는 거야. 더 이상 나서서 해명하고 변명 따위를 할 필요를 느끼지 못하는 거지."

"글쎄, 그것이……."

다시 항의를 이으려던 김훈이 주머니를 뒤지는 시늉을 하더니 물었다.

"담배 있어?"

"있을 리가 있나?"

강윤호가 어이없다는 표정을 지었다가 풀썩 웃었다.

"하긴 나도 담배 피우고 싶다."

둘 다 금연한 지 10년이 넘은 것이다.

'리스타 한국 법인' 법인장 박만영이 구속된 것은 다음 날 오전이다.

이틀간에 걸친 영장 심사를 거쳐 도주 우려, 증거 인멸의 우려가 있다면서 영장이 집행된 것이다.

그것으로 리스타의 탈세가 기정사실로 굳어졌고 여론은 더 악화되었다.

이제는 언론에서도 신한당 후보 '이광'이 대선을 치를 수 없을 것이라고 보도하기 시작했다.

그전에 구속될 것이기 때문이다.

앞으로 '마약 사업'에 대한 수사가 남아 있고 이광에게 농락당한 여자들의 고소가 줄을 이을 예정인 것이다.

"어이, TV 돌려!"

이태원의 돼지갈비 식당에서 외침이 울렸다.

벽에 붙은 TV에서 마침 이광의 얼굴이 나온 순간이다.

기자가 이광의 '여성 편력'에 대해서 설명을 시작할 때 손님 하나가 소리친 것이다.

"맞아, 다른 데 틀어!"

다른 테이블 사내가 따라서 소리치자 종업원이 서둘러 리모컨으로 화면을 바꿨다.

이것이 요즘 민심이다. 여론이고.

"서울까지 갈 필요는 없으니까."

후꾸다가 웃음 띤 얼굴로 오오야마를 보았다.

이곳은 도쿄 시부야의 카페 안. 근처에 NHK 방송 센터가 있기 때문에 손님이 방송 관계자가 많다.

후꾸다가 말을 이었다.

"잘 먹히고 있어. 그러니까 현지에서 그럴듯하게 인터뷰만 해서 필름을 보내면 돼."

"이번 주 중에 필름 4개가 완성됩니다. 모두 연기가 그럴듯해서 배우 뺨치는 수준입니다."

"봤어?"

"시제품을 봤습니다."

"나한테도 보내봐."

"예, 차장님."

"한국 놈들, 감정적이라 금방 휩쓸려 들지. 내가 잘 알아."

맥주잔을 든 후꾸다가 웃음 띤 얼굴로 오오야마를 보았다.

"아예 사실 확인도 하지 않고, 대번에 언론에 터뜨리는 걸 보고 나도 놀랐어."

"첫 번째 시안은 좀 엉성했는데, 바로 먹히더군요. 저도 놀랐습니다."

"이광을 죽이려고 그냥 밀어붙인 거지."

"들통 나면 책임을 지지 않을까요?"

"대통령이 되면 다 덮을 수 있으니까."

"한국이 그렇게 미개합니까?"

"그러니까 우리 식민지가 된 것 아닌가? 다 이유가 있는 거야."

"제 친구의 친구가 조센징인데 머리가 비상해서 동경대 수석으로 들어갔습니다. 난 조센징을 그렇게 안 봤는데요."

"국민성이라는 게 있다니까."

기분이 좋은 후꾸다가 목소리를 높였다.

"만날 당파 싸움이나 하고, 수천 년 역사 동안 한 번도 한반도 밖으로 나가보지 못한 민족이야. 그래서 입만 살아서 동족이나 물어뜯지."

"지금 말하는 놈이 총리 비서실 차장 후꾸다야. 이번 '여성 편력' 작전의 실무 책임자지."

칸막이가 있는 뒤쪽 테이블에서 손기영이 낮게 말했다.

뒤쪽에서 후꾸다의 일본어가 다 들리는 것이다.

카페 안에는 손님이 많았고 조금 소란했다. 여자들의 웃는 소리도 들린다.

손기영이 말을 이었다.

"외주 작업을 맡기는 것 같구만."

"그런데 저 개새끼, 한국에 대한 편견이 미친놈 수준인데요."

장한수가 어깨를 부풀리며 말했다.

"저놈, 가만두지 못하겠습니다."

"야, 서둘지 마라."

술잔을 든 손기영이 쓴웃음을 지었다.

"우리가 이제는 저놈들을 누르고 있잖아? 그래서 저렇게 악을 쓰는 거다."

"그래도 지금 회장님이 당하고 있지 않습니까?"

그때 뒷좌석에서 다시 후꾸다의 목소리가 울렸다.

"그럼 경비는 내일 지급하기로 하지. 내일 중으로 시제품을 나한테 보내는 것 잊지 말고."

"예, 차장님."

"3차는 10일 후에 터뜨리는 것으로 하고, 알고 있지?"

"예, 준비 다 되었습니다."

손기영과 장한수가 서로의 얼굴을 보았다.

둘은 해밀턴이 사장인 '리스타 연합' 소속이다.

둘 다 일본어에 정통한 정보원 출신으로 이제 '여성 편력'의 근원지를 찾아낸 것이다.

"정말 참을 수가 없어."

김정은이 불같이 화를 내었다.

"이놈들을 가만두면 안 돼. 일본 놈들도 죽일 놈들이지만, 그것을 받아 검증도 하지 않고 모함하는 놈들은 반역자들이야!"

대동강 변의 제7초대소 안, 오후 8시 반.

김정은의 앞에는 오늘도 김여정과 이동욱이 앉아 있다.

김정은이 호흡을 고르고 나서 이동욱을 보았다.

"그래서 이 회장은 그냥 참고 있다는 거냐?"

"예, 아직."

"그러다가 어쩌려고?"

이동욱이 시선을 내렸을 때 김정은의 목소리가 다시 높아졌다.

"저 쓰레기통에서 당하고만 있단 말인가? 여론을 좀 봐, 여론을!"

"……."

"이광이 후보를 사퇴해야 한다는 여론이 90퍼센트야, 90퍼센트!"

"……."

"이것들을 다 고사기관총으로 없애야 돼."

"……."

"인민 10퍼센트만으로 살아도 돼."

"……."

"미련한 놈들. 나도 이 회장에 대해서 잘 아는데, 남조선 인민들이 모르다니!"

"……."

"그것들은 인민도 아냐. 배은망덕한 놈들."

그때 김여정이 낮게 헛기침을 했다.

이대로 뒀다가는 언제 끝날지 모르기 때문일 것이다.

"저기, 서울에서 곧 사람이 온다고 했습니다."

"누가?"

"이번에는 안 실장이 온다는데요."

"아, 그래?"

김정은의 표정이 풀어졌다.

안학태는 이광의 대리인이나 같다. 이광이 오는 것이나 같은 것이다.

제3당 당수이며 대선 후보인 자유당의 박상윤 의원은 이번 이광의 소동에서 한 발짝 떨어진 자세를 취하고 있었다.

이광과 민국당 후보이며 현직 대통령인 유준상과의 대결로 놔둔 것이다.

물론 민국당은 유준상의 러닝메이트인 윤필성이 전면에 나서서 싸우고 있다.

민국당의 전선(戰線)은 잘 짜였고 손발이 맞았다. 지금까지는 민국당의 공격이 일방적으로 이루어졌고 여론의 절대적인 지지를 받는 상황이다.

신한당의 이광은 복싱으로 보면 '그로기' 상태라고 봐도 된다.

오후 9시 반.

이곳은 여의도의 한정식당 '안성'의 밀실 안.

박상윤이 앞에 앉은 원내총무 천용학을 보았다.

"이대로 가면, 우리 존재 가치가 아주 없어져 버리겠어."

술잔을 내려놓은 박상윤이 말을 이었다.

"이광과 유준상의 싸움에서 우리가 어부지리를 얻어야 하는데 말야."

그렇다. 자유당에서 연거푸 이광에 대한 비난 성명을 쏟아부었지만, 언론과 여론의 관심은 민국당과 신한당의 대결이었다.

그때 천용학이 말했다.

"후보님, 곧 이광에 대한 '여성 편력' 후속탄이 터진다고 합니다. 이번에는 7명의 생생한 증언이라는데요."

"이광 그거, 패륜남 아냐?"

"이젠 여자들이 진저리를 치는 상황입니다. 한국 여론, 알고 계시지 않습니까?"

"그러다가 금방 잊어버리지."

"하지만 떨어진 지지율은 오르지 않는 법이지요."

"그건 그렇지."

천용학이 고개를 들었다.

자유당의 선대본부장은 천용학이다.

"후보님, 내일 성명을 발표하시지요."

"뭘 말인가?"

"대책위원회에서 갑론을박이 있었습니다만, 결국 후보님께서 결정하시도록 결론이 났습니다."

"무슨 일인데?"

"내일 특별성명을 발표하시는 것입니다."

천용학이 상기된 얼굴로 박상윤을 보았다.

"이광의 구속과 리스타 재산에 대한 압류를 촉구하는 성명을 발표하는 것입니다."

"재산 압류라니?"

놀란 박상윤의 목소리까지 갈라졌다.

그때 천용학이 목소리를 낮췄다.

"여론이 최악입니다. 이광이 마약으로 번 재산은 국가에 귀속시켜 사회에 환원해야 한다는 내용입니다. 리스타의 재산은 약 3천 조로 세계 최대, 한국의 5년 예산보다 많습니다."

"……."

"5천만 국민에게 1억씩을 나눠줘도 되는 재산입니다. 그런다면 싫다고 할 한국인은 한 사람도 없을 겁니다."

"……."

"우리가 먼저 선수를 치는 것입니다. 이광은 이제 시체나 다름없습니다. 이 고깃덩이를 먼저 삼키는 사람이 임자 아닙니까?"

천용학의 두 눈이 번들거렸다.

짐승 사체를 먹는 하이에나 같다.

"인터뷰 기사가 떴습니다."

안학태가 신문을 내려놓았지만, 이광의 시선을 받지 않았다.

오전 8시 반.

이광과 안학태, 정남희, 셋이 저택의 응접실에 모여 있다.

안학태가 말을 이었다.

"모두 7명입니다."

이광이 국일신문을 집어 들고 펼쳤다.

전면에 7명의 여자 사진이 찍혀 있다. 아이 손바닥만 한 크기다. 모두 미인이다.

아래쪽에 인터뷰 내용이 자세히 적혀 있다.

그때 고개를 든 이광이 쓴웃음을 지었다.

"모두 미인인데, 아쉽다."

이광의 시선이 정남희에게 옮겨졌다.

"내가 당신 모르게 이렇게 바람을 피워서 미안한데."

"그만두세요."

바로 정남희가 말을 받았기 때문에 안학태도 긴장했다.

정남희가 말을 이었다.

"정치판이 이 정도로 오염되었을 줄은 상상도 하지 못했어요."

정남희의 얼굴이 상기되었고 목소리는 격해졌다.

"그리고 선동적이고 편향적인 언론에 휩쓸리는 여론을 보면, 우리가 쏟아부은 노력이 아깝고 후회스럽기조차 합니다. 대가를 바란 것도 아니지만, 이 정도로 매도당할 줄은 몰랐어요. 이젠 만신창이가 되었으니까 모든 것을 접고 떠나는 것이 최선이라고 생각합니다."

정남희는 이광의 반려자이고 최측근이다. 2인자다. 이광의 부하 직원으로 시작했다가 우여곡절을 겪은 후에 자식까지 데리고 돌아온 경우다.

그때 이광이 안학태에게 물었다.

"자네 생각은 어때?"

"제 생각도 부회장님과 같습니다."

이제는 안학태가 이광을 똑바로 보았다.

"곧 자유당에서도 대국민 성명 발표를 할 예정입니다. 성명에는 리스타의 '자산 몰수' 요구까지 포함되어 있다는 겁니다."

"……."

"그것에 대한 여론 조사를 할 예정이고, 각 기관의 예상으로는 찬성 여론이 90퍼센트를 상회할 것이라고 합니다."

"……"

"그러면 유준상 정권은 여론을 업고 자산 몰수를 시행할 가능성이 있습니다."

이광은 쓴웃음만 지었고 안학태의 말이 이어졌다.

"자산을 몰수해서 국민 1인당 1억씩 나눠준다는 발표가 먹힐 것입니다. '리스타'에 대한 배려는 전혀 찾아볼 수가 없습니다."

그때 고개를 끄덕인 이광이 입을 열었다.

"리스타는 세계 기업이야. 한국 정부가 몰수할 수가 없어. 그건 말도 안 되는 선동이지."

"회장님을 인질로 잡으면 가능하지요."

안학태가 기다렸다는 듯이 대답했다.

"구속하고 지분 변경을 하는 것입니다. 얼마든지 가능하지요. 회장님이 대주주이시니까요."

"내가 그렇게 당할 것 같나?"

"그렇다면 전쟁입니다, 회장님."

안학태가 이제는 회장님이라고 불렀다.

정색한 안학태의 두 눈이 번들거렸다.

"조건 없는 애정은 버리시지요. 철저하게 맞대응을 해야 합니다. 눈에는 눈, 칼에는 칼로 대응해야 합니다."

숨을 들이켠 안학태가 이광을 보았다.

"내일 성명을 듣고 다시 말씀드리지요."

오전 10시.

자유당 당수이며 대선 후보인 박상윤의 특별성명.

연단에 선 박상윤이 엄숙한 표정으로 화면을 보았다.

"친애하는 국민 여러분, 우리는 리스타라는 거대한 자본 세력 앞에서 농락당할 뻔했습니다."

분개한 표정의 박상윤의 목소리가 높아졌다.

"리스타는 이번에 사주가 대선에 출마하게 되면서 비로소 본색이 드러난 것입니다. 우리는 리스타란 국제적인 사기 기업의 진면목을 보게 되었습니다."

"화면 끌까요?"

옆쪽에 앉아 있던 안학태가 묻자 이광이 고개를 저었다.

지금 이광은 저택 응접실에서 TV를 보는 중이다.

박상윤이 말을 이었다.

"저는 자유당을 대표해서 리스타의 자본을 몰수, 국민에게 배분하기를 제의합니다. 당장 리스타 사주이며, 신한당 대선 후보인 이광 씨를 구속, 리스타 자금을 국민에게 배분해주는 것입니다. 이것은 자유당의 선거 공약입니다."

그때 안학태가 리모컨으로 TV를 끄면서 말했다.

"죄송합니다."

"곧 여론 조사를 하겠지?"

이광이 묻자 안학태가 정색했다.

"예, 내일 중으로 결과가 발표될 것입니다."

안학태가 말을 이었다.

"그럼 저는 다녀오겠습니다."

"저런, 때려죽일."

TV를 보던 김정은이 앞에 놓인 재떨이를 TV에 던졌다.

유리 재떨이가 날아가 TV 윗부분에 맞아 부서졌다.

그러나 TV는 그대로 작동된다.

지금 화면에는 박상윤의 말이 계속되고 있다.

"저런 나라가 다 있나!"

김정은이 고래고래 소리쳤다.

"개인의 자산을 강도처럼 강탈하다니!"

주위에 둘러선 김여정, 장성달, 이동욱, 그리고 당비서국 대외사업부장 고성욱까지 몸을 굳히고 있다.

"저게 나라냐! 저런 독재국가가 세계 어디에 있단 말인가?"

그제야 TV 화면이 흔들리더니 번쩍이기 시작했다.

그러자 김여정이 전원을 껐다.

김정은이 숨을 고르고 나서 이동욱을 보았다.

"내가 못 참겠다. 저렇게 배은망덕한 놈들이 들끓는 남조선이 지긋지긋하다."

이동욱이 눈만 껌뻑였고 김정은의 목소리가 높아졌다.

"다 도둑놈, 사기꾼들이야. 저런 억지가 남조선 인민들에게 먹힌단 말이냐?"

"잘 모르겠습니다."

이동욱이 겨우 대답했을 때 김정은이 주먹으로 의자 팔걸이를 내리쳤다.

"좋다. 그 여론 조사를 보고 나서 결정하겠다!"

그때 김여정이 손목시계를 보면서 말했다.

"곧 안학태 실장이 도착하겠습니다."

안학태가 평양 순안 공항에 도착한 지 30분쯤 되었다.

물론 비밀 입국이다.

딴 나라 같으면 공항을 통한 비밀 입국이 불가능하지만, 이곳은 북조선 인민공화국이다.

"어서 오십시오."

김정은이 정중하게 안학태를 맞았다.

대동강 변의 제6초대소 안.

응접실에서 기다리던 김정은이 손을 내밀면서 반겼다.

"각하, 그동안 안녕하셨습니까?"

안학태가 허리를 굽혀 인사를 했다.

김정은 옆에는 김여정과 장성달, 고성욱까지 도열해 서 있다.

악수를 나눈 안학태가 자리에 앉았을 때 김정은이 웃음 띤 얼굴로 말했다.

"여기서도 남조선 TV를 실시간으로 시청하고 있습니다. 내가 박아무개란 자가 리스타 재산 몰수 성명을 발표하는 것도 들었어요."

"아, 그러십니까?"

쓴웃음을 지은 안학태가 말을 이었다.

"그거야 입이 뚫렸으니까 말할 수는 있는 거죠."

"그래서 내가 가만있지 않을 거요. 그런 억지가 세상에 어디 있소?"

"제가 주석께 보고드릴 일이 있습니다."

안학태가 고개를 돌려 뒤쪽에 앉은 수행 비서를 보았다.

그러자 비서가 안학태에게 손가방을 내밀었다.

가방을 받은 안학태가 안에서 소형 녹음기를 꺼내 탁자 위에 놓았다.

모두의 시선이 모였을 때 안학태가 입을 열었다.

"이건, 이번 여성 편력 사건을 조작한 일본 총리실 소속 차장 후꾸다와 실무 책임자 오오야마의 대화 내용입니다. 통역이 첨부되었으니까 각하께서 들어보시길 바랍니다."

모두 숨을 죽였을 때 안학태가 녹음기의 버튼을 눌렀다.

"서울까지 갈 필요는 없으니까."

후꾸다의 목소리다.

"잘 먹히고 있어. 그러니까 현지에서 그럴듯하게 인터뷰만 해서 필름을 보내면 돼."

"이번 주 중에 필름 4개가 완성됩니다. 모두 연기가 그럴듯해서 배우 뺨치는 수준입니다."

대화가 계속되는 동안, 방 안에는 숨소리도 나지 않는다.

숨소리가 컸던 김정은도 숨을 쉬는 것 같지가 않다.

이윽고 대화가 끝났을 때 고개를 든 안학태가 김정은을 보았다.

"일본 정부가 이광 회장님의 대통령 당선을 저지하려는 것입니다."

김정은이 어깨를 부풀렸다가 내리면서 시선만 주었고 안학태가 말을 이었다.

"후꾸다는 총리실 안보실장 다께다의 지시를 받고 다께다는 가토 총리의 지시를 받은 것입니다. 다께다가 독단적인 행동을 할 리는 없으니까요."

"이놈들이……."

마침내 김정은이 잇새로 말했다.

"우리를 또 36년간 지배하려고 그러는 건가?"

"그럴 리가 있겠습니까? 오히려 그 반대의 경우를 우려하는 것이겠지요."

"이놈들을 어떻게 처리해야 되지?"

"제가 그것을 상의하려고 각하께 온 것입니다."

안학태가 번들거리는 눈으로 김정은을 보았다.

"TV로 보셨겠지만, 상황이 나쁩니다. 곧 리스타 재산 몰수에 대한 여론 조사 결과가 나올 것이고, 정치권에서는 그것을 기반으로 재산 몰수를 강행할 명분을 갖게 될 것입니다."

"누구 맘대로!"

버럭 소리친 김정은이 다시 주먹으로 의자 팔걸이를 내려쳤다.

"남조선을 이만큼 세계적으로 성장시킨 주역이 누구인데?"

김정은의 목소리가 방을 울렸다.

"남조선 인민의 수준이 북조선보다 뒤지고 있다는 증거가 바로 이거야! 북조선은 절대로 이런 일이 일어나지 않아!"

숨을 고른 김정은이 안학태를 보았다.

"좋아. 내가 할 일이 무엇이오? 나는 이 회장님을 배신하지 않겠어!"

"이번 박상윤 후보의 강한 성명이 주효한 것입니다."

윤필성이 정색한 얼굴로 유준상을 보았다.

"여론 결과는 그야말로 압도적입니다. 아직 발표는 안 했지만, 이광의 재산은 물론이고 리스타의 자산을 몰수해야 한다는 여론이 90퍼센트를 넘었습니다."

대통령 집무실 안, 오전 9시다.

윤필성이 말을 이었다.

"오늘 중으로 여론 조사 결과가 발표되면 정치권에서 재산 몰수에 대한 의견을 모으게 될 겁니다."

"……."

"신한당도 흔들리는 분위기가 역력합니다. 현재 54명 의원 중에서 절반가량이 이탈할 가능성이 있습니다."

"……."

"국회에서 과반수 의원을 모으는 건 문제가 아닙니다. 일주일 만에 법안이 의결되면 한 달 안에 집행할 수 있습니다."

"잠깐만."

마침내 유준상이 손을 들어 윤필성의 말을 막았다.

"외국 언론의 보도 보았나?"

"예?"

윤필성이 숨을 들이켰다.

외국 언론, 특히 미국 CNN 등은 요즘 한국 대선 분위기를 중세기의 '마녀 사냥'으로 묘사했다. '광풍'이라고도 표현했다.

유준상은 영어에 유창해서 CNN 등 외국 뉴스를 실시간으로 본다.

그때 유준상이 숨을 내려 쉬고 나서 말했다.

"기다려봐. 서둘지 마, 윤 실장."

"91.5퍼센트입니다."

원내총무 천용학이 들뜬 목소리로 말했다.

"오늘 오후 9시 뉴스에 보도될 것입니다."

자유당의 대선 후보실 안.

서둘러 들어온 천용학이 앞쪽 자리에 앉으면서 말을 잇는다.

"분위기를 보니까, 민국당에서 재산 몰수에 대한 법안을 상정시킬 것 같습니다."

"……."

"민국당과 우리 자유당만 합쳐도 과반수가 훨씬 넘습니다. 거기에다 이광의 신한당 의원 몇 명만 더하면 금상첨화지요. 신한당은 창당한 지 한 달 만에 분해될 겁니다."

천용학이 이만 드러내고 소리 없이 웃었다.

"아마 내일 중으로 민국당 쪽에서 우리한테 연락이 올 겁니다. 이규진 의원한테서 전화가 왔습니다, 후보님."

이규진은 윤필성의 고교 후배로 원내부총무다. 자타가 공인하는 윤필성의 심복이다. 호가호위는 당연한 일로 이규진은 대놓고 윤필성의 대변인 노릇을 하는 것이다.

그때 박상윤이 심호흡을 하고 나서 말했다.

"효과는 있었지만, 막상 터뜨리고 나니까 찜찜해."

천용학의 시선을 받은 박상윤이 쓴웃음을 지었다.

"이봐, 내가 예순셋이야."

박상윤이 말을 이었다.

"내 정치 인생 30년 경험에 의하면 쉽게 되는 일에는 꼭 대가가 따르더구만."

천용학은 숨만 쉬고, 입을 열지는 않았다.

그러나 납득한다는 표정은 아니다.

9시 정각.

KBC, NBB, SNC 3대 방송과 6개 채널에서 특보가 나왔다.

동시 방송이다.

서울 올림픽 당시보다 더 집중한 보도다.

그때는 3개 방송국만 독점 보도를 했기 때문이다.

NBB의 기자 소주만이 열띤 목소리로 말했다.

"신한당 후보 이광 씨에 대한 여론 조사 결과가 나왔습니다."

소주만이 번들거리는 눈으로 수천만 국민들을 보았다.

"이광 씨의 리스타 지분 및 리스타 자산을 몰수해야 한다는 여론이 91.7퍼센트입니다. 이번에는 4개 여론 조사 기관이 1만 명을 대상으로 조사한 결과입니다."

소주만의 표정은 격양되었고 목소리도 떨렸다.

"전 국민이 분노하고 있다는 표현이 표출된 것입니다. 국민 여러분, 이것이 민심입니다."

이규진이 고개를 들고 천용학을 보았다.

이규진은 민국당의 원내부총무로 자유당 원내총무 천용학과 독대하고 있다.

원내 제1당과 제2당 대리인의 협상이다.

오전 11시 반.

여의도의 일식당 '고베'의 방 안이다.

"여건 조성은 다 되었습니다. 이제 법안만 상정하면 끝납니다."

"결국 이렇게 되는군."

쓴웃음을 지은 천용학이 물었다.

"민국당에서 1백 명, 우리 자유당에서 1백 명이면 되겠지요?"

"최소한입니다. 2백 명이면 충분하지 않겠어요?"

이규진이 생기 띤 눈으로 천용학을 보았다.

"거기에다 대동당 22명 전원이 가담할 테니까요. 3분의 2도 가능합니다."

"이제 이광은 끝났군."

"그럼 오늘 의원총회를 연 후에 내일 우리가 법안을 발기하도록 하십시다. 물론 공동 발기로 해야지요."

"발기 위원도 각 당에서 10명씩 하지요."

"지원자가 많을 테니 20명씩 어떻습니까?"

"그럽시다, 그럼."

"자, 그럼 간단하게 회 안주에 술이나 한잔하십시다."

둘의 합의는 일사천리로 이루어졌다.

그래서 원내 제1당 민국당과 제2당 자유당은 '신한당 대선 후보 이광과 리스타에 대한 자산 동결 법안'을 상정, 표결로 결정하게 되었다.

내일 법안이 가결된다면 한국 국적인 이광의 자산이 1차로 가압류될 것이며 2차로 '리스타에 대한 압류 조치'가 착수될 것이었다.

오후 2시 반.

민국당과 자유당의 합의 정보는 순식간에 정계는 물론 국내외로 전파되었다.

그것은 각 당에서 행동에 착수하면서 자연스럽게 번져나갔기 때문이다.

"이런 개 같은 경우가 다 있나?"

신한당 선대위원장 강윤호가 들고 있던 '호외'를 탁자 위로 내던지며 소리쳤다.

"민주 국가에서 근거 없는 소문이나, 신분이 불확실한 사람들의 조작된 증언을 듣고 이런 짓을 벌여?"

신한당 당사의 선대본부장실 안.

앞에는 부본부장 김훈, 선대위 간부 박병천, 최경서까지 넷이 둘러앉아 있다.

그때 박병천이 말했다.

"쓰레기더미가 밀려오는 분위기요. 저놈들이 조작한 오물 덩어리가 덮어 오는 것 같단 말입니다."

모두 입을 다물었고 박병천이 고개까지 저었다.

"소름이 끼칩니다. 자산 몰수 여론이 91.7퍼센트라니까요. 국민 수준이 이 정도일 줄은 상상도 못 했습니다."

박병천의 목소리가 떨렸다.

그때 김훈이 고개를 들고 강윤호를 보았다.

"후보님은 지금도 가만 계시겠다는 건가?"

강윤호는 외면했고 김훈이 다시 물었다.

"이대로 당하고만 있을 건가? 가만있는 건, 국민은 긍정으로 받아들인다는 것을 모르신단 말인가?"

"나도 여러 번 건의했지만, 후보께서는 나서지 않겠다는 말씀이시네."

강윤호가 말을 이었다.

"구차한 변명을 하지 않으시겠다는 거야. 대표님은 결백하다는 자신감을 품고 계셔."

"글쎄 그걸 누가 알아줘야 말이지!"

김훈이 버럭 소리쳤고 최경서는 고개까지 저었다.

그때 방 안으로 강윤호의 보좌관이 들어섰다.

"본부장님, 내일 오전 11시에 민국당, 자유당의 공동 발의로 '리스타 재산 몰수' 법안을 상정하기로 결정되었습니다."

그야말로 전광석화다.

둘러앉은 넷은 입을 다물었다.

유구무언이다.

"이거, 당 해체되는 거 아냐?"

신한당 의원 한문성이 찌푸린 얼굴로 백경훈을 보았다.

둘 다 재선의 지역구 의원으로 이번에 민국당에서 신한당 창당 멤버로 참가한 의원이다.

재선이어서 정치권이나 여론 동향 파악은 이제 '선수'가 되었지만, 의욕만큼 성과가 따라주지 않아서 항상 초조한 입장이다.

"저기, 우리가 배를 잘못 탄 것 같아."

한문성이 목소리를 낮추고 말했다.

오후 3시, 둘은 여의도의 한식당 '아리랑' 방 안에서 마주 보고 앉아 있다.

점심과 곁들여서 소주를 마셨기 때문에 둘의 얼굴은 붉게 상기되어 있다.

"내가 보기에는 증거도 없는 폭로 사건들인데. 세금 포탈, 마약 사업, 여성 편력 사건 말야. 지금 탈세 조사도 지지부진이잖아?"

백경훈의 목소리가 높아졌다.

"그런데 아무리 선동이 먹힌다고 해도 여론이 91.7퍼센트라니 말이 돼?"

"그게 먹히니까 선동하는 거지."

"희망이 없어."

"국민 수준에 맞춰서 뛰어야 된다니까."

한숨을 쉰 한문성이 말을 이었다.

"이런 분위기로 가면 당이 해체되는 수밖에 없어."

"한 달 만에 사라지는군."

"역시 정치 초년생은 한계가 있어."

술잔을 든 한문성이 한 모금에 술을 삼켰다.

"이럴 때는 드러내지 말고 가만있다가 묻혀가는 수밖에 없어."

둘은 민국당에서 탈당한 처지라 몸조심을 해야 한다.

그러나 지역구 의원이어서 당권에 심하게 휘둘리지는 않는다.

그때 다시 한문성이 투덜거렸다.

"이광이 이렇게 뒷심이 약할 줄은 몰랐어. 정말 실망이야."

오후 3시 반.

CNN이 뉴스 특보로 보도를 했다.

그것이 한국에서도 라이브로 보도가 된다.

"한국의 유력한 대선 후보인 리스타 사주 이광 씨가 재산 몰수에 이어서 마약 사업 등 혐의로 구속될 위기에 처했습니다."

앵커가 정색하고 말을 이었다.

"한국 의회는 내일 이광 씨 재산 몰수에 대한 법안을 상정할 예정인데, 이미 의원 과반수를 확보한 것으로 알려졌습니다. 그렇게 되면 이광 씨는 대선 후보직에서 사퇴함은 물론, 구속될 가능성이 높아지게 됩니다."

이 방송이 그대로 한국의 메인 방송국에 연결되어 보도된 것이다.

"끝났군."

의자에 등을 붙인 윤필성이 쓴웃음을 짓고 말했다.

"이광이 발악을 하겠지만, 이제 기차는 떠났어."

"남은 건, 거지가 되는 것뿐이지요."

앞쪽에 앉은 천기수가 맞장구를 쳤다.

청와대 비서실장실 안이다.

둘은 TV를 향해 앉아 있었는데 아직도 화면에는 CNN 앵커의 말이 영어로 나오고 밑에 자막이 펼쳐지고 있다.

앵커가 말을 잇는다.

"이광 씨의 재산은 약 10조 달러로 세계 제1의 재벌입니다. 한국의 자유당 대선 후보는 이광 씨의 재산을 압류, 한국인 전원에게 1억 원, 약 10만 불씩 나눠준다는 공약을 내걸었습니다. 한국 국민은 약 5천만 명, 1인당 10만 불씩을 나눠줘도 5조 달러밖에 안 됩니다. 5조 달러가 남는 셈입니다."

그때 윤필성이 말했다.

"안 되겠다. 나는 2억씩, 그러니까 1인당 20만 불씩 나눠준다고 해야겠다."

정색하고 말하자 천기수가 고개를 끄덕였다. 역시 정색하고 있다.

5천만 국민에게 2억씩 나눠주면 10조 달러가 맞게 되는 것이다.

"그럼 내일 발표하시죠."

TV 화면을 끈 안학태가 고개를 돌려 이광을 보았다.

이곳은 이태원의 안가.

응접실에는 정남희와 해밀턴까지 넷이 둘러앉아 있다.

방금 넷은 CNN의 보도를 한국 방송을 통해 시청한 것이다.

"회장님, CNN에도 일본 측이 로비를 했습니다."

안학태가 말하자 해밀턴이 덧붙였다.

"CNN 편성부장과 본부장한테 일본 기업 자금, 3백만 불이 로비로 뿌려졌습니다."

해밀턴의 두 눈이 번들거렸다.

"이 자료도 확보하고 있습니다."

"이럴 때 진면목이 드러나는 것이죠."

이번에는 정남희가 말을 받는다.

"신한당은 물론이고 우리 선관위에도 회의론과 배신자들이 속출하고 있습니다. 배에서 뛰어내리려는 쥐새끼들이 다 보입니다."

그때 이광이 입을 열었다.

"새옹지마로군."

어울리는 말이긴 했지만, 맞장구칠 분위기는 아니다.

그때 안학태가 벽시계를 보았다.

그것을 본 해밀턴도, 나중에는 정남희까지 벽시계를 보았다.

오후 4시 5분이다.

4시 35분.

신한당 대표 한창열이 앞에 앉은 양기선과 조병구를 보았다.

이곳은 당사의 당 대표실 안.

두 현역 의원이 당 대표 면담을 요구한 것이다.

"그래, 무슨 일인가?"

한창열이 묻자 양기선이 대답했다.

"이해해주시기 바랍니다."

"뭘 말인가?"

"저희들이 성명서를 발표해야겠습니다."

"무슨 성명서인데?"

"저희 둘하고 다섯 명이 또 있습니다."

"그래서?"

눈썹을 모은 한창열이 둘을 번갈아 보았다.

둘이 초선 의원이 되었을 때, 한창열은 당을 떠났기 때문에 같이 의원 생활을 하지 않았다.

그때 조병구가 말했다.

"저희들 7명이 신한당을 떠나려고 합니다."

"당을 떠나?"

"예."

한창열이 둘을 번갈아 보았지만, 놀란 것 같지는 않다.

고개를 돌린 한창열이 양기선을 보았다.

"양 의원, 당신은 신한당 정책실장을 맡고 있지 않아?"

"그렇습니다."

"그런데 당을 떠나다니?"

"이대로 갈 수는 없습니다. 그래서 먼저 떠나는 것이 저를 지지했던 지역구 유권자들에 대한 도리라고 생각합니다."

"이 대표가 억울하다는 생각은 안 드나? 여론의 희생자라는 생각도 안 들고?"

"민심은 이미 이 대표를 떠났다고 생각하지 않으십니까?"

되물은 양기선의 목소리에 열기가 띠어졌다.

"오히려 이광 후보에 대한 유감이 많습니다. 왜 우리까지 끌어들여 동사(同死)

116

하려는 것입니까?"

"허, 같이 죽는다는 말인가?"

"지금 그런 상황이 되어가지 않습니까?"

"그래서 의원 7명이 성명서까지 발표하고 당을 떠나겠단 말인가? 이런 비상시국에 말인가?"

"이러다간 같이 죽을 뿐입니다."

조병구가 거들었기 때문에 한창열이 마침내 외면했다.

3장
김정은의 결단

5시, 여의도 국회 별관 기자 회견장에 신한당 의원 7명이 연단에 나란히 서 있다.

미리 예고를 한 터라 언론사 기자들 수십 명이 카메라를 들이대고 기다렸고, 3개 방송국에서도 대기 중이다.

이윽고 연단 중앙에 선 양기선이 입을 열었다.

"친애하는 국민 여러분, 저는 국회의원 양기선입니다."

지금까지는 이름 앞에 당(黨) 이름을 대었지만 오늘은 뺐다.

고개를 든 양기선이 화면을 보았다.

엄숙한 표정이다.

"오늘 부로 저, 양기선과 조병구, 이민식, 장기엽, 손성수, 박재경, 윤태수는 신한당을 떠납니다."

그러고는 다시 고개를 들고 길게 숨을 뱉었다.

비장한 표정이다.

"우리는 이광 후보가 국민의 열망을 무시하고 탈세, 마약 사업, 여성 편력 등으로 엄청난 범죄를 일으킨 것을 국민과 함께 규탄합니다."

양기선의 얼굴도 상기되었고 목소리가 떨렸다.

"따라서 우리가 당을 떠나면서 이광 후보께 정중히 권고합니다. 지금 즉시 후보직을 사퇴하고 법의 심판을 받으십시오. 이것은 국민의 명령입니다."

"그냥 둬."

이광이 TV를 끄려는 안학태를 말렸다.

응접실 안.

지금도 넷이 둘러앉아 TV를 보는 중이다.

그때 양기선의 말이 이어졌다.

"우리는 리스타와 이광 회장의 재산을 몰수해서 국민에게 환원시킨다는 자유당의 제의에 적극 찬성합니다, 아니 그보다 더, 국민 1인당 2억 원씩을 분배해 줄 것을 제안합니다. 그것을 우리 7명의 이름으로 제안하는 바입니다."

"이런!"

이광이 탄성을 뱉었기 때문에 방 안의 시선이 모였다.

해밀턴도 한국어에 유창해서 양기선의 말을 다 들었다.

그때 해밀턴이 잇새로 말했다.

"저런 날강도 같은 놈."

고개를 저은 해밀턴이 옆에 앉은 안학태에게 물었다.

"내일 저 법안이 상정되겠지?"

"지금 2억 원으로 법안을 고치겠구만."

안학태가 말을 받았다.

"회장님 재산이 10조 달러라고 알려졌으니까 말야."

그때 정남희가 둘에게 물었다.

"회장님 재산이 10조 달러밖에 안 돼요?"

"내가 투자의 하사드 사장을 얼마 전에 만났는데."

해밀턴이 정남희를 바라보며 말했다.

"22조 달러가 조금 넘는다고 했어요."

"그럼, 저 병신들은 잘 알지도 못하면서 10조 달러, 2억 원을 말하고 있네."

"가만, 그러면 얼마죠?"

해밀턴이 이맛살을 모으고 안학태에게 물었다.

"22조 달러를 5천만 국민에게 나눠준다면 말입니다."

"10조 달러를 5천만 국민에게 나눠주면 2억이 된다니까, 4억 4천만 원씩이 되겠군."

안학태가 눈을 가늘게 뜨고 대답했다.

"그럼 5인 가족이면 22억씩 받게 되는 겁니다."

"달러로 220만 불씩인가?"

숨을 들이켠 해밀턴이 고개를 끄덕였다.

"욕심이 날 만하겠다, 순식간에 백만장자가 될 테니까, 전 국민이 말야."

그때 이광이 처음으로 입을 열었다.

"이제 시간이 되었어."

오후 6시 정각, '평양 방송'.

한국에서 '평양 방송'을 시청하려면 각 방송사에서 중계를 해야 한다.

채널을 돌려도 시청이 안 된다. 그러나 남북한 관계가 '아프리카 공동 이민'으로 가까워졌기 때문에 자주 '평양 방송'을 시청할 수가 있다.

오후 6시. 이번에도 북한 측에서 한국의 KSC 방송국에 중계 요청을 했기 때문에 '평양 방송'이 나온다. 가끔 있는 일이어서 한국 측은 별생각 없이 중계를 해준 셈이다.

6시, KSC 방송, 한국에서도 꽤 유명한 평양 방송 아줌마 아나운서 김옥자가 등장했다.

전(前)처럼 한복 차림으로 책상 위에 떡하니 앉아서 엄숙한 표정이다. 살이 좀 더 쪘다.

그래서 KSC의 순간 시청률이 3.7퍼센트에서 3.3퍼센트로 내려갔다.

김옥자가 고개를 좀 들더니 말했다.

"친애하는 남조선 인민들에게 말씀드립니다."

시청률이 3.1퍼센트로 내려갔다.

그것을 모르는지 김옥자가 목소리를 높였다.

"금번 남조선의 대애통령 선거에서 일어나는 무책임한 선동, 음모의 행태가 차마 눈 뜨고 볼 수 없을 정도에 이르렀습니다. 이에 우리 북조선 인민공화국은 참지 못하고 진상을 밝히려고 합니다."

시청률 3.3퍼센트, 0.2퍼센트 올라갔다.

"친애하는 남조선 인민 여러분, 우리는 여러분이 같은 피를 나눈 동포인지 의심스럽습니다. 참으로 부끄럽고 참담한 심정이 되어서 아예 모른 척하려다가 이렇게 말씀을 드리는 것입니다."

시청률이 2.9퍼센트로 뚝. 그러나 김옥자의 얼굴에는 안쓰럽다는 표정이 가득 덮여있다.

김옥자가 목소리를 높였다.

"우리의 위이대하신 지도자 동지께서는 용단을 내려 이번 사건에 대한 진상을 밝혀주시는 것입니다, 친애하는 남조선 동포 여러분."

시청률이 2.5퍼센트.

이때 김옥자가 소리쳤다.

"자, 우둔한 남조선 인민 여러분, 귀를 씻고 말 들으시오! 지금 이 목소리는 일본 총리실 소속 안보실의 후꾸다 차장이라는 작자와 실무 책임자 오오야마 과장이 나눈 대화 내용입니다!"

외침이 끝났을 때 시청률이 4.5퍼센트.

옆집에다 한번 보라고 소리쳤기 때문이겠지.

그때 김옥자의 목소리.

"이 목소리는 일본 도쿄 시부야의 카페에서 나눈 둘의 대화 내용입니다. 우리가 대화를 조선어 자막으로 번역을 해놓았으니까 남조선 인민들께서는 듣고 읽으시기 바랍니다!"

시청률이 6.3퍼센트로 올랐다.

요즘은 종편 때문에 3대 방송국 중 하나인 KSC의 뉴스 시청률은 3.5퍼센트 정도다. 그 두 배 가깝게 뛰어서 담당 부장은 숨도 죽이고 있다.

그때 김옥자는 입을 꾹 다물었고 TV에서 일본어가 흘러나왔다.

밑에는 '조선어' 자막이 깔린다.

"서울까지 갈 필요는 없으니까."

자막 깔린 옆쪽의 괄호 안, (후꾸다).

"잘 먹히고 있어. 그러니까 현지에서 그럴듯하게 인터뷰만 해서 필름을 보내면 돼."

이제는 다른 목소리와 함께 자막이 깔린다.

"이번 주 중에 필름 4매가 완성됩니다. 모두 연기가 그럴듯해서 배우 뺨치는 수준입니다."

자막 옆의 괄호 안, (오오야마).

다시 후꾸다.

"봤어?"

"시제품을 봤습니다."

"나한테도 보내봐."

"예, 차장님."

"한국 놈들, 감정적이라 금방 휩쓸려 들지. 내가 잘 알아."

그때 시청률이 14.8퍼센트까지 치솟았다. KSC의 신기록.

다시 후꾸다.

"아예 사실 확인도 하지 않고, 대번에 언론에 터뜨리는 걸 보고 나도 놀랐어."

오오야마의 웃음 띤 목소리.

"첫 번째 시안은 좀 엉성했는데, 바로 먹히더군요. 저도 놀랐습니다."

"이광을 죽이려고 그냥 밀어붙인 거지."

"들통 나면 책임을 지지 않을까요?"

"대통령이 되면 다 덮을 수가 있으니까."

"한국이 그렇게 미개합니까?"

"그러니까 우리 식민지가 된 것 아닌가? 다 이유가 있는 거야."

그 순간, KSC 부장 오규동은 숨을 들이켰다.

순간 시청률이 22퍼센트다. 신기록을 또 깨뜨렸다. 역사에 남을 기록!

그때 오오야마의 말이 이어진다.

"제 친구의 친구가 조센징인데 머리가 비상해서 동경대 수석으로 들어갔습니다. 난 조센징을 그렇게 안 봤는데요."

"국민성이라는 게 있다니까."

후꾸다의 밝은 목소리가 이어진다.

"만날 당파 싸움이나 하고, 수천 년 역사 동안 한 번도 한반도 밖으로 나가보지 못한 민족이야. 그래서 입만 살아서 동족이나 물어뜯지."

그때의 시청률은 32퍼센트.

그러나 자막을 함께 보던 오규동 부장은 어깨를 늘어뜨렸다.

내용이 충격적이다.

이런 대화를 대한민국 국민이 듣다니, 32퍼센트가. 무섭다.

청와대 대통령 집무실 안.

대통령 유준상과 비서실장 윤필성이 TV 앞에 앉아있다.

화면이 꺼졌지만, 둘은 검은 화면을 응시한 채 입을 열지 않았다.

유준상은 호흡이 고르지만, 표정은 굳어 있다.

그러나 윤필성의 눈동자가 심하게 흔들렸고 호흡이 불규칙적이다.

그때 유준상이 입을 열었다.

"세상에, 이럴 수가."

윤필성이 숨 들이켜는 소리를 냈지만 아직 입을 떼지는 않았다.

그때 유준상이 고개를 돌려 윤필성을 보았다.

"큰일 났어."

윤필성이 시선을 받았다.

"그런데 대통령님, 조작되었을지도……."

"내 말 들어."

"예, 대통령님."

"이게 조작되었다고 믿나?"

"그럴 가능성도……."

"만일 조작이라고 주장한다면 북한이 어떻게 나올 것 같나?"

"그때는 우리가 일본 정부하고 연합해서 북한을……."

"뭐라고?"

유준상이 눈을 치켜떴다.

"일본하고 연합해서 북한을 공격하자고?"

"그런 의미가 아니라, 진상 규명을……."

"윤 실장, 내가 혼자 있고 싶네."

유준상이 손을 들어 문 쪽을 가리켰다.

나가라는 시늉이다.

이곳은 민국당의 선대본부 본부장 사무실 안.

본부장 전인명 민국당 대표가 앞에 앉은 간부들을 둘러보았다.

"이거 사실이야?"

전인명의 목소리가 갈라져 있다.

둘러앉은 간부들은 아직 입을 열지 않고 전인명이 말을 이었다.

"그렇다면 이거 야단난 것 아냐?"

"두고 봐야죠."

홍보실장 양명수가 겨우 말했을 때, 누군가 말을 받는다.

"평양 방송에서 내일 다시 보도 요청을 했습니다. 내일은 어떤 폭로가 따를지 모릅니다."

"김정은하고 이광이 짠 것 아냐?"

전인명이 묻자 누군가가 대답했다.

"그럴 가능성도 있습니다."

"조작했을지도 모릅니다. 일본 측 반응도 봐야 됩니다."

양명수가 다시 말했을 때 누군가 말을 받는다.

"여론을 봐야 합니다."

그 순간, 모두 침묵했다.

그렇다, 여론이다. 여론을 봐야 한다.

신한당 선대본부장실 안.

이곳 분위기는 당연히 '축제'처럼 들떠 있어야 한다.

그런데 아니다.

본부장 겸 당 대표 한창열 주위에 10여 명의 간부가 둘러앉아 있지만, 소리 지르는 사람은 없다. 다만 모두 상기된 표정이다.

그때 한창열이 입을 열었다.

"이제 터진 거야. 서둘지 말도록."

숨을 고른 한창열이 말을 이었다.

"북한 측이 어떻게 정보를 얻었는지 알 수는 없지만, 민국당이 치명타를 받은 건 사실이야. 우리가 성급하게 나설 필요는 없어."

"내일 또 '평양 방송'이 발표를 한다고 했습니다."

누군가 말했을 때 이번에는 강윤호가 말했다.

"기다립시다, 침착하게."

"만일 '평양 방송'의 보도가 사실이라면 일본의 음모에 동조하거나 영합한 세력은 역적에 준하는 처벌을 받아야 될 겁니다."

그렇게 말한 사람이 김훈이다.

김훈이 상기된 얼굴로 소리치듯 말을 잇는다.

"말도 안 되는 여성 편력, 매춘, 방탕 프레임을 뒤집어씌운 죗값을 받아야 합니다."

그때 강윤호가 말을 받는다.

"그 세력에 동조한 배신자들이 있죠."

모두 숨을 죽였고 강윤호가 말을 이었다.

"약삭빠르게 동지의 등에 칼을 꽂고 당과 후보를 비난하면서 탈당한 의원들 말입니다. 그자들이 가장 먼저 대가를 받아야 할 겁니다."

모두 숨을 들이켜는 소리를 냈다.

바로 어제다. 하룻밤 사이에 전세가 뒤집혔으니, 그 7명의 의원은 그 칼로 제 배를 긋고 싶을 것이다.

경솔한 놈들.

그 탈당의 주역인 양기선과 조병구 등이 인사동 한정식당 안쪽 깊숙한 방 안에 모였다.

식탁 주위로 둘러앉은 사내는 4명. 어제 신한당 탈당 선언을 한 7명 중 4명이 모인 것이다.

모두 평양 방송을 보고 만난 상황이라 침통한 표정이다.

오후 7시 반.

양기선이 어깨를 펴고 말했다.

"조작이야. 북한 놈들의 조작. 거짓 선동의 귀신들 아닌가? 곧 일본 총리실에서 반박 성명이 나올 거야."

양기선이 말을 이었다.

"그, 후꾸다, 오오야마도 금세 반박 성명을 낼 거야. 목소리 위조는 얼마든지 가능하니까 말야."

"내용이 너무 충격적이었어."

박재경이 고개를 저으면서 말했다.

잔뜩 찌푸린 표정이다.

"그 방송을 듣고 흥분 안 하는 사람이 없어. TV를 부쉈다는 사람이 수백 명이야."

"글쎄, 조작되었다니까 그러네."

양기선이 버럭 소리쳤을 때다.

방 안으로 손성수가 서둘러 들어섰다.

어제 탈당 의원 7명 중 5명이 모인 셈이다. 방송이 끝난 지 2시간 만이다.

바람을 일으키며 옆자리에 앉은 손성수가 숨을 몰아쉬면서 말했다.

"사무실로 비난 전화가 쏟아지고 있어."

모두 숨을 죽였고 손성수가 얼굴을 일그러뜨렸다.

"내가 친일파 매국노라는군. 일본 놈과 연합해서 이광을 죽이려고 한다는 거야."

"글쎄, 그것이……."

양기선이 다시 말을 이으려고 할 때다.

이민식이 자리를 차고 일어섰다.

"우리 앞으로 만나지 말지. 만나서 서로 도움이 안 될 것 같아."

모두 입을 다물었고 박재경이 따라 일어섰다.

그것을 본 조병구도 슬그머니 몸을 일으켰다.

안동수와 고재일이 대취했다. 근래에 둘이 이렇게 마신 것은 처음이다.

서교동의 돼지갈비 식당 안이다.

식당 안은 떠들썩했는데 손님 대부분이 3시간 전의 '평양 방송' 김옥자의 이야기를 하고 있다.

그리고 대부분이 일본의 음모에 분개하고 있는 것이다.

"전쟁이라도 해야 돼."

술잔을 내려놓은 안동수가 소리쳤다.

"도저히 못 참겠다. 일본 놈들이 결국 우리의 영원한 적이라는 증거가 드러났다."

"우리가 이기려면 이광을 대통령으로 선출해야 돼."

고재일이 맞장구를 쳤다.

"그 방법밖에 없어."

"죽일 놈들."

안동수가 주먹을 쥐고 흔들었다.

"민국당 놈들, 윤필성 그놈이 원흉이야. 그놈이 일본 놈들하고 손을 잡은 거야."

"맞아. 틀림없어."

"수사해야 돼."

"당장 구속시켜야 돼."

둘의 호흡이 이 정도로 맞은 것은 처음이었기 때문에 내용이 점점 더 과격해졌다.

"이 기회에 일본을 점령해야 돼. 먼저 대마도부터 되찾아야 돼."

"대마도?"

"대마도는 한국 영토야. 해방이 되고 나서 이승만이 가장 먼저 한 일이 대마도를 돌려받으려는 일이었어."

"그래서?"

"맥아더가 반대해서 국군을 보내지 못했어."

"그때 끝냈어야 했는데."

이렇게 한국의 밤이 깊어가고 있다.

응접실에 앉은 이광에게 안학태가 다가와 보고했다.

"지금 5개 여론 조사 기관에서 오후의 '평양 방송'에 대한 여론을 조사하고 있습니다."

이광은 쓴웃음만 지었고 안학태가 앞쪽 소파에 앉으면서 말을 이었다.

"두 가지로 압축해 묻는군요. 첫째는 평양 방송 내용이 사실일 경우, 이광 후보에 대한 재산 환수 등 모든 법적 조치를 무효화시킬 것인가이고, 두 번째는 이광 후보를 지지할 것인가입니다."

"재미있군. 그 결과는 언제 나올 건가?"

"내일 오후 5시경에 나옵니다, 회장님."

"오후 6시에 평양 방송 제2탄이 터진다고 했지?"

"예, 회장님. 그리고 나서 다시 여론 조사를 할 겁니다. 그 결과는 모레 오후 5시에 나오겠죠."

"여론 조사 시대로군."

"조사를 조작하는 경우도 있지만, 요즘은 조사 대상자들인 국민이 넘어가지 않습니다. 그래서 내용에 신경을 많이 써야 합니다."

이광이 고개만 끄덕였을 때 안학태의 얼굴에 웃음이 떠올랐다.

"지금까지는 본 척도 안 하던 방송국, 언론사에서 인터뷰 요청이 쇄도하고 있습니다, 회장님."

"……."

"모두 보류시켰습니다."

"……."

"선대본부가 활기를 되찾고, 추가 탈당을 하려던 의원 14명이 탈당 보류를 했다고 합니다."

이광은 웃기만 했다.

다음 날 오후 3시 반.

KSC 방송이 먼저 특종 보도를 했다.

5개 여론 조사 기관이 1만 명을 대상으로 검사한 결과다.

본래 5시에 발표하기로 했던 것을 KSC가 가로채서 발표를 한 것이다.

방송을 들은 시청자들은 입을 벌린 채 한동안 벌린 입을 닫지 못했다.

그것은 신한당 대선 후보 이광에게 '책임을 묻지 말아야' 한다는 여론이 97.4

퍼센트였기 때문이다.

하룻밤 사이에 완전히 뒤집힌 결과다.

이광이 대선에 그대로 참가해야 한다는 여론이 98.5퍼센트.

흥분한 앵커는 '미치지' 않은 유권자는 다 이광을 지지한다고 말할 정도였다.

이곳은 신한당 선대본부 회의실 안.

방송이 끝났을 때 당 대표 겸 선대본부 상임위원장 한창열이 자리에서 일어서며 말했다.

"자, 다시 시작합시다."

한창열이 정색한 얼굴로 주위를 둘러보면서 말을 이었다.

"앞으로는 무슨 일이 벌어져도 일희일비하지 맙시다."

그러고는 몸을 돌리면서 말을 맺는다.

"엊그제 탈당한 7명을 항상 반면교사로 삼읍시다."

모두 숙연해졌다.

중진 의원 취급을 받았던 정책실장 양기선과 조병구 등 7명은 하룻밤 사이에 매장당해 버린 것이다.

다음 총선에 얼굴을 들이밀 수 없는 것은 물론이고 총선까지 견딜 수 있을지도 의문이다.

그야말로 '유령 의원'이 되어서 슬슬, 빌빌거리다가 끝낼 것이었다.

"일본은 계속 노코멘트로군."

한창열이 회의실을 나갔을 때 김훈이 생각난 것처럼 떠들썩하게 말했다.

"후꾸다, 오오야마가 기자들의 인터뷰에 벙어리 시늉을 한다던데."

누가 김훈보다 큰 목소리로 말했다.

"목소리가 나오면 대조할까 봐 겁낸다는 거야."

그것도 방송에서 나왔다.

"자, 일 시작합시다."

강윤호가 자리에서 일어서며 소리쳤다.

"들떠서 실언하지 마시고! 모두 표정 관리 좀 해요!"

"저 개자식들. 5시 발표인데 새치기를 해버렸어."

이곳은 민국당 당사.

의원 하나가 꺼진 TV를 향해 투덜거렸다.

방송이 끝나기도 전에 누가 TV를 꺼버렸기 때문이다.

본래 여론 조사 기관에서 5시 정각에 발표하기로 예정되었던 것이다. 그것을 KSC가 가로채어 방송해버렸으니 여론 조사 기관들은 고소한다고 벌써 떠들고 있다.

그때 자리에서 일어서는 당 대표 전인명에게 이규진이 다가왔다.

"대표님, 윤 실장께 전화해주시죠. 지금 기다리고 계십니다."

낮게 말한 이규진이 옆에 바짝 붙었다.

"아무래도 당에서 성명을 발표해야 될 것 같습니다."

전인명은 대꾸하지 않고 방을 나갔다.

여론이다.

선거판에 여론 조사가 등장한 지 10년이 겨우 지났을 뿐이지만, 여론 조사 결과로 선거가 좌지우지되고 있다.

그러나 여론 조사 기관의 편향성이 이슈가 되면서 문제가 발생했다. 온갖 수단을 써서 조사 결과를 조작하는 바람에 여론이 조작되기 때문이다.

그래서 그것을 방지하려고 조사 내용을 조사하고 여러 개 기관을 모으는 방법까지 개발해 내는 것이다.

"97.4, 98.5퍼센트야."

주먹으로 탁자를 친 안동수가 충혈된 눈으로 고재일을 보았다.

"100명 중에서 98명, 99명이란 말이다. 다 끝났어."

서교동의 돼지갈비 식당 안, 오후 5시 10분.

조금 전에 5개 여론 조사 기관 대표가 NCB 방송에 나와 발표를 했다. 3시 반에 KSC 방송에서 새치기로 발표한 내용이나 같다.

그것을 안동수와 고재일이 식당에서 다시 본 것이다.

"더러운 놈들. 일본 놈들하고 음모를 꾸미다니. 이완용보다 더 나쁜 놈들이야."

안동수가 소리치듯 말했다.

옆 테이블 사내 셋이 그 소리를 듣더니 하나는 고개를 끄덕였고 하나는 술잔을 들어 보이는 것으로 공감을 표시했다.

"옳소!"

뒷좌석의 사내 하나가 소리쳤다.

신이 난 안동수가 한 모금에 소주를 삼켰다.

그때 고재일이 한 마디 덧붙였다.

"이것이 진짜 여론이다."

식당 안의 분위기를 말하는 것이다.

"가만, 6시에 북한이 뭘 또 발표한다고 했는데."

정신을 차린 안동수가 소리쳤다.

"일본 놈들의 음모가 또 있는 모양이다."

그때 고재일이 주인에게 말했다.

"여기, 소주 하나, 돼지갈비 2인분 더!"

6시 발표를 이곳에서 들을 작정이다.

대통령 집무실 안.

TV를 꺼놓은 상태에서 유준상과 윤필성이 독대하고 있다.

"일본이 음모를 꾸민 건 사실인 것 같군."

유준상이 이맛살을 모으고 윤필성을 보았다.

"지금까지 가만있는 걸 보면 시인한 것이나 마찬가지라구."

윤필성은 숨만 쉬었고 유준상이 말을 이었다.

"이광 씨가 대통령이 되는 것이 일본에 가장 불리하다는 증거가 나타난 것이지."

"……."

"그만큼 이광 씨의 비중이 더 크다는 증거이고 말야."

유준상의 얼굴에 쓴웃음이 번졌다.

"나나, 자유당의 박상윤 씨보다 말야. 그것이 오늘 여론 조사로 나타난 거야."

"대통령님, 여론이란 게 냄비 속의 물 같다고 합니다. 특히 한국인의 여론이라는 건 일주일 이상 가는 게 없다고 하지 않습니까?"

윤필성의 목소리에 열기가 띠어졌다.

"리스타와 북한 사이가 좋은 건, 세상 사람들이 다 압니다. 이광 씨가 돈을 퍼주었기 때문이죠."

"……."

"북한이 정권 차원에서 그런 테이프를 조작하는 건 일도 아닙니다."

"그럴까?"

"일본 정부에서 곧 북한 측에 엄중한 항의를 할 것입니다."

"……."

"6시의 북한 측 발표도 들을 게 없습니다. 앞으로는 북한 방송을 한국에서 방영하지 말아야 합니다."

"……."

"모두 리스타에 매수된 자들입니다."

그때 유준상이 고개를 들었다.

"이따 6시 방송이나 같이 보자구."

저택 안의 응접실에 이광과 안학태, 정남희와 해밀턴까지 넷이 둘러앉아 있다.

방금 안학태는 후보 비서실장 자격으로 당사에 나갔다가 돌아온 길이다. 당사에서 당 대표 한창열과 선대본부장 강윤호만 만나고 온 것이다.

"모두 다시 TV 앞에 모여 있습니다."

안학태가 이광에게 보고했다.

"우리 당뿐만이 아닙니다. 민국당, 자유당은 말할 것도 없고 거의 전 국민이 3시 반부터 TV 앞에 앉아 있는 상황입니다."

"그것, 참."

해밀턴이 끼어들었다.

이광이 입을 다물고 있었기 때문에 해밀턴이 말을 잇는다.

"한국 사람들, 여론에 조금 과민 반응하는 것 아닙니까?"

"미국은 안 그래요?"

정남희가 묻자 해밀턴이 고개를 기울였다.

"골수 민주당원, 공화당원이라면 모를까, 국민은 이 정도로 여론에 들썩이지 않아요."

정남희가 주위를 둘러보았다.

"좀 심한가, 한국 국민이?"

"그만큼 정치에 관심이 많다는 증거죠."

안학태가 말을 받았다.

"그리고 여론 조사 기관도 많고."

"지저스."

해밀턴이 투덜거렸다.

"어쨌든 99퍼센트로 돌아섰어. 환장하겠구만."

그때 안학태가 다시 나섰다.

"어디, 6시의 평양 방송을 듣고 봅시다."

6시 10분 전이다.

6시 정각.

KSC 뉴스 시청률 12.5퍼센트. 22년 만에 KSC 뉴스 시청률 기록을 깨트렸다.

KSC는 6시 정각이 되자 앵커가 나타나더니 긴장한 표정으로 말했다.

"광고 방송을 하지 않고 20초 후에 바로 평양 방송을 중계하겠습니다."

"웬일이래?"

돼지갈비 식당에서 뉴스를 보던 안동수가 감탄했다.

"글쎄 말야. 방송국이 제대로 일하는군."

광고 방송을 안 하는 것이 일 잘하는 것도 아니지만, 광고에 질렸기 때문에 감동한 것이다.

그러나 그 내막은 KSC만 안다. 그것은 '평양 측'에서 KSC에 부탁했기 때문이다.

"방송에 광고 넣지 말기 바란다!"

이것이 시청자를 감동시킨 이유다.

같은 시간, 이곳은 신한당 당사 회의실 안이다.

이제는 당의 전(全) 간부가 모였다.

그리고 전면에 100인치 TV가 놓여서 마치 영화관 같다.

시중에서 가장 큰 TV를 구입해 기존 TV와 바꿔치기하는 건 20분도 안 걸렸다.

TV를 향해 앉은 1백여 명의 '관중'은 앵커의 말을 들으면서 침묵했다.

왜 저렇게 광고가 생략되었는지 따질 여유도 없다.

자, 우리의 '원군' 북한은 오늘 무엇을 터뜨려 줄 것인가?

백여 쌍의 눈동자에는 호의가 띠어져 있다.

그때 앵커가 사라지고 아줌마가 등장했다.

김옥자가 엄중한 표정으로 남조선 시청자들을 응시하고 있다.

시청률이 28퍼센트. 대번에 2배로 뛰었다.

민국당의 당사 상황실 안.

이곳에도 1백 명 가까운 관중이 TV를 응시하는 중이다.

중앙에 앉은 당 대표 겸 선대본부장 전인명의 표정은 굳어있다. TV를 향한 그의 얼굴은 적의에 차 있다.

그때 김옥자가 입을 열었다.

"친애하는 남조선 인민 여러분, 오늘은 우리가 남조선 당국의 반역적 행태를 폭로하겠습니다. 우리는 남조선 당국자와 영합한 반역자들과의 대화를 여러분께 들려드리겠습니다."

"이건 또 무슨 수작이야?"

전인명이 물었지만, 목소리가 떨렸다.

주위를 둘러본 전인명은 여러 명과 시선을 마주쳤지만 아무도 대답하지 않았다.

모두 '수상한' 예감을 느꼈기 때문이다.

"뭐야?"

신한당 당사 상황실 안.

체면상 당 대표 한창열은 대표실로 들어갔기 때문에 상석에 앉아 있던 강윤호가 김옥자의 말을 듣고 물었다.

"반역자들이라니, 크게 나오는데."

강윤호가 고개를 기울이며 말했다.

북한은 자주 반역, 역적 등 심한 말을 써왔기 때문에 건성으로 듣는 사람이 많다.

그때 간부 하나가 주의를 주었다.

"더 들어봅시다."

그때 김옥자가 말을 이었다.

"친애하는 남조선 인민 여러분, 우리는 최선을 다하며 북남 인민의 아프리카 이민 사업에 열중했습니다. 그것이 우리 조선 민족의 미래라는 것을 확신했기 때문입니다. 그런데 그것을 이용하여 사욕을 채우고 나아가 조국을 반역하는 무리가 있었던 것입니다."

"지금 뭐라고 하는 거야?"

이맛살을 찌푸린 유준상이 옆쪽에 앉은 국정상황실장 오대근을 보았다.

집무실 안에는 오대근과 둘이 앉아 있다.

오늘은 유준상이 윤필성을 부르지 않았던 것이다.

오대근이 대답하지 않았기 때문에 유준상이 혼잣말로 말했다.

"저 사람들, 누가 어쨌다는 거야?"

김옥자가 잠깐 숨을 멈춘 사이다.

이곳은 서교동의 돼지갈비 식당.

술기운이 오른 안동수와 고재일, 그리고 좌우 테이블의 사내들도 조금 '어리벙벙'한 분위기다.

워낙 내용이 '광범위'하고 충격적인 표현을 썼기 때문이다.

그래서 실감이 안 나는 것이다.

이런 영화가 망하는 꼴을 여러 번 보았기 때문에 '남조선 인민'들은 쉽게 넘어가지 않는다.

"그래서 어쨌다는 거야?"

술잔을 든 안동수가 그렇게 입장을 표현했다.

같은 시간.

청와대 비서실장실 안.

윤필성과 천기수가 마주 앉아 서로의 얼굴을 쳐다보았다.

둘의 얼굴은 굳어 있다. 금방 서로 시선을 피했지만 입을 열지는 않는다.

윤필성이 천기수를 불러 TV를 시청하고 있는 것이다.

천기수가 어금니를 물었기 때문에 볼의 근육이 일어났다.

그때 다시 김옥자가 말한다.

"친애하는 남조선 인민 여러분, 이 녹음테이프를 들어보시지요."

그러고는 바로 사내의 목소리가 울려나왔다.

"미화로 20만 불이오. 이것으로 운영비를 쓰시고, 다음에 또 드릴 테니까."

"고맙습니다."

그때 잠깐 대화가 끝나고 김옥자가 나왔다.

엄숙한 표정.

"이것은 남조선 청와대 비서실장 윤필성의 측근인 천기수 사정비서관의 목소리입니다. 지금 '고맙습니다'라고 대답한 작자는 선전선동부 부부장 고동표입니다."

다시 대화가 이어졌다.

이제 천기수로 밝혀진 인물이 말을 잇는다.

"우리가 힘을 모으면 남북한, 아니 북남의 실세가 되는 겁니다. 솔직히 이번 유준상 대통령이 재선되면 절반은 숙원이 이뤄진 셈이 될 테니까요."

"알고 있습니다. 그런데 포섭 자금이 부족합니다."

"리스타 자금이 다음 달에 더 들어오면 빼 드릴 겁니다."

"서울 이민부에서 자금이 나오는 것이지요?"

"그래요. 리스타에서 이민부로 보내면 우리가 빼내는 거죠. 이민 장관이 적극 협조해 주고 있으니까, 걱정 붙들어 매시고."

"아이구, 고맙습니다."

"이번 대선 끝나면, 우리가 북남의 실세가 되는 겁니다. 우 부장께 말씀 잘 드리시고."

"예, 윤 실장님께 안부 전해드리라고 우 부장께서 말씀하셨습니다."

둘의 대화가 끝나고 지금까지 엄숙한 표정으로 입을 다물고 있던 김옥자가 눈을 치켜떴다.

"다아음은 반역적 행위를 행한 선전선동부장 우명수의 자백이 있겠습니다."

"아니, 이런."

입을 딱 벌린 민국당 대표 전인명이 뒷말을 잇지 못하고는 주위를 둘러보았다.

눈이 흐려졌고 안색까지 창백해졌다.

둘러앉은 당 간부, 선대위 간부들도 숨을 죽이고 있다.

앞쪽 TV에서 김옥자가 숨을 돌리는 순간이다.

"이거, 큰일……."

전인명이 말을 잇지 못했는데 누가 감히 이 거대한 폭발에 대해서 의견을 내놓겠는가?

그야말로 날벼락이 떨어진 상황이다. 폭망이다.

청와대 비서실장이며 이번 대선에서 여당 대통령 유준상의 러닝메이트인 윤필성, 그 윤필성이 주모자이며 역적이 아닌가?

그때 김옥자가 말을 이었다.

"자, 여러분, 남조선 윤필성의 파아트너로서 북조선 반역의 주역인 전(前) 선전선동부장 우명수의 자백을 듣겠습니다."

그 순간, 우명수가 화면을 가득 채웠다.

이곳은 신한당 당사, 상황실에 모인 사람들은 2백여 명.

처음에는 간부급 1백여 명이었다가 당사 안에 있던 직원들까지 들어온 것이다.

모두 아연한 표정. 이것이 신한당에 호재임이 분명한데도 실색을 하고 있다.

너무 엄청난 상황이 벌어졌기 때문이다.

강윤호도 말을 내놓지 않는다. 큰소리 잘 치던 김훈마저 눈만 치켜뜨고 있다.

그때 우명수가 입을 열었다.

"나는 남조선 윤필성과 비밀 합의를 했습니다. 그것은 윤필성과 함께 북남을 우리가 지배하는 계획의 첫 단계 작업입니다. 마침 리스타가 북남 인민의 아프리카 이민을 추진하고 있는 기회를 이용한 것입니다."

정색한 우명수가 한 마디씩 또박또박 말을 했기 때문에 전 국민의 머릿속에도 쏙쏙 들어왔다.

여수의 수산시장 아줌마도, 파주의 북경반점 주방장 김달수도 금세 이해했다.

우명수가 절절한 표정으로 시청자들을 보았다.

"저는 현재까지 윤필성이 천기수를 통해 보내온 약 220억 원, 2천만 불 정도를 50여 명의 군 장성, 당 간부에게 포섭 자금으로 뿌렸습니다. 물론 그들에게 충성 서약과 함께 비자금 영수증도 받았습니다. 그들은 모두 새롭게 출발하는 북남 체제의 북쪽 지도자가 될 것이었습니다."

우명수가 잠깐 숨을 돌렸을 때다.

신한당 당사 상황실에서 '탄성' 일성이 울렸다.

2백여 명이 모였어도 넓은 상황실은 조용했는데 누군가 참지 못하고 탄식한 것이다.

그렇다. '비통한' 여운까지 깔린 탄성이다.

"저럴 수가."

또 누군가 탄식했지만, 아직 제대로 된 말을 내놓지 않는다.

김훈이 소리쳤다.

"조용히!"

그때 우명수가 말을 이었다.

"윤필성의 의도는 대선 때 대통령의 러닝메이트가 되고 나서 부통령이 된 후에, 남조선 정권을 인수하는 것입니다. 내가 알기로는 유준상 대통령과 합의를 했을 리는 없다고 생각합니다. 그러나 대통령 유고 시에는 부통령이 대통령직을 승계하게 되겠지요. 그리고 나서 남조선을 북측의 우리와 더 적극적으로 연합시켜 북남 연방을 구성하는 것입니다."

우명수가 숨을 들이켰을 때다.

"개새끼!"

누군가 외치면서 TV에 물병을 던졌는데 그게 페트병이었다.

TV 화면에 정통으로 맞았지만 물만 튀었고 부서지지는 않았다.

"저럴 수가!"

누군가 악을 썼다.

"거짓말이야!"

비명 같다.

"조용히!"

전인명이 벽력같이 소리쳤지만, 제 귀로 듣는 그 외침이 절규 같았다.

이곳은 민국당 선대본부 회의실 안.

그러나 회의실은 금방 아수라장이 되었다. 페트병 서너 개가 더 TV로 날아가 부딪쳤고 이제는 10여 명이 아우성을 쳤다.

"죽여야 돼!"

"반역자!"

"저건 소설이야!"

그것이 우명수가 잠깐 숨을 돌리는 3초 사이에 일어났다.

그때 우명수가 다시 입을 열었다.

그래서 순식간에 조용해졌다.

"나는 조국을 반역했습니다. 그래서 죽음을 각오하고 자백합니다. 지금 참회하는 심정으로 자백하고 있습니다."

표정이 절절했고 치켜뜬 눈에는 물기까지 가득 차 있었기 때문에 독산동에서 통닭을 튀긴 '우리 통닭집' 주인 양미옥의 가슴도 먹먹해졌다. 옆에 서서 같이 일하던 남편 임우진도 TV를 응시한 채 숨을 죽이고 있다.

우명수가 말을 잇는다.

"나는 썩어서 부패하고 권력을 쥐기 위해 수단 방법을 가리지 않는 남조선 권력자들을 이용할 수 있다고 생각했습니다. 그것이 내 조국에 도움이 될 것 같다고 생각한 것입니다. 그러나 그것이 결국, 조국에 엄청난 해를 입히게 될 것을 알게 되었습니다."

고개를 든 우명수의 눈에서 눈물이 흘러내렸다.

그때 우명수가 사라지고 화면에 김옥자가 다시 등장했다.

"윤 실장이 뵙겠다는데요."

국정상황실장 오대근이 말했을 때 유준상이 고개를 들었다.

방금 김옥자가 TV에 다시 등장한 상황.

오대근은 전화기 송화구를 손바닥으로 막고 서 있다.

오대근의 눈동자는 흔들리지 않는다. 그러나 착잡한 표정.

똑똑하고 사리 판단이 정확한 측근이다. 유준상이 의원 시절부터 보좌관으로 수행해온 최측근.

지금 유준상과 둘이 집무실에서 TV를 보고 있는 중이다.

아무 말도 안 했지만, 우명수의 자백을 들으면서 만감이 교차했겠지.

그때 유준상이 말했다.

"내가 부른다고 해."

"예, 대통령님."

대답한 오대근이 전화기를 귀에 붙이더니 말했다.

"부르신다고 하십니다. 그때까지 기다리시죠."

기다리라고까지 한 것은 확실하게 못을 박은 것이다.

그때 다시 김옥자.

"남조선의 윤필성은 이민부 장관 강석호와 공모하여 리스타에서 보내온 이민 자금 수천억을 빼돌리고 있는 것입니다. 대경산업이라는 쓰레기 회사를 통하고 은행은 서흥은행을 이용합니다. 우리는 그 증거를 다 갖고 있습니다. 그 역적 무리가 뒤늦게 날뛰면서 장부를 조작하려고 하겠지만, 우리는 이미 명백한 증거를 확보하고 있습니다."

작은 눈을 한껏 치켜뜬 김옥자가 꾸짖는 듯한 표정으로 시청자들을 보았다.

"친애하는 남조선 인민 여러분, 우리는 곧 그 증거를 다시 상세히 발표하겠습니다. 남조선 위정자들이 죄상이 드러날까 두려워서 KSC 방송 중계를 거부한다면 그것도 공모 증거가 될 것입니다. 그러나 그렇게 안 될 것입니다."

김옥자가 이번에는 눈을 실처럼 가늘게 뜨고 비웃었다.

"우리는 이 방송을 여러 채널로 여러분께 보내드릴 수가 있습니다."

김옥자가 잠깐 숨을 골랐을 때다.

"큰일 났는데."

헛소리처럼 말을 뱉은 주인공이 다른 사람도 아니고 신한당의 선대본부장 강윤호다.

이곳은 신한당 당사 상황실 안.

수백 명이 모였으니 이제는 온갖 외침으로 소란해야 정상인데 웅성거리기만 한다.

워낙 사안이 심각했기 때문이다.

"세상에, 이럴 수가……."

강윤호가 헛소리처럼 말했을 때 김훈이 고개를 돌렸다.

"이게 사실이라면 끝나는 거야."

두 눈이 번들거리고 있다.

"수사해야 돼. 그래서 명명백백히 진상을 가려야 돼."

그때 3선 의원 박태영이 눈을 치켜뜨고 다가왔다. 가쁘게 숨을 쉬고 있다.

"이봐요, 강 의원. 큰일이야. 이걸 전 국민이 다 봤을 텐데, 잘못하면 폭동이 일어나겠어."

"이보쇼, 박 의원."

강윤호가 어깨를 부풀렸다. 어느덧 눈의 초점이 잡혀 있다.

사람이 그렇다. 자신이 흥분 상태일 때 상대방도 함께 흥분하면 자신을 보는 것 같아서 진정한다. 지금 강윤호가 그렇다.

"이제 문제가 걷잡을 수 없이 커지고 있어. 이럴 때일수록 자중해야 돼."

그때 다시 김옥자의 목소리가 울렸다.

잠깐 숨을 골랐던 김옥자가 말을 잇는다.

"우리는 곧 남조선 정부에 윤필성과 그리고 이민부 장관 강석호, 대경산업 회장 오방근, 청와대 비서관 천기수, 서흥은행 부행장 윤두수까지 얽힌 모든 자료를 송부하겠습니다. 안전과 은폐 기도를 방지하기 위하여 우리는 이 자료를 남조선의 민국당, 자유당, 신한당 3당과 8개 신문사, 3개 방송국으로 동시에 송부할 것입니다."

그러고는 김옥자가 처음으로 얼굴을 펴고 웃었다.

그 모습이 갑자기 호박꽃이 활짝 피어나는 것처럼 아름다웠다.

그래서 시청률이 57퍼센트에 이르는 남조선 인민의 가슴이 내려앉았다.

TV를 끈 안학태가 이광을 보았다. 그러나 입을 열지는 않는다.

응접실 안에 잠깐 정적이 덮였다.

오후 6시 20분.

이광의 시선이 창밖으로 옮겨졌다. 12월 초순.

정원의 은행나무가 잎을 다 떨어뜨렸지만, 원체 큰 덩치라 별관 한쪽을 다 가리고 있다.

그때 정남희가 말했다.

"이제야말로 국민이 심판할 차례가 된 것 같네요."

정남희에게 시선이 모였다.

이광도 고개를 돌려 정남희를 본다.

정남희가 말을 이었다.

"또 여론 조사가 민심을 선도할까요?"

"여론 조사와 언론이었죠."

안학태가 말을 받았다.

"민심이 그것에 움직였고 이어서 투표로 결정을 했습니다."

그때 해밀턴이 물었다.

해밀턴의 한국어는 유창하다. 안학태보다 말을 잘한다.

"언론 통제, 왜곡된 여론의 선동에 영향을 받지 않았습니까?"

"이 정도 상황이면 조작이나 선동이 안 먹힙니다. 오히려 역작용이 일어납니다."

정색한 안학태가 말을 이었다.

"북한은 선전과 선동 면에서 세계 최고 수준입니다. 더구나 그 자료가 진실이라면 뒤집으려고 장난을 치다가 바로 박살납니다."

"으으음."

해밀턴이 신음 같은 탄성을 뱉었다.

"과연 그렇군. 북한이 바로 그렇게 체제를 이끌어 왔으니까."

"김 위원장이 정상적인 국가 관계를 원하고 있다는 증거야."

불쑥 이광이 말했기 때문에 모두 정신이 든 것 같은 표정을 지었다.

그때 이광이 말을 이었다.

"나는 그것이 기쁘다."

정남희, 안학태, 해밀턴이 제각기 시선을 맞추더니 동시에 고개를 끄덕였다.

그중 가장 활달한 해밀턴이 대표해서 말했다.

"우리는 당장의 난관에서 벗어난 것만 기뻤는데 후보님은 김정은과의 미래를 생각하셨군요."

그때 쓴웃음을 지은 이광이 자리에서 일어섰다.

"자, 이제부터 수습해."

"당장 구속 수사를 해야 돼."

안동수가 고래고래 소리쳤다.

여전히 돼지갈비 식당 안.

식당 안은 떠들썩해서 안동수보다 더 크게 소리를 지르는 사내도 있다.

식탁 위에는 소주병이 6개 놓여있는데 모두 비었다.

안동수가 더 시켰지만 고재일이 가져오지 말라고 했기 때문에 술은 더 이상 못 마신다.

"윤필성이 바로 역적이야. 이런 놈이 있었기 때문에 조선이 일본 식민지가 된 거다."

"옳소!"

뒤쪽에서 사내들이 소리쳤다.

"썩었어! 이 나라는!"

"이광, 만세!"

"유준상 아웃!"

식당 안은 거의 난장판 수준이다.

그러나 술은 잘 팔렸기 때문에 주인은 활기 띤 눈으로 동분서주하고 있다.

6시 35분.

청와대 대통령 집무실 안.

대통령 유준상이 앞쪽에 앉은 윤필성을 바라보았다.

집무실 안에는 국정상황실장 오대근, 정책실장 최영조 둘이 유준상의 좌우에 앉아 있다.

최영조는 재선의원 출신으로 유준상의 측근이다. 청와대에서의 서열은 윤필성 다음인데 나대지 않는 성격이지만 유준상의 복심이다.

그 최영조를 불렀으니 유준상의 심중이 짐작될 만했다.

그때 윤필성의 입이 열렸다.

"음모입니다. 북한과 리스타가 짜고 저를 죽이려는 것입니다."

윤필성의 두 눈이 번들거렸다.

"저를 죽이는 것은 곧 대통령님을 끌고 들어가려는 의도입니다. 그것은 또 대한민국을 북한과 리스타가 장악하려는 것입니다."

윤필성의 열변이 잠깐 끝났을 때 유준상이 기다리고 있었던 것처럼 물었다.

"돈, 빼냈어?"

"그런 일 없습니다."

"북한이 자료 보낸다던데?"

"조작되었을 것입니다."

"대조하면 금방 드러날 텐데."

"그럴 리가 없습니다."

목소리를 높인 윤필성이 고개까지 저었다. 어느덧 얼굴도 붉게 상기되었다.

"서운합니다. 대통령님께서도 저를 믿지 못하시다니요."

"북한이 자료까지 보낸다고 했네. 그리고 일본 총리실 직원들의 녹음테이프. 그것도 사실인 것 같지 않나?"

"그건 모르겠습니다."

그때 최영조가 입을 열었다.

"곧 자료가 올 건데, 무조건 음모라고 주장하면 됩니까?"

"아니, 최 실장."

윤필성이 버럭 소리쳤다.

"내 말을 못 믿는 거요? 그리고 그 자료라는 것도 아직 보내지 않았잖소?"

목소리가 커서 집무실이 울렸다.

청와대 집무실 안에서 이런 고함이 들린 건 역사상 처음일 것이다.

비서실장실 안.

대통령 집무실에서 돌아온 윤필성이 바로 천기수를 불러들여 둘이 앉아 있다.

윤필성은 눈을 부릅뜨고 있다. 숨을 고른 윤필성이 말했다.

"이봐, 이미 일은 터졌어. 정공법으로 나가는 수밖에 없어."

"검찰 수사가 착수될 것 같습니다."

천기수가 목소리를 낮췄다.

"강 장관, 오 회장, 윤 부행장하고 말을 맞출 필요가 있습니다."

"조작된 사건이니까 무조건 부인하라고 해. 우리가 밀리면 안 돼."

"제가 가장 먼저 타깃이 될 겁니다."

윤필성의 시선을 잡은 천기수가 얼굴을 일그러뜨리며 웃었다.

"북한 측과 접촉한 것은 저였으니까요."

"조작이라고 해."

"실장님."

정색한 천기수가 윤필성을 보았다.

"무조건 잡아떼기에는 한계가 있습니다."

"……."

"조금 전에 강 장관한테서 연락이 왔습니다. 검찰이 압수 수색을 할 것 같다고 합니다."

빠르다. 시민 단체가 3곳에서 고발을 했기 때문에 바로 압수 수색 영장을 청구할 것이다. 폭발적인 여론의 영향을 받았기 때문이다.

윤필성이 어금니를 물었고 천기수가 말을 이었다.

"강 장관은 한기정 비서실장, 박철규 기획실장이 흔들리고 있다고 합니다."

한기정, 박철규는 실무 책임자로 이민부 자금을 빼돌린 당사자다.

둘이 '불어'버리면 끝난다.

그때 천기수가 번들거리는 눈으로 윤필성을 보았다.

"거기에다 대경산업에도 회장실, 비서실에 압수 수색이 들어가겠지요. 거긴, 더 위험합니다. 잡혀 들어가자마자 다 불어버릴 인간들입니다."

"……."

"서흥은행 부행장 윤두수는 더 말할 것도 없지요. 북한에서 보낸 자료에 다 나와 있으니까요. 저만 살려고 묻지 않아도 먼저 말할 놈입니다."

"……."

"실장님, 무조건 부인한다고 해도 상황이 너무 좋지 않습니다."

그때 윤필성이 고개를 들었다.

"천 비서관."

"예, 실장님."

"이건 지나가는 바람이야."

"예, 실장님."

"숨 몇 번만 참으면 돼."

"예, 실장님."

"우리가 중심을 잡자구."

"그래야죠."

"천 비서관."

"예, 실장님."

"자네가 총대를 메."

순간, 천기수가 숨을 들이켰고 윤필성이 말을 이었다.

"자네가 총대를 메고 있는 동안 시간이 지날 거네. 수사는 지지부진할 것이고 그사이에 대선이 치러지는 거야."

"……"

"그러고 나면, 어떻게 될지 알겠지?"

"알겠습니다."

"자네는 누명을 벗게 될 것이고, 꿈꾸던 대로 내년에 지역구 의원이 된 후에 곧 장관까지는 될 것이네."

"……"

"다 대한민국을 위한 일이야. 조국을 위한 일이라구."

윤필성의 눈에 눈물이 맺혔다. 그러나 눈을 치켜뜨고 천기수를 응시한 채 눈길을 떼지 않는다.

그때 천기수가 대답했다.

"예, 실장님. 하지요."

"이건 더 첨가할 것도 없는 증거 자료군."

한성일보 편집국장 오병삼이 컴퓨터 화면을 보고는 고개를 절레절레 흔들었다.

컴퓨터 앞에 둘러앉은 편집국 간부들도 놀란 탄성을 뱉는다.

화면에는 북한에서 보낸 윤필성, 천기수, 그리고 이민부 장관 강석호 등의 자금 횡령 내역, 그리고 자금을 받은 북한 측 고위급 당사자들의 내막이 일목요연하게 떠 있는 것이다.

엄청난 내용이다.

"안타깝다."

오병삼이 발을 굴렀기 때문에 편집국장실이 울렸다.

편집국장실 안에 모인 간부들은 10여 명이다.

"다른 언론사들에도 이 자료가 간 것이 안타깝다는 말이야."

탄식하듯 말한 오병삼이 소리쳤다.

"자, 정리하고 내일 아침 특종으로 보도해!"

오병삼이 다시 고래고래 소리쳤다.

"윤필성, 천기수, 그 밑에 박동배, 강석호와 박철규, 한기정, 그리고 대경산업 관계자까지 모두 달라붙어! 인터뷰를 하란 말야! 모두 나가!"

간부들이 뱀을 본 아이들처럼 뛰쳐나갔다.

다른 언론사들도 마찬가지로 인터뷰를 따려고 사생결단으로 달려들 것이기 때문이다.

방송에서 먼저 터뜨렸다.

신문은 편집, 교정 작업, 그리고 종이에다 인쇄 작업까지 시간이 더 걸렸기 때문이다.

오후 9시, 방송 3개 사가 동시에 자료를 터뜨렸다.

윤필성, 천기수가 연루된 자료가 다 방송 화면에 떴다.

제각기 특종을 잡으려고 혈안이 된 터라 KSC에서 먼저 특종을 터뜨렸다.

"이민부 비서실장 한기정 씨가 유서를 써놓고 실종되었습니다. 그 유서는 부인이 보관하고 있지만, 언론에 공개는 피하고 있습니다."

앵커가 열띤 목소리로 말을 잇는다.

"검찰은 그 유서 내용이 이번 북한 측의 폭로와 관계가 있는 것으로 추측하고 있습니다."

"어떻게 된 거야?"

TV를 보던 김훈이 강윤호에게 물었다.

신한당 당사 상황실 안.

TV 앞에 모인 간부들이 웅성거리고 있었는데 방금 한기정의 실종 사건이 보도된 것이다.

"실종이야, 도망친 거야?"

"유서를 남겼다고 하잖아."

이맛살을 찌푸린 강윤호가 말을 이었다.

"무너지기 시작하는데 어떻게 수습이 되는지 조심해야 돼."

"윤필성이 가만있지 않을 것이라는 말이지?"

강윤호가 고개를 끄덕였다.

만 하루가 지나고 있다.

이제 한국은 '북한발'의 '반역 사건'으로 '핵폭탄 급' 폭로로 뒤덮여 있다.

오늘 아침 조간신문은 어제 오후 6시의 북한 방송을 대서특필했는데 그야말로 경천동지할 사건이었다. 그거에 이어서 핵폭탄이 계속해서 터지고 있다.

그중 하나가 이민부 비서실장 한기정이 유서를 남기고 실종된 사건이다.

"윤필성은 청와대에 박혀서 나오지 않지? 천기수, 박동배도?"

김훈이 묻자 강윤호가 고개를 끄덕였다.

"이민부 장관도 마찬가지야. 기획실장 박철규도."

그리고 대경산업 회장 오방근 측도 마찬가지다. 압수 수색에 대비해서 당사자들은 철통같은 방어막을 치고 나서 언론과의 접촉을 차단하고 있다.

그때 강윤호에게 후보 비서실 직원이 다가왔다.

"후보님한테서 연락이 왔습니다."

"후보님?"

숨을 들이켠 강윤호에게 직원이 바짝 다가섰다.

옆쪽에 앉은 김훈도 몸을 굳히고 있다.

그때 직원이 말을 이었다.

"대표님, 그리고 강 의원님, 김 의원님을 저택에서 뵙자고 하셨습니다."

"지금 말인가?"

"예, 늦었지만 이야기를 하시자는군요."

"가야지."

김훈이 먼저 몸을 일으켰다.

"지금 시간 따질 때인가?"

오후 10시 반, 이광의 저택 응접실 안.

둥글게 배치된 소파에 이광을 중심으로 안학태, 정남희, 해밀턴, 그리고 신한

155

당 대표 한창열과 원내 대표 겸 선대위 본부장 강윤호, 부본부장 김훈이 둘러앉았다.

고위급 간부가 모두 모인 셈이다.

탁자 위에는 위스키병과 마른안주가 놓여있는데 아직 아무도 술잔을 들지 않았다.

어제 오후 북한발 '핵폭탄'이 터지고 당 지도부가 처음 회동하는 셈이다.

인사를 마치고 분위기가 안정되었을 때 이광이 입을 열었다.

"이번 사건에 대해서 상대방에 대한 공격은 하지 않는 것이 낫다고 생각해요."

이광의 시선이 한창열 등을 훑고 지나갔다.

"대변인을 통해서 사건 진상이 분명히 밝혀져야 한다고만 발표하세요."

"그렇습니다."

한창열이 바로 동의했다.

"우리 간부들도 그렇게 생각하고 있었습니다."

강윤호가 말을 받는다.

"이런 상황에서 민국당의 유 대통령은 재선이 불가능합니다. 윤필성이 지금 유 대통령을 끌어안고 어떻게든 피해가려고 하지만 이미 끝난 겁니다."

그때 김훈이 나섰다.

"첫째로 민심이 폭발 직전입니다. 엄청난 이민자금을 횡령한 자료까지 다 폭로된 상황이거든요."

신한당에도 오후에 북한에서 보낸 횡령 자료가 온 것이다.

언론사에 보내진 자료와 같은 내용이다.

북한 측은 약속한 대로 한국의 방송사, 각 정당, 기관에 자료를 보냈다.

윤필성 등이 이민부와 공모해서 횡령한 자금 내역이다.

그때 이광이 고개를 들었다.

"리스타의 세금 포탈 사건과 마약 사업에 대한 혐의도 누가 조작했는지 곧 밝혀질 겁니다. 이것까지 국민에게 해명해야 됩니다."

정색한 이광이 말을 이었다.

"윤필성 사건으로 모든 사건을 덮을 수는 없어요. 그것이 국민에 대한 도리이고 의무이니까요."

이것 때문에 이광이 부른 것이다.

김훈이 먼저 고개를 끄덕였다.

"그래야죠."

성격이 급한 김훈의 두 눈이 번들거렸다.

"그것까지 해명되면, 국민이 감동할 것입니다."

청와대 대통령 관저의 응접실 안, 밤 11시 반.

유준상이 국정상황실장 오대근, 정책실장 최영조와 함께 소주를 마시고 있다.

유준상은 양주보다 소주를 좋아한다.

셋이 소주를 한 병째 비우는 동안 유준상은 입을 열지 않았다.

그래서 둘은 잠자코 술만 마셨다.

무거운 분위기. 둘은 불려온 지 30분밖에 되지 않는다.

비상 상황이어서 청와대 근처의 식당에서 둘이 술을 마시다가 호출을 받고 달려온 것이다.

그때 유준상이 입을 열었다.

"윤 실장은 지금 어디 있지?"

"모릅니다."

오대근이 바로 대답했다.

"제가 알기로는 9시 반까지 청와대에 있다가 나갔습니다."

"윤 실장은 이것이 북한과 리스타가 짜고 우리를 모함하는 것이라는데……."

오후에 윤필성은 여기 앉은 셋 앞에서 고함을 쳤던 것이다. 대통령 앞에서 말이다.

그때는 자료가 오기 전이었다.

그런데 오후 8시에 북한에서 자료가 왔다.

청와대에는 안 왔지만 민국당으로 보낸 자료를 메일로 받아 본 것이다.

그것이 오후 9시에 뉴스로 보도되었고, 내일 자 조간에 대서특필될 것이다.

그런데 윤필성은 자료가 왔는데도 그것이 조작되었다고 우기는 것이다.

오후에 유준상을 만났을 때도 그렇게 바락바락 우겼다가 최영조하고 대판 말다툼을 하기까지 했다.

그때 최영조가 말했다.

"당에서 연락이 왔습니다."

유준상의 시선을 받은 최영조가 말을 이었다.

"오후 늦게야 연락이 왔는데 그것은 윤 실장과 대통령님이 연루되었을지도 몰라서 주저하고 있었다는 것입니다."

"그렇겠지."

"제가 오후에 대표하고 중진 의원 몇 명한테 이번 일은 대통령님과 무관하다고 누누이 말하고 나서야 납득한 겁니다."

"윤필성이 나한테 허락을 받고 그렇게 했다고 말했을 거야."

"그래서 당에서도 주저하고 있었던 것입니다."

그때 오대근이 나섰다.

"대통령님, 검찰총장에게 윤필성을 직접 고발하시지요. 그렇게 하셔야 합니다."

"……"

"윤필성이 대통령님을 끌고 들어가고 있습니다. 벌써 하루가 지나갔습니다."

"……."

"지금 당장 검찰총장을 부르시지요."

그때 유준상이 고개를 들었다.

유준상의 얼굴을 본 둘이 숨을 들이켰다.

얼굴이 일그러져 있었기 때문이다.

"윤필성이 나하고 공모했다고 주장하면 방법이 없어."

"하지만 대통령님."

"자네들도 국민 여론이 어떻게 돌아가는지 알고 있을 거야. 벌써 나하고 윤필성이 한통속이라는 소문이 덮여있어. 알고 있지 않나?"

"그럴수록 서둘러 나서야 합니다."

오대근이 말했지만 목소리가 약했다.

그때 유준상이 말했다.

"방법은 하나뿐이야. 윤필성이 자백을 하는 것."

"그건 불가능합니다."

최영조가 고개를 저었다.

"끝까지 물고 늘어질 놈입니다."

"제 생각도 그렇습니다."

"그렇다면 내가 다 내려놓고 국민의 심판을 받는 수밖에."

"네? 무슨 말씀이십니까?"

최영조가 재빠르게 유준상의 말을 받았다.

"뭘 내려놓는단 말씀입니까?"

"대선을 포기하고 내가 아는 모든 것을 국민 앞에 털어놓고 물러난다는 말이네."

순간, 둘은 입을 다물었다.

이것이 윤필성의 물귀신 작전에 대한 유준상의 마지막 반격이다.

공생공사다. 물귀신인 윤필성을 끌고 같이 죽는 것이다.

그러나 억울하다.

곁에서 지켜본 측근들인 최영조, 오대근의 입장에서도 너무 분통이 터지는 일이다.

유준상이 뭘 잘못했단 말인가?

윤필성이 부통령이 되고 나서 유준상을 제거, 대통령직을 넘겨받으려는 흉계까지 꾸민 놈이다.

과연 이 방법밖에 없단 말인가?

그때 옆으로 서둘러 비서가 다가왔다.

"대통령님, 전화 왔습니다."

비서의 손에 휴대폰이 쥐어 있다.

"누구야?"

유준상이 묻자 비서가 주춤하더니 말했다.

"천기수 비서관입니다."

"천기수?"

고개를 든 유준상의 시선이 오대근과 최영조를 스치고 지나갔다.

그때 비서가 대답했다.

"예, 말씀드릴 것이 있답니다."

유준상이 다시 둘을 보았다.

천기수는 이번 사건의 주역이다. 평양 방송 김옥자가 30번도 더 천기수 이름을 지명했기 때문에 이제는 진도에서 마늘 농사를 하는 안남숙 씨도 안다.

오대근과 최영조는 혼란스러운지 아직 입을 열지 못했고 유준상이 손을 내밀었다.

"이리 주게."

핸드폰을 받은 유준상이 귀에 붙였다.

"여보세요. 나 대통령이오."

"대통령님, 저 천기수입니다."

"응, 천 비서관. 늦은 시간에 웬일이야?"

"죄송합니다, 대통령님."

"무슨 일인가?"

"제가 지금 찾아뵈도 되겠습니까?"

"지금?"

"대통령님께서 최 실장, 오 실장과 함께 계신다는 말을 듣고 말씀드리는 것입니다."

"할 이야기가 있나?"

"예, 대통령님."

"지금 어딘가?"

"청와대 근처에 있으니까 15분이면 뵐 수 있습니다."

그때 송화구를 손으로 막은 유준상이 둘을 번갈아 보았다.

"천기수가 여기 오고 싶다는군."

둘은 아직도 입을 열지 않았고, 유준상이 송화구에서 손을 떼고는 천기수에게 말했다.

"그럼, 이리 오게."

핸드폰을 비서에게 건네준 유준상이 굳은 얼굴로 말했다.

"윤필성의 전갈을 가져오는 건가?"

"그럴 것 같은데요."

오대근이 말했고 최영조가 거들었다.

"천기수는 이번 사건의 핵심입니다. 이자가 열쇠를 쥐고 있습니다. 주의하셔야 됩니다."

"어쨌든 이야기를 들어보도록 하지."

유준상이 정색하고 말했다.

"더 이상 윤필성에게 휘둘리지 않을 테니까."

15분 후에 관저의 응접실로 천기수가 들어섰다.

밤 12시가 넘은 시간이다. 넓은 응접실은 조용하다.

비서의 안내로 다가온 천기수가 유준상을 향해 허리를 꺾어 절을 했다.

유준상은 고개만 끄덕였고 오대근, 최영조는 눈인사도 하지 않았다.

그때 유준상이 눈으로 앞쪽 의자를 가리켰다.

"어, 거기 앉지."

"늦은 시간에 죄송합니다, 대통령님."

중얼거리듯 말한 천기수가 자리에 앉아 무릎을 모았다.

"드릴 말씀이 있어서 이렇게 온 겁니다."

"그래, 말해보게."

"문제를 일으켜 죄송합니다."

"그건 알고 있나?"

유준상이 눈을 가늘게 떴다.

"윤 실장은 모두 조작이라고 펄펄 뛰고 갔어. 날 만나서 말이야."

"죄송합니다."

"그래서 윤 실장이 어떻게 하겠다는 건가?"

그때 천기수가 상반신을 폈다. 그러고는 정색하고 유준상을 응시했다.

"대통령님께 드릴 말씀이 있습니다."

"윤 실장의 전갈인가?"

"아닙니다. 제가 드리는 말씀입니다."

천기수가 고개까지 저었다.

"저는 윤 실장 모르게 이곳에 온 것입니다."

"윤 실장 모르게?"

유준상이 눈을 크게 떴고 오대근과 최영조는 몸을 굳혔다.

그때 천기수가 말을 이었다.

"예, 저는 각오했습니다."

이제는 유준상이 시선만 주었고 천기수가 말을 이었다.

"자수하겠습니다."

"자수를 해?"

"예, 모든 것을 다 밝힐 예정입니다."

"다 밝혀? 어떻게?"

"이 모든 사건은 윤필성 실장의 음모입니다. 저는 윤 실장의 지시대로만 움직였습니다."

이제는 유준상이 입을 다물었고 천기수의 말이 이어졌다.

"이민부 자금 횡령에서부터 북한 우명수 세력에 자금을 나눠주는 일까지, 모두 윤 실장의 지시대로 움직인 것입니다."

"……."

"그러고 나서 대선에서 윤필성이 부통령이 되면 대통령 유고 상태를 만들 것입니다. 그러고는 대통령직을 승계하는 계획까지 세워 놓았습니다."

천기수가 번들거리는 눈으로 유준상을 보았다.

"그 녹음테이프도 갖고 있습니다, 대통령님."

"녹음테이프를 갖고 있다고?"

갈라진 목소리로 물은 것은 최영조다.

그때 천기수가 최영조를 보았다.

"예, 실장님. 지금 갖고 왔습니다."

천기수가 탁자 위에 놓인 소형 녹음기를 눌렀다.

세 쌍의 시선이 녹음기로 몰렸고 곧 윤필성의 목소리가 응접실을 울렸다.

"이번 대선은 따 놓은 거야. 이광이 발광을 해도 안 돼. 우리 조직력과 선전력은 당할 수가 없어."

"당연하지요."

천기수의 맞장구를 치는 목소리, 이어서 윤필성이 목소리를 낮췄다.

"곧 일본에서 이광의 세금 포탈, 마약 사업, 여성 편력에 대한 자료, 증거가 쏟아져 나올 거야. 우선 세금 포탈부터……."

윤필성의 목소리에 웃음기가 배어 있다.

"먼저 세금 포탈 의혹이 나온 후에 마약 사업 그리고 여성 편력 순으로 정신 못 차리게 쏟아지는 것이지."

"일본 측과 어떻게 이야기하셨습니까?"

"총리실 비서실장 사카모토야. 그자가 나한테 직접 연락을 해. 물론 극비 루트를 통하지만."

"저는 몰랐습니다."

"극비야. 자네만 알고 있어."

"그럼 일본 정부 차원에서 공작이 이루어지는 것이군요."

"가토 총리하고 내가 합의를 한 것이지."

"그렇습니까?"

"작년에 내가 일본 출장을 갔을 때 은밀하게 가토를 만난 거야."

"이제야 마음이 놓입니다."

이제는 천기수의 목소리도 웃음기를 띠고 있다.

그때 천기수가 녹음기 버튼을 누르고는 유준상을 보았다. 눈이 번들거리고 있다.

"여기 또 있습니다."

그때 아직 충격에서 벗어나지 못한 유준상이 눈의 초점을 잡았다.

"또 있어? 뭔가?"

"대단히 중요한 사안입니다."

그러더니 천기수가 다시 버튼을 눌렀다.

다시 녹음기에서 윤필성의 목소리가 울렸다.

"천 비서관, 잘 들어."

"예, 실장님."

"자네하고 나하고 이제 생사를 함께할 입장이라 말하는데."

"당연하지요."

"내년 대선에서 내가 부통령으로 당선되고 나서 6개월 안에 대통령 유고 사태가 일어날 거야."

윤필성의 말이 이어졌다.

"유고가 일어나면 내가 대통령으로 승계될 것 아닌가? 자네도 정권 인수 계획을 머릿속에 세워야 돼."

"예, 실장님."

"이미 주치의 양 박사하고는 말을 맞춰 놓았어. 대통령의 혈압이 위험 수준이라 자연사가 돼."

"알겠습니다."

그때 천기수가 다시 버튼을 눌러 녹음을 껐다.

그러자 방 안에 정적이 덮였다. 무겁게 가라앉은 정적이다.

그때 먼저 입을 연 것이 최영조다.

"이 살인자 놈."

"역적 놈."

오대근이 바로 말을 받았다.

"이 배은망덕한 놈."

점점 둘의 목소리가 높아졌다.

"이 증거를 검찰에 보내야 합니다."

최영조가 소리쳤을 때다.

갑자기 천기수가 손을 들어 말을 막았다.

"잠깐만요."

세 쌍의 시선이 모였고 천기수가 말을 이었다.

"윤필성은 제가 모든 책임을 지고 검찰에 자수하라고 부탁했습니다. 자신은 결백하다는 증언을 하라고도 하더군요."

천기수의 얼굴에 웃음이 떠올랐다.

"그러면 자기가 대통령이 되었을 때 빼준다고 말입니다."

"나쁜 놈."

이제는 유준상이 소리쳤을 때다.

천기수가 다시 녹음기의 버튼을 누르면서 말했다.

"오후에 윤필성과의 대화도 녹음해 놓았습니다. 이것까지 듣고 나서 대책을 세우시죠."

다시 녹음기가 켜지면서 윤필성의 목소리가 울렸다.

"천 비서관."

"예, 실장님."

"이건 지나가는 바람이야."

"예, 실장님."

"숨 몇 번만 참으면 돼."

"예, 실장님."

"우리가 중심을 잡자구."

"그래야죠."

"천 비서관."

"예, 실장님."

"자네가 총대를 메."

잠깐의 침묵 후에 다시 윤필성.

"자네가 총대를 메고 있는 동안 시간이 지날 거네. 수사는 지지부진할 것이고 그사이에 대선이 치러지는 거야."

"……"

"그러고 나면, 어떻게 될지 알겠지?"

"알겠습니다."

"자네는 누명을 벗게 될 것이고, 꿈꾸던 대로 내년에 지역구 의원이 된 후에 곧 장관까지는 될 것이네."

"……"

"다 대한민국을 위한 일이야. 조국을 위한 일이라구."

그때 천기수가 다시 버튼을 눌러 녹음을 끄고 말했다.

"저한테 다 뒤집어쓰고 들어가 있으라는군요."

천기수의 얼굴에 쓴웃음이 떠올라 있다.

"이런 사람을 배신한다고 저를 배신자라고 불러도 상관없습니다, 저는 죄책

감이 느껴지지 않으니까요."

다음 날 오전 8시.

국민의 출근길에 대형 폭탄이 터졌다.

버스에 탄 국민은 먼저 방송을 듣는다.

"대검 수사대는 오늘 오전 7시에 대통령 비서실장 윤필성 씨를 전격 체포, 구속했습니다. 서초동 자택에서 출근 준비를 하던 윤필성 씨는 수사관에 의해 체포된 것입니다."

충격을 받은 시민들이 숨을 죽였다.

예상하고 있던 시민들이 많았기 때문인지 술렁대는 분위기는 아니다.

이곳은 신한당 당사. 어젯밤 이광의 저택에서 돌아온 김훈이 상황실에서 TV를 보고 있다. 당사에서 당직을 섰기 때문이다. 옆에는 보좌관, 당직자들 10여 명이 앉아 있다.

그때 앵커가 말을 이었다.

"윤필성 씨는 내란 음모 및 살인 미수, 공금 횡령 등의 혐의로 구속 수사 중이라고 대검 강력부가 발표했습니다."

그때 보좌관 하나가 김훈에게 물었다.

"살인 미수라니요?"

"그야 뻔하지. 소문이 났지 않아?"

김훈이 되묻고는 길게 숨을 뱉었다.

그때 주머니에 놓인 핸드폰이 울렸기 때문에 김훈이 꺼내 보았다.

강윤호다.

서둘러 핸드폰을 귀에 붙인 김훈이 응답했다.

"응, 나야."

김훈의 목소리를 들은 강윤호가 소리치듯 말했다.

강윤호는 지금 비서가 운전하는 차를 타고 당사로 가는 중이다. 차 안에서 방송을 본 것이다.

"김 의원, 지금 당장 선대위, 당 간부 전체 회의를 소집시켜. 당 대표 지시야."

강윤호가 소리쳐 말을 이었다.

"곧 청와대에서 대통령 긴급 성명이 있을 거야!"

"어, 그래?"

놀란 김훈이 물었다.

"언제?"

"10시라는 거야!"

강윤호의 얼굴은 상기되었고 목소리는 떨렸다.

"방금 청와대에서 언론사에 통보했어!"

이곳은 이태원의 이광 저택 안.

응접실로 나온 이광과 정남희를 안학태와 해밀턴이 맞는다.

이광과 정남희는 침실에서 TV를 보고 나왔기 때문에 응접실에서 기다리던 둘이 설명 안 해도 된다.

자리에 앉은 이광에게 안학태가 말했다.

"10시에 대통령 성명입니다."

"무슨 이야기일까?"

"대선 후보 사퇴일 것 같습니다."

안학태가 말을 이었다.

"윤필성에 대한 책임을 지겠다는 자세를 보이려는 것이겠지요."

"……."

"그것이 최선의 방법입니다."

그때 이광이 고개를 들었다.

"성명서를 준비시켜."

4장
혈전

민국당 당사는 침통한 분위기다. 크게 말하는 사람도 없다.

윤필성의 체포 방송을 들은 후부터 초상집 분위기가 되었다.

그러다 10시의 대통령 성명 발표가 있다는 보도가 떴을 때 분위기는 더 가라 앉았다.

오전 8시 반.

"이제 끝났어."

민국당 대표 전인명이 대표실로 들어온 홍보실장 양명수에게 말했다.

"윤필성 그놈이 망친 거야."

"그런데 살인 혐의라니요? 국민들이 모두 놀라고 있습니다."

앞쪽에 앉은 양명수가 전인명을 보았다.

"그리고 고발자도 아직 밝혀지지 않았습니다. 청와대 국정상황실장 오대근이 라는 말도 있구요."

"……."

"검찰에서도 알려주지 않습니다."

"곧 밝혀지겠지."

그러더니 전인명이 고개를 들었다.

"그런데 실무 책임자 천기수는 어떻게 된 거야? 평양 방송 김옥자가 30번도 더 그 작자 이름을 말했는데?"

"소식 못 들었습니다."

양명수가 어깨를 들었다가 내렸다.

"한기정처럼 유서 써 놓고 도망갔을지도 모릅니다."

오전 10시, 청와대. 대통령 기자 회견.

대통령이 춘추관의 기자 회견장에 등장했다.

대변인 이영준이 간단한 소개를 했는데도 더듬었다. 워낙 긴장했기 때문이다.

운집한 보도진은 1백여 명, 카메라 플래시가 섬광처럼 번쩍이고 있다.

대통령 유준상이 연단에 섰다.

이제 비서실장이며 내년 대선의 러닝메이트였던 윤필성이 구속된 상태다.

그 죄과가 제방 무너지듯이 밝혀진 상태.

그때 유준상이 TV 화면을 보았다. 침통한 표정.

유준상이 입을 열었다.

"친애하는 국민 여러분, 저는 이번 사건에 책임을 지고 다음 대선에 출마하지 않겠습니다. 그리고 대통령 면책특권에 구애받지 않고, 검찰의 수사를 받겠습니다. 이것을 국민 여러분께 선언합니다."

유준상의 얼굴이 상기되었다.

"국민 여러분, 윤필성은 국가와 국민을 배신하고 반역 행위를 저질렀습니다. 이 죄상에 대한 증거 자료가 모두 검찰에 송부되었습니다. 제가 처리를 잘못한 탓입니다."

민국당 상황실 안.

TV 앞에 모인 2백여 명의 당원, 의원들의 표정은 침통을 넘었다.

낙망과 절망을 넘어서 허탈, 이제는 술렁거리지도 않는다.

TV를 정면에서 바라보던 당 대표 전인명의 눈은 흐려져 있다.

"망했다."

뒤쪽에서 누군가 짧게 말했지만 뒤를 이은 목소리는 없다.

그때 TV에서 유준상이 말을 이었다.

"윤필성은 천기수 비서관을 시켜 모든 범행을 저질렀습니다. 나는 천기수 비서관으로부터 윤필성의 죄상을 보고받았고, 그 자료를 검찰에 송부했습니다. 그리고 천기수 비서관은 스스로 검찰에 자수했습니다."

그 순간, 상황실에서 낮은 탄성이 울렸다.

이제 의문이 풀렸다.

이곳은 신한당 당사 상황실. 당 대표 한창열이 TV에 나온 유준상을 응시하고 있다.

유준상의 말이 끝났을 때 주위에서 탄성이 일어났다. 크다.

그때 한창열이 고개를 들고 둘러앉은 간부들에게 말했다.

"조용히 해요."

모두 입을 다물었고 한창열이 자리에서 일어섰다.

"유 대통령의 심정을 이해해주도록 합시다. 우리는 일절 코멘트를 하지 않는 것으로 합시다."

모두 숙연해졌다.

남의 불행이 내 행복이라는 정치판이다. 그것에 익숙해진 정치인들이어서 표현도 직설적이다.

한창열이 방을 나갈 때까지 소란은 일어나지 않았다.

한창열의 뒤를 선대본부장 강윤호가 따라왔다.

복도를 나란히 걸으면서 강윤호가 한창열에게 물었다.

"대표님, 우리 후보님이 성명서를 발표한다고 하셨는데, 어떻게 하죠?"

"어떻게 하다니?"

"대표님 말씀대로 우리는 일절 코멘트를 하지 않는 것이 낫지 않겠습니까?"

"후보님 성명이야."

한창열이 딱 자르듯이 말했다.

"우리가 관여할 일이 아냐."

"그렇긴 합니다."

얼른 물러선 강윤호가 덧붙였다.

"내용을 좀 알고 싶은데요."

"곧 연락이 오겠지."

한창열이 길게 숨을 뱉었다.

한숨 돌렸다는 표정이다.

연락이 온 것이 아니라 대통령 후보인 이광이 직접 당사로 찾아왔다.

당사로 온 이광이 바로 당 대표실로 향했다.

뒤늦게 연락을 받은 한창열이 엘리베이터 앞에 서서 이광을 맞는다.

이광은 안학태 등 대여섯 명의 수행단만 이끌고 있다.

한창열은 강윤호, 김훈 등 간부들과 함께 이광을 대표실로 안내했다.

인사를 마치고 각각 자리를 잡고 앉았을 때 이광이 먼저 입을 열었다.

"성명서를 발표하기 전에 먼저 내용을 알려드리는 것이 나을 것 같아서요."

고개를 든 이광이 정색하고 당과 선대위 간부들을 둘러보았다.

"유 대통령의 성명서는 정직했고 인상적이었습니다. 심복했던 부하의 배신으로 상처를 입었지만, 의연하게 책임을 통감하고 대선 후보를 사퇴하는 것에 감명을 받았습니다."

모두 입을 다물었지만 생각은 제각기일 것이다.

김훈의 입술이 조금 나와 있는 것을 보면 이광의 말이 마음에 안 든 것 같다.

그때 이광이 말을 이었다.

"그러나 유 대통령 같은 인재가 후보직을 사퇴하는 것이 불공평하다는 생각이 듭니다. 그래서 나는 유 대통령의 후보 사퇴를 철회하라고 권고할 겁니다."

그때 모두 술렁거렸고 이광의 말이 이어졌다.

"겉치레로 한 말이 아니오. 나는 유 대통령이 끝까지 사퇴를 고집한다면 나도 사퇴할 예정입니다. 그것이 성명 내용이오."

"후보님."

참다못한 김훈이 벌떡 일어섰다.

"왜 그러십니까? 왜 그런 인간하고 같이 행동하시려는 것입니까?"

옆자리의 홍보실장 박항선도 일어섰다.

"그러실 필요는 없습니다! 국민들도 후보님의 진정을 그대로 받아들이지 않습니다! 오히려 후보님이 무슨 약점이 있는 줄로 생각할 것입니다."

"그렇습니다."

이번에는 강윤호가 나섰다.

"민국당에서도 그런 방향으로 선전을 해댈 것이니까요. 다시 경쟁이 붙으면 후보님을 눌러야 되지 않겠습니까?"

그때 한창열이 헛기침을 했다.

"후보님의 선의가 왜곡될 가능성이 많습니다. 이런 말씀 드리기가 거북하지만, 국민 수준이 후보님의 의도를 받아들일 만큼 성숙되지가 않았습니다."

모두 입을 다물었고 한창열이 길게 한숨을 내쉬었다.

"아직도 파벌, 지역, 이권 중심으로 후보를 선택하고 설령 자신이 지지하는 후보의 결점이 다 드러났다고 해도 외면합니다."

"……"

"그 나라 국민의 수준이 그에 맞은 지도자를 뽑는 것입니다, 후보님."

한창열의 두 눈이 번들거렸다.

"따라서 국민을 이끌어갈 지도자가 필요합니다. 국민의 수준을 끌어올릴 지도자가 필요한 것입니다."

한창열의 목소리가 떨렸고 두 눈이 번들거리고 있다.

"이것은 유준상 씨도 마찬가지 생각일 것입니다, 아니 지금 구속된 반역자 윤필성도 같은 생각을 했겠지요. 그것은……"

숨을 들이켠 한창열이 이광을 보았다.

"국민을 이끌어갈 지도자가 수단 방법을 가리지 않고 지도자가 된 후에 국민을 계도하는 것입니다. 그래서……"

"……"

"국민 수준을 높이는 것입니다. 국민 수준이 스스로 높아질 때까지 기다린다면 시궁창에서 헤어나지 못할 것입니다."

한창열이 입을 다물었을 때 방 안에 무거운 정적이 덮였다.

이광도 흐려진 눈으로 앞쪽 벽을 응시한 채 입을 열지 않는다.

이윽고 이광이 입을 열었을 때는 30초쯤 후다.

30초는 긴 시간이다. 일장 연설을 하고도 남을 시간이다.

눈의 초점을 잡은 이광이 간부들을 둘러보았다.

"여러분들의 의견을 따르겠습니다."

고개를 끄덕여 보인 이광이 한창열에게 말을 이었다.

"이번 사건에 당이 경거망동하지 말고 진중하게 대처하도록 해주시지요."

"명심하겠습니다."

한창열이 바로 대답했다.

"저도 간부들한테 그렇게 지시했습니다."

"알겠습니다. 그럼 성명 발표는 안 하지요."

자리에서 일어선 이광이 간부들을 둘러보았다.

이렇게 성명 발표가 물 건너갔다.

저택으로 돌아가는 차 안에서 안학태가 이광을 보았다.

"러닝메이트는 언제 결정하실 겁니까?"

"시간은 넉넉해."

고개를 든 이광이 안학태를 보았다.

"역시 러닝메이트는 정치인 출신이어야 되겠어."

"그렇습니다. 정치 감각이 필요합니다."

안학태가 말을 이었다.

"오늘 만나신 당 간부 중에 하나를 고르시지요."

"자네가 마음에 드는 인물이 있는 모양이군."

"선입견을 드릴 수가 있기 때문에 말씀드리지 않겠습니다."

"고정관념에서 벗어나는 것도 중요해."

"회장님의 기업 정신이 그러셨지요."

이광이 입을 다물고는 창밖을 보았고 안학태가 말을 이었다.

"호흡이 맞는 분이 지명되어야 할 겁니다."

"그것도 중요하지."

"독불장군은 안 됩니다."

"그럴 리가 있나?"

고개를 든 이광이 안학태를 보았다.

"어떤 의미야?"

"정치인들이 대부분 그러지 않습니까?"

"그런가?"

"신의가 없고 이익을 위해서는 아버지도 배신한다는 부류가 정치인 아닙니까?"

"과장이 심하군."

"잠깐이지만 겪으셨지 않습니까?"

"한 대표 말씀 들었지 않나?"

이광의 얼굴이 굳어 있다.

"책임이 막중하다."

이제는 안학태도 입을 열지 않는다.

"다른 후보를 내세워야 되지 않겠습니까?"

홍보실장 양명수가 묻자 전인명 대표가 고개를 들었다.

"다른 후보?"

"대통령이 후보를 사퇴했지 않습니까?"

양명수의 눈이 번들거리고 있다.

"사퇴했다고 우리 여당이 후보를 내지 않을 수가 없지 않습니까?"

"……"

"이대로 두면 이광과 자유당의 박상윤, 둘의 선거가 됩니다."

"……"

"대표님께서라도 후보로 나서야 합니다. 그렇게 해도 승산이 있습니다."

"이봐."

눈의 초점을 잡은 전인명이 똑바로 양명수를 보았다.

"개나 소나 다 대선에 나가는 거냐?"

"예?"

"아무나 대선에 나가는 것이냐고?"

"아니, 제 말씀은……."

"대통령 성명 발표한 지 하루도 지나지 않았어. 입 다물어."

"예, 대표님."

"그리고 난 자격도 없고, 생각도 없다."

어깨를 부풀린 전인명이 양명수를 노려보았다.

기세가 험악했기 때문에 양명수는 자리에서 일어섰다.

오후 3시 반, 청와대.

집무실에서 TV도 꺼놓은 채 대통령 유준상이 서류를 보고 있다.

처음에는 눈에 들어오지 않았지만 시간이 지나면서 차츰 마음이 가라앉으면서 글자가 눈에 들어왔다. 그동안 미뤄놓았던 민생 관련 서류다.

서류에 집중했던 유준상이 인터폰의 벨 소리에 고개를 들었다.

전화기를 귀에 붙였을 때 상황실장 오대근의 목소리가 울렸다.

"대통령님, 전화 왔는데요."

"응? 무슨 전화?"

"이광 씨 비서실장이 전화를 했습니다."

오대근이 가라앉은 목소리로 말했다.

"이광 씨가 만나고 싶다는데요."

"응? 왜?"

전화기를 고쳐 쥔 유준상의 얼굴이 굳어졌다.

지금 유준상은 오늘 오전의 성명 발표로 화제의 중심이다.

여론이 들끓었고 대선 후보를 사퇴함으로써 민국당도 지금 자중지란 상태.

벌써 당 중진, 원로들로부터 수십 통의 전화, 면담 요청이 쇄도하고 있다.

그것을 다 거절, 보류시키고 칩거에 들어간 상태다.

그런데 경쟁 후보인 이광의 면담 요청이라니.

그때 오대근이 대답했다.

"현안에 대해서 상의하고 싶다는데요. 허락하시면 오늘 오후라도 찾아뵙겠다고 합니다."

"도대체 무슨 일이야, 현안이라니?"

중얼거린 유준상이 앞쪽의 벽을 보았다.

이광의 면담 요청은 당 중진과는 격이 다르다. 이광은 미국 대통령과도 언제든지 독대하는 인물이다. 그것 때문만은 아니지만 이런 상황에서 만나자고 하는 것이 의외다.

이윽고 유준상이 말했다.

"그럼 뵙겠다고 정중히 말해. 7시에 같이 저녁 식사를 하지. 물론 비밀 회동으로."

"예, 알겠습니다. 그럼 준비하겠습니다."

오대근이 바로 대답했다.

오후 7시 10분, 청와대 별관의 소식당 안.

이곳은 외국 정상과 단독 회담을 할 때 가끔 쓰이는 곳으로 안쪽에 위치해서 밀담을 나누기에 딱이다.

식당의 원탁에 다섯 명이 둘러앉았다.

유준상과 이광, 그리고 오대근, 최영조, 안학태다. 각각 심복들만 대동한 것이다.

식탁 위에는 이미 한정식 저녁상이 차려져 있었지만 모두 밥그릇 뚜껑만 열어놓고 수저도 들지 않았다.

목이 말랐는지 오대근이 물 잔을 들고 한 컵을 다 마셨을 뿐이다.

유준상도 밥 먹자고 권하지도 않았다.

그때 이광이 입을 열었다.

유준상이 기다리고 있는 것 같았기 때문이다.

"합당하시지요."

순간, 유준상은 숨을 들이켰고 오대근은 딸꾹질까지 했다.

최영조는 못 알아들은 것 같다. 좀 멀리 떨어져서 그런가? 눈만 크게 뜨고 있다.

그때 이광이 말을 이었다.

"혼란을 막기 위해서 내일 대통령께서 발표를 해주시지요. 신한당에 제의해주는 방법으로 하시면 나을 것 같은데요."

유준상이 시선만 주었는데 눈이 흐려져 있다.

최영조는 이제 다 알아듣고 입을 딱 벌리고 있다. 입가에 침이 흘러내릴 것 같다.

이광이 길게 숨을 뱉었다.

"대통령께서도 그것이 바람직하다고 느끼실 것 같아서요. 신한당과 민국당이 합당하면 다 융합되겠지요."

이광의 얼굴에 웃음이 떠올랐다.

안학태는 이쪽저쪽에 시선만 주었는데 태연했다, 다 알고 왔으니까.

"합당이라니······."

고개를 든 유준상이 혼잣소리처럼 말하더니 눈의 초점을 잡았다.

"이 회장님, 깜짝 놀랄 만한 발상을 내시는군요."

"불가능한 일이 아닙니다."

이광이 똑바로 유준상을 보았다.

"내가 민국당과 신한당의 대선 후보가 되지 않아도 됩니다. 합당하면서 민국당의 새 대선 후보가 선출되면 나하고 경선을 해야겠지요."

"그렇게까지……."

"경선에서 이기는 후보가 합당한 당의 대선 후보가 되는 것입니다."

이광의 얼굴에 웃음이 떠올랐다.

"의석수와 조직력 면에서 민국당이 2배 이상 강합니다. 승산이 있지 않습니까?"

그때 유준상이 심호흡을 했다.

"알겠습니다."

유준상이 흐린 눈으로 이광을 보았다.

"감사합니다."

유준상의 목소리가 떨렸다.

이광을 배웅하고 돌아온 유준상이 다시 식당의 테이블에 앉고 나서 길게 숨을 뱉었다.

유준상의 얼굴을 본 최영조가 숨을 들이켰다.

유준상의 얼굴이 밝아져 있기 때문이다.

"대통령님."

최영조가 저도 모르게 유준상을 불렀다.

고개를 든 유준상에게 최영조가 물었다.

"어떻게 하실 겁니까?"

유준상이 확답을 하지 않은 것이다.

그때 유준상이 되물었다.

"자네 의견은?"

"해야 합니다."

대번에 최영조가 말했다.

"고정관념을 깬 발상입니다. 이광 회장이 아니면 내놓을 수 없는 제안이었습니다."

"그런가?"

쓴웃음을 지은 유준상이 이번에는 오대근을 보았다.

"자네 생각은?"

"찬성입니다. 다만, 조건이 있습니다."

"무슨 조건이야?"

"대통령님에 대한 사면입니다."

순간 이맛살을 찌푸린 유준상을 향해 오대근이 대들 듯이 말했다.

"대통령님이 억울해서 그럽니다. 윤필성 같은 놈에게 끌려들어서 대통령님이 더 이상 해를 입으시면 안 됩니다."

"나는 됐어."

어깨를 부풀렸다가 내린 유준상이 둘을 번갈아 보았다.

"당 대표와 간부들을 불러."

벽시계를 본 유준상이 말을 이었다.

"지금 당장."

밤 8시 반이다.

돌아가는 차 안에서 안학태가 휴대폰을 귀에 붙이고 말했다.

"당 대표, 그리고 당 간부들에게 연락해서 당사로 모이도록 해. 지금 후보님이 가신다."

비서진에게 연락한 것이다.

밤 9시 반.

이곳은 청와대 소식당 안. 소식당이지만 1백 평 가까운 면적에 둥그렇게 의자가 배치되었다.

늦은 시간에 갑자기 불려온 당 간부들은 모두 50여 명. 웅성거리고 있었지만 목소리를 높이는 사람은 없다. 가라앉은 분위기다.

그때 사회를 맡은 상황실장 오대근이 입을 열었다.

"대통령님의 말씀이 있겠습니다."

모두 입을 딱 다물었을 때 입이 '싼' 편인 홍보실장 양명수가 옆에 앉은 원내부대표 고동민에게 소곤대며 말했다.

"혹시 대통령직 사퇴는 아니겠지?"

그때 유준상이 자리에서 일어섰다.

식당 안에는 숨소리도 나지 않았고 유준상의 말이 이어졌다.

"나는 여러분께 신한당과의 합당을 제의합니다. 이것이 대한민국과 우리 당을 살리는 유일한 방법이라고 생각합니다."

유준상이 말을 멈췄을 때 식당 안은 기침 소리도 나지 않았다.

그렇게 시간이 지나고 있다.

1초, 2초, 3초, 4초.

그때 둘러앉은 간부 중 하나가 박수를 쳤다.

1명, 2명, 5명, 10명, 30명.

이어서 식당 안은 박수 소리로 덮였다.

그때 유준상이 손을 들어 박수를 진정시켰다. 유준상의 얼굴이 상기되었다. 고개를 든 유준상이 소리치듯 말했다.

"한 시간 전에 신한당 후보 이광 씨와 이야기를 했습니다. 이광 씨의 제의였어요."

그 시간에 신한당 당사.

상황실에 모인 당 간부들은 60여 명. 순식간에 모인 간부들이 번들거리는 눈으로 단상에 선 대선 후보 이광을 보았다.

이광이 입을 열었다.

"나는 방금 청와대에서 대통령님을 만나고 왔습니다."

이광이 간부들을 둘러보았다.

"나는 대통령께 신한당과 민국당의 합당을 제의했습니다. 그 결과가 곧 발표될 것입니다."

그 순간 모두 아연했지만 그 반응이 빠르다.

"와앗!"

누군가 함성을 질렀고 금세 수십 명이 따라서 외쳤다. 분위기를 눈치챈 것이다.

대통령에게 '투항'을 권유한 것으로 받아들이고 있다.

밤 11시 45분. 다음 날은 아니다.

저택에 돌아와 있던 이광이 대통령 유준상의 전화를 받는다.

전화기를 건네준 안학태의 두 눈이 번들거리고 있다.

이광이 전화기를 귀에 붙였다.

"예, 대통령님."

"잘 부탁합니다."

유준상이 먼저 말했다.

이광이 숨만 들이켰을 때 유준상의 말이 이어졌다.

"이 회장님."

"예, 대통령님."

"당 간부들과 합의를 했습니다."

유준상의 목소리는 가라앉아 있다.

"신한당과 합당하겠습니다."

"잘 하셨습니다."

"대한민국을 잘 이끌어 주십시오."

"이제 시작하는 것입니다, 대통령님."

이광이 서둘러 말을 이었다.

"민국당에서 대선 후보가 다시 나와야 되지 않겠습니까?"

"아닙니다. 민국당은 신한당과 합당하면서 대선 후보를 신한당에 맡기도록 결정했습니다."

"……."

"기타 세부사항은 양당 관계자들이 만나 결정할 것입니다."

유준상이 말을 이었다.

"내일 오전 10시에 합당위원회가 열리도록 협조해주시기 바랍니다."

오전 9시 반.

김정은이 제8초대소의 응접실에 앉아 TV를 본다.

지금 화면에는 남조선 방송의 뉴스가 보도 중이다.

앵커가 들뜬 목소리로 말을 이었다.

"신한당 대선 후보인 이광 후보가 통합된 신한, 민국 양당의 통일 후보가 된 것입니다. 공동선대위원장으로는 민국당 대표 전인명 씨와 신한당 대표 한창열 씨가 만장일치로 선출되었습니다."

"그것, 참."

김정은이 웃음 띤 얼굴로 TV를 끄라는 손짓을 했다.

김여정이 리모컨으로 TV를 껐을 때 김정은이 의자에 등을 붙였다.

"빠르군, 남조선 정치인들의 움직임이."

"이 회장이 제의를 했다는군요."

김여정이 웃음 띤 얼굴로 김정은을 보았다.

"어젯밤에 청와대로 찾아갔다는 겁니다."

"이 회장이 포커를 치면 잘하겠어."

김정은은 가끔 간부들과 포커를 친다.

승률은 100퍼센트. 칠 때마다 다 딴다.

"나하고 한 번 포커를 쳐야겠어, 007처럼. 내가 제임스 본드가 되는 거지."

"……"

"내가 다 딸 거다. 북조선과 남조선의 도(道) 하나씩 걸고 베팅을 하는 거야."

김정은의 눈이 흐려졌고 목소리에 열기가 띠어졌다.

"그럼 내가 다 딸 수가 있는 거지. 내가 이 회장보다 포커는 세니까. 어쨌든 잘되었다는 성명을 발표해라."

"위원장님."

김여정이 부르자 김정은의 눈동자에 초점이 잡혔다.

"뭐냐?"

"성명 발표는 보류하는 것이 낫겠습니다. 우리가 남조선 대선에 깊게 간섭하는 것처럼 보일 테니까요."

김정은의 시선을 받은 김여정이 말을 이었다.

"이 회장이 양당 통합 후보가 된 것이 우리 덕분이라는 것을 모르는 사람이 없습니다. 그러니까 지금은 가만있는 것이 나을 것 같습니다."

"응, 네 말이 맞아."

김정은이 고개를 끄덕였다.

"여기서 나서면 오히려 역효과가 날지도 모르겠다."

젊었기 때문인지 김정은은 결단이 빠르다.

그리고 이런 건의를 할 사람은 여동생 김여정뿐이기도 하다.

이광이 앞에 앉은 전인명을 보았다.

이곳은 저택의 응접실 안, 오후 3시.

소파에는 안학태와 한창열까지 넷이 둘러앉아 있다.

전인명이 입을 열었다.

"긴급 간부회의 결과를 말씀드리려고 온 것입니다."

이광이 고개만 끄덕였고 전인명이 말을 이었다.

"조금 전에 제가 청와대에 들러서 대통령님의 동의도 받았습니다."

"……."

"저희는 후보님의 러닝메이트로 신한당 선대위 부위원장을 맡고 있는 강윤호 의원을 선정했습니다. 후보님께서도 그동안 강 의원을 겪어보셨을 것입니다."

"……."

"후보님의 의견은 어떠신지요?"

그때 이광이 얼굴을 펴고 웃었다.

"받아들이지요."

이광이 말을 이었다.

"이제는 민한당이 되었지만 민국당의 마지막 제의를 수용하겠습니다."

민국당과 신한당의 합당으로 민한당이 탄생한 것이다.

당명은 금방 만들었다.

그로부터 1시간 후인 오후 4시.

저택으로 강윤호가 찾아왔다.

아마 근처에서 결과를 기다리고 있다가 전인명의 연락을 받고 달려온 것 같다.

이제는 응접실에 강윤호까지 다섯이 둘러앉았다.

강윤호의 인사를 받은 이광이 웃음 띤 얼굴로 말했다.

"강 의원이 내 파트너가 된 것을 축하하네. 앞으로 잘 부탁하네."

"잘 모시겠습니다."

강윤호가 고개를 숙였다.

3선 의원 강윤호는 53세. 이광에 대해서 호의적인 인물이다. 적극적이고 솔직한 성품. 전북 출신 지역구 의원으로 당 원내 대표, 정책위원장을 역임했다.

이광이 말을 이었다.

"부통령제가 실시되는 만큼 부통령은 항상 대통령 직무를 대리할 준비를 하고 있어야 될 거야."

모두 숨을 죽였다.

윤필성이 노렸던 것이었기 때문이다.

이광의 얼굴에 웃음이 떠올랐다.

"나는 수시로 부통령한테 대통령 권한을 위임할 예정이니까."

전인명이 먼저 고개를 끄덕였다.

권력 분배를 의미하는 발언이다.

그것을 알아들은 강윤호도 고개를 끄덕였다.

"명심하겠습니다."

"앞으로 매일 나한테 오게."

이광이 정색하고 강윤호를 보았다.

"나하고 손발을 맞춰야 할 테니까. 서로 눈빛만 봐도 마음을 읽을 수 있을 정도로 되어야 하네."

고개를 든 이광이 옆에 앉은 안학태를 손으로 가리켰다.

"여기 있는 안 실장처럼 말이지."

이것이 이광 식의 용인술이다.

자유당의 당수 겸 대선 후보 박상윤에게 이번의 민국당 후보이며 현역 대통령인 유준상의 후보직 사퇴는 대형 호재였다.

가장 강력한 경쟁자가 졸지에 사라진 셈이다. 그러면 상대는 이광 하나만 남는다.

윤필성의 구속으로 이광이 살아나긴 했지만 해볼 만한 게임이다.

그런데 그 분위기가 한나절밖에 가지 않았다.

민국당, 신한당의 합당 발표가 폭탄이 되었기 때문이다.

그리고 다시 한나절 후, 통합된 '민한당'의 대선 후보 이광 그리고 러닝메이트로 구 신한당 부대표 강윤호가 선정된 것이다.

박상윤의 행복은 만 하루밖에 되지 않았다.

"해보자구."

당사에서 박상윤이 앞에 앉은 선대위 간부들에게 말했다.

"이광의 누명이 아직 다 벗겨지지 않았어. 세금 포탈, 마약 사업, 여성 편력의 혐의가 깨끗하게 지워진 것이 아니라구."

모두 입을 다물었고 박상윤의 목소리가 방을 울렸다.

"아직 석 달 남았어. 국민들은 그동안 10번도 더 마음을 바꿀 수가 있는 거야."

그렇다. 얼마든지 가능성이 있는 것이다.

"유세를 가셔야 합니다."

강윤호가 처음으로 건의했다.

"매일 시민들을 만나셔야 합니다. 손 한 번 잡으면 한 표가 붙습니다."

오후 8시 반.

강윤호는 이광의 충고를 당장 시행했다.

그날 저녁밥도 이광과 함께 먹고 나서 응접실로 온 것이다.

응접실에는 안학태까지 셋이 둘러앉았다.

강윤호가 말을 이었다.

"내일부터 전국 순회 일정을 세우겠습니다. 그래서 매일 시민들을 만나시는 것입니다. 만나서 직접 듣고 보시면 생각도 많이 바뀌게 되십니다."

강윤호의 목소리에 열기가 띠어졌다.

"저도 선거를 여러 번 치러봤기 때문에 현장이 얼마나 중요한지를 체감하게 되었습니다. 국민 옆에 있는 시간을 가능한 한 늘리는 것이 최선입니다."

"그런가?"

"그래야 현실에 맞는 정책이 나오게 되더군요. 국민이 실감할 수 있는 정책이 나와야 호응하게 됩니다."

이광이 고개를 끄덕였다.

"그래서 당장 나눠주는 정책이 효과를 보는 건가?"

"그렇습니다. 당장 나눠주는 후보를 당할 재간이 없습니다. 뻔히 알면서도 찍어주고 당하게 됩니다."

강윤호의 얼굴에 쓴웃음이 번졌다.

"70년 전, 고무신을 나눠줄 때하고 지금은 형태만 달라졌을 뿐이지, 국민 의식은 변하지 않았습니다."

"교육 수준이 이렇게 향상되었어도 말인가?"

이광이 물었지만 강윤호는 외면했다.

대구 서부시장 안.

민한당 대선 후보 이광이 시장 방문을 하고 있다.

러닝메이트 강윤호를 제외한 선대위 간부들이 수행한 대규모 방문이다.

이광은 선대위 간부들이 짠 스케줄대로 움직이고 있는 것이다. 이광의 옆에는 수행실장이 된 김훈 의원이 따르고 있다.

오후 2시 반.

시장 안은 이광을 보려는 시민, 상인들로 인산인해다.

이광의 인기를 반영하는 것이나 같다. 그래서 수행단의 분위기가 고조되고 있다.

시장 안으로 들어선 이광이 시민들의 환호에 손을 들어 답례를 하다가 문득 걸음을 멈췄다.

생선 가게 안이다. 안에 서 있던 60대쯤의 아줌마와 시선이 마주쳤다.

머리에 수건을 썼고 낡은 스웨터 차림, 허리에는 비닐 앞치마를 둘렀다. 주름진 얼굴. 시선이 마주쳤는데도 표정이 없다.

이광이 가게 안으로 한 발짝 들어섰다.

"아주머니, 제가 들어가도 되겠습니까?"

"네, 들어오세요."

주인이 표정 없는 얼굴로 대답했다.

"어, 저기 아닌데."

수행비서 안형수가 당황해서 김훈의 소매를 잡았다.

지금 이광은 생선가게 안으로 들어가 있다.

"저기 윗집, 안경 쓴 아저씨가 있는 가게로 가야 됩니다."

미리 말을 맞춰 놓은 가게다. 그래서 가게 앞에는 방송사, 신문사 기자들이 대기하고 있다.

그때 김훈이 이맛살을 찌푸렸다.

"놔둬."

"예? 무슨 말씀입니까?"

"후보님한테 말씀드렸지만 거기 안 가신대."

"왜요?"

"각본 짜놓고 연극하기 싫다고 하셨어."

"아니, 그래도 다 그러는데."

이번에는 안형수가 짜증을 냈다.

안형수는 언론 전문가다. 카메라가 어디에 설치되어야 하고 어느 각도에서 찍어야 한다는 것까지 맞춰 놓아야 한다.

그때 기자들이 이쪽으로 몰려왔다.

"아주머니, 제가 새 세상을 만들겠습니다. 잘 부탁합니다."

이광이 말하자 주인이 고개만 끄덕였다.

"잘 하시겠지요."

"저한테 하고 싶으신 말씀 있습니까?"

"돈으로 다 되는 게 아녜요."

순간 주위가 조용해졌고 기자들이 녹음기를 바짝 붙였다. 휴대폰 녹음기다.

"그럼요. 맞는 말씀입니다."

이광이 고개를 끄덕이며 웃었다.

"저도 그렇게 생각하고 있습니다."

"나는 댁이 싫어요."

주인이 똑바로 이광을 보았고 휴대폰이 더 바짝 붙었다.

뒤쪽의 김훈도 숨을 들이켰고 안형수는 기자들을 밀치고 이쪽으로 다가오려고 했지만 막혀서 못 왔다.

이광이 고개만 끄덕였고 주인이 말을 이었다.

"돈 많다고 다 대통령이 되면 안 된다구요. 나는 자유당 박상윤 씨를 찍을 겁니다."

"아이구, 그러십니까?"

이광이 길게 숨을 뱉었다.

"그러셔야죠. 하지만 돈이 많은 건 죄가 아닙니다, 아주머니. 제가 부정한 방법으로 돈을 모으지 않았습니다. 그건 자신 있게 말씀드릴 수 있습니다."

"알았어요. 이제 그만 나가세요."

"죄송합니다."

고개를 숙여 보인 이광이 가게를 나왔다.

"특종이다."

대한신문 기자 한태종이 숨을 몰아쉬며 말했다.

"이 대화를 방송으로 터뜨리면 난리가 나겠다. 이것이 민심이야."

"각본에 없는 가게였어."

옆에 붙어 있던 한명일보 기자 김기석의 얼굴도 상기되어 있다.

"후보님, 저기 떡 가게를 가시죠. '우리 떡집' 말씀입니다."

옆에 바짝 붙어 선 수행실장 김훈이 말했다.

이제는 이광의 바로 앞에서 수행비서 안형수가 안내하고 있다.

재미를 붙인 기자들이 꿀에 모인 벌떼처럼 이광의 옆에 붙어 있어서 시장 길은 미어터지고 있다.

그때 이광이 '우리 떡집' 옆의 '형제 떡집'으로 들어섰다.

질색을 한 안형수가 몸을 돌렸지만 늦었다.

김훈이 뒤를 바짝 붙어 있었지만 이광을 막지 못했다.

"이광입니다."

이광이 인사를 하자 백발의 주인 사내가 웃음 띤 얼굴로 고개를 끄덕였다.

"아이구, 잘 오셨습니다."

"잘 부탁합니다, 사장님."

"여기는 처음이시죠?"

"시장도 처음 옵니다."

"여기 앉으세요."

주인이 플라스틱 의자를 밀어줬기 때문에 이광이 앉았다.

뒤를 김훈, 안형수, 경호원이 막아서 기자들은 필사적으로 녹음기를 들이대고 있다.

그때 주인이 먼저 이광에게 물었다.

"대통령이 되시면 통일이 될까요?"

"모르겠습니다."

"북한이 많이 도와주던데, 통일이 되는 것 아닙니까?"

"그럴 수도 있지요. 하지만 조건이 맞아야 합니다."

"무슨 조건 말입니까?"

"통일 조건 말입니다. 남북한 양국이 신중하게 통일 조건을 합의, 결정하고 나서 시행해야 합니다."

이광이 말하는 동안 기자들이 내밀고 있는 녹음기가 다 돌아가고 있다.

주인이 이광에게 물었다.

"시중에는 소문이 많아요. 이 회장님이 돈으로 북한이나 사법기관, 반대 세력을 매수해서 당선된다는 소문 말입니다. 그래서 세금 포탈, 마약 사업, 여자관계 수사도 지지부진하다는데요, 사실이 아닙니까?"

그때 화가 난 김훈이 눈을 부릅뜨고 달려들려고 했기 때문에 이광이 손을 들고 막았다.

그것이 방송국 카메라에 다 찍혔다.

김훈을 막은 이광이 백발의 '형제 떡집' 주인을 정색하고 불렀다.

"선생님."

"왜 그러쇼?"

단단한 준비를 한 듯 주인도 굳어진 표정이다. 이광의 시선을 똑바로 받는다.

이광이 말을 이었다.

"세상이 나쁜 놈들이 성공하는 것처럼 보일 때도 있지만, 이만큼 굴러가는 것도 정의와 선(善)이 이끌어가고 있기 때문입니다. 나는 그런 신념으로 살아왔습니다."

이광이 부드러운 표정으로 주인을 보았다.

"먼저 물으신 대답부터 하지요. 전 그런 일 없습니다. 모두 사실무근입니다. 일본의 공작을 믿고 싶은 사람들은 어쩔 수 없겠지만 말입니다."

이제 주인은 말대꾸를 하지 않았고 이광의 말이 이어졌다.

"이렇게 선생님을 만난 것도 굉장히 도움이 되었습니다. 앞으로 더 겸손하고 더 정직하게 더 열심히 살아야겠다는 생각이 들었습니다."

자리에서 일어선 이광이 허리를 꺾어 절을 했다.

주인이 엉거주춤 일어나 절을 받는다.

"고맙습니다."

주인은 대답하지 않았는데 그것도 방송 카메라에 다 찍혔다.

"끝내줬습니다."

흥분을 참지 못한 안형수가 상기된 표정으로 김훈에게 속삭였다.

옆쪽에 기자들이 있어서 크게는 말을 못 한다.

"이건 토론 10번에서 완승한 것만큼의 효과를 낼 겁니다, 아니 그 이상입니다."

안형수가 말했을 때 앞서가던 이광이 몸을 돌렸다.

"그만 돌아갑시다."

바라던 바다. 안형수는 물론이고 김훈도 고개를 끄덕였다.

"예, 이쪽으로 가시지요."

김훈이 손으로 옆쪽 길을 가리켰다.

'형제 떡집' 주인과의 대담이 바로 방송을 탔다.

그날 오후 9시 뉴스에 그대로 반영된 것이다.

그것을 당 상황실 TV로 본 자유당 대선 후보 박상윤이 말했다.

"잘 편집했네. 주인이 연기를 잘해."

"오래 연습한 것 같습니다."

옆에 앉은 선대위원장이 거들었다.

"극본을 잘 짰습니다. 드라마 작가를 고용했겠지요."

홍보실장이 나섰다.

"저 주인도 민국당, 아니 민한당 당원이겠지요. 아마 간부급일 겁니다."

그때 선대위원장이 옆쪽 간부에게 지시했다.

"바로 저 떡집 주인의 내력을 파서 언론에 띄워."

간부가 바람을 일으키며 상황실을 나갔다.

박상윤이 말을 이었다.

"나도 민생 탐방을 해야겠어."

TV의 그 장면을 베이징의 주석궁 주석실에서도 보았다.

한국말이 나오고 밑에는 자막이 찍혀 나온다.

TV 앞에는 시진핑을 중심으로 상무위원 셋이 둘러앉아 있다.

중국에는 최고위 지도자인 상무위원이 시진핑을 포함해서 7명이다. 7명 중에서 넷이 모인 셈이다.

'형제 떡집'의 대담이 끝났을 때 시진핑이 고개를 들고 상무위원들을 보았다.

"대단하네."

위원들은 고개만 끄덕였고 시진핑의 말이 이어졌다.

"북한하고 손발도 맞고, 가게 주인하고 이야기하는 것 좀 봐. 한국 인민들이 감동받겠는데."

그때 상임위원 왕위가 입을 열었다.

왕위는 서열 6위지만, 외교 담당이다.

"일본의 공작이 한국인을 자극한 점도 있습니다. 한국인의 반일(反日) 정서는 대단합니다, 주석 동지."

"요즘 한국인들의 반중(反中) 감정도 솟아오르고 있다던데."

시진핑이 정색하고 왕위를 보았다.

"왕 의원은 어떻게 생각하는가?"

"예, 그것은……."

당황했지만 노련한 외교관 출신 왕위가 은근하게 웃었다.

"중국과 한국은 형제간이나 같습니다. 또한 반일(反日) 정서는 동일하게 품고 있습니다. 같이 일본 침략을 받은 입장이니까요. 곧 무뎌질 것입니다."

"남북한이 통일되면 우리의 우방이 될 것 같은가?"

"예, 주석 동지."

어깨를 편 왕위가 정색했다.

"지금 남조선에 투입된 우리 중국인이 2백만이 넘습니다. 그들이 모두 선봉대나 같습니다."

왕위가 고개까지 저었다.

"남조선은 그들이 남조선의 동포이며 같은 편으로 착각하고 있지만, 조선말을 쓰는 중국인입니다. 그들은 우리 편입니다."

"다 그렇지는 않겠지."

"대부분이 중국인입니다, 주석 동지."

"통일된 한반도가 베트남처럼 되면 우리한테 최악이야. 태평양으로의 출구가 봉쇄된단 말야."

시진핑의 표정이 엄격해졌다.

"한반도와 일본이 겹으로 빗장을 건 셈이 되는 거야. 그것은 결사적으로 막아야 돼."

이것이 중국의 정책이다.

"석 달이 채 안 남았군."

이광이 앞에 앉은 부통령 후보 강윤호를 보았다.

"열심히 뛰겠지만, 참 힘든 여정이네."

"이제 막 시작하신 것입니다."

강윤호가 말을 이었다.

"저는 총선을 네 번 치렀습니다. 그중 세 번 당선되었지만, 피가 마르는 나날이었지요."

"민심에 맞추는 선거였나?"

"그런 셈이지요."

강윤호가 번들거리는 눈으로 이광을 보았다.

"후보님은 바로 터득하신 것 같습니다."

"뭘 말인가?"

"민심에 파고드는 방법 말씀입니다."

이광의 얼굴에 웃음이 떠올랐다.

"내가 아부하는 것 같던가?"

"아닙니다. 진심이 분위기를 압도하는 느낌을 받았습니다. 바로 그것이 국민이 원하는 지도자 상입니다."

"좋은 물건도 제대로 알려야 팔리는 법이지. 과장 광고는 금방 탄로가 나지."

"무조건 권력부터 잡고 보자는 위인들이 많지요. 지금까지 그렇게 해온 권력자들도 많구요."

강윤호의 얼굴에 쓴웃음이 떠올랐다.

"저도 어쩔 수 없이 과장 광고, 빈 약속, 분위기에 아부해서 당선된 적도 있습니다."

"민심과 접촉하는 좋은 기회야. 어제 같은 기회를 많이 만들려고 하네."

"그러셔야죠."

강윤호가 다시 웃었다.

"수행실장, 수행비서가 놀라서 혼났다고 합니다만, 저는 후보님의 접근 방식에 찬성합니다."

그러더니 덧붙였다.

"이제는 저도 후보님을 수행해서 배우려고 합니다."

이광이 고개만 끄덕였다.

손님이 왔다.

주한 중국대사 양창명이다.

양창명은 중국 외교부 서열 12위. 외교부 내 서열이다. 당의 권력 서열에는 200위권 밖이다.

외교 담당 상무위원 왕위가 6위. 양창명은 외교부 부부장 출신. 북한주재 중국 대사관 참사관을 지냈기 때문에 남북한 사정에 밝다.

58세, 둥근 얼굴, 비대한 체격이 '달마대사'가 양복을 입은 것 같다.

양창명이 여당의 대선 후보인 이광을 공식 방문한 것이다.

배석자는 이광과 선대위 비서실장도 겸하고 있는 안학태, 부통령 후보 강윤호도 참석시켰다. 그리고 중국 측은 양창명과 부대사, 참사관, 거기에다 또 한 명, 본국 당에서 파견한 특사가 있다.

오후 3시 반.

당사 접견실에 양측이 둘러앉았을 때 양창명이 인사를 했다.

긴 인사말이다. 이윽고 인사를 마친 양창명이 웃음 띤 얼굴로 이광을 보았다.

"각하, 먼저 주석께서 보낸 특사의 말씀을 들으시지요."

특사는 위청, 주석실 소속 당 비서, 50대쯤으로 서열은 나와 있지 않다.

위청이 긴 얼굴을 들고 이광을 보았다.

"주석 동지의 인사말을 먼저 드립니다."

위청이 말을 이었다.

"주석 동지께서는 중·한 관계를 발전시키기 위해 최선을 다하시겠다고 강조하셨습니다."

"고맙습니다."

이광이 대답했다.

"저도 최선을 다하겠다고 전해주시지요."

"예, 전해드리지요."

얼굴에 웃음을 띤 위청이 이광을 보았다.

"그런데 각하, 주석 동지께서 각하께 대한 일본의 음모에 대해 분노하셨습니다. 앞으로 대일 관계에는 공동 대응을 할 의향도 있다고 말씀하셨습니다."

이광이 바로 대답했다.

"그러지요. 아직 대선 전이라 공식적으로 말씀은 드리지 못하지만, 좋은 관계가 지속되기를 바랍니다."

물론 이번 만남은 비공식 비밀 회동이다.

대선 경쟁자인 자유당의 박상윤이 안다면 펄펄 뛸 것이기 때문이다. 하지만 대통령 유준상한테는 이미 보고가 된 사항이다.

그때 위청이 말을 이었다.

"저희 중국 정부에서는 적극적으로 이 후보님을 지원하기로 결정했습니다. 그것은 바로……."

위청이 몸까지 조금 숙이면서 목소리를 은근하게 낮췄다.

"북조선이 이 후보님을 도와드린 것 이상으로 지원해드릴 것입니다."

"아, 그렇습니까?"

이광의 얼굴이 환해졌다.

옆쪽에 앉은 안학태, 강윤호는 오히려 얼굴을 굳히고 있다.

그때 위청이 고개를 끄덕였다.

"예, 우리 세력으로 남조선에 와 있는 중국인 조선족이 있습니다. 남조선에서는 조선족 동포라고 부르지요."

"그렇죠."

"그 조선족 2백만이 이 후보 각하의 열렬한 지원군이 될 것입니다."

"아, 그렇군요."

"그들은 일사불란하게 우리들의 지시대로 수행할 것입니다."

위청의 목소리에 열기가 띠어졌다.

"그들이 대선의 투표권은 없지만, 인터넷 여론 조사는 물론이고 여론 몰이에 엄청난 도움을 드릴 것입니다."

"오오!"

감동한 이광이 커다랗게 고개를 끄덕였다. 얼굴까지 상기되어 있다.

"그야말로 백만 원군이군요. 감사합니다."

이광이 말을 이었다.

"잊지 않겠습니다. 그렇게 전해주시지요."

흡족한 표정이 된 위청과 중국대사 양창명이 나갔을 때다.

배웅하고 돌아온 안학태와 강윤호가 다시 자리에 앉았다. 둘의 얼굴은 굳어 있다.

그때 강윤호가 정색하고 이광을 보았다.

"후보님, 어떻게 생각하십니까?"

"뭐가?"

"중국의 도움에 대해서 말씀입니다."

"그것이 현행법상 불법은 아닌 것 같은데, 그렇지?"

"그렇습니다."

강윤호가 대답했다.

"지금까지 개별적으로 해왔는데 그것을 이번에는 전폭적으로 지원한다는 것이죠."

"그것도 단체로 말입니다."

그렇게 안학태가 말을 받았다.

그때 이광이 정색하고 둘을 보았다.

"불법은 용납 안 해."

"알겠습니다."

강윤호가 고개를 끄덕였다.

"지원해준다는데 거부할 필요는 없죠."

강윤호의 시선을 받은 이광의 얼굴에 웃음이 떠올랐다.

이심전심이다. 구태여 말을 하지 않았어도 마음을 읽을 수 있는 것이다.

대통령 유준상에게 요즘 하루하루는 바늘방석에 앉아서 지내는 것과 비슷했다.

오후 3시 반, 유준상이 이광의 전화를 받았다.

이광은 유준상과 휴대폰으로 직통 전화를 한다.

비공식. 사적 전화였기 때문에 유준상은 누구를 부르지도 않았다.

유준상이 물었다.

"아, 이 후보, 무슨 일입니까?"

"심란하실 것 같아서 전화드린 겁니다. 다른 용건은 없습니다."

"이런."

유준상의 얼굴에 웃음이 떠올랐다.

"아이구, 이것도 선거법 위반이 아닌가 모르겠네."

"이런 전화도 위반이고 불법입니까?"

이광의 목소리에도 웃음기가 띠어져 있다.

"윤필성의 반역질로 퇴임 후에는 내가 검찰 조사를 받게 되었으니까 말요. 참, 인간사 새옹지마지."

"기운 내십시오, 대통령님. 저도 아직 여러 혐의가 벗겨지지 않았습니다."

이광이 말을 이었다.

"글쎄, 증거가 없는데도 그 소문이라는 것이 끈질기게 붙는군요."

"이 회장도 고생이 많습니다."

이제는 유준상이 위로했다.

"그래도 북한이 도와줘서 이만큼이라도 나아졌지 않습니까?"

중국 특사가 다녀간 이야기는 청와대로 안학태를 보내 보고를 시켰기 때문에 이광은 거론하지 않았다.

이광이 말을 이었다.

"대통령님, 상의드릴 일이 있습니다."

"뭡니까?"

"제 문제인데요. 언제 시간을 내주실 수 있습니까?"

"오늘 저녁도 좋아요."

유준상이 바로 대답했다.

"여기서 같이 저녁 식사를 하십시다."

"감사합니다."

"그런데 무슨 일입니까? 윤곽만이라도 알면 좋겠는데요."

"일본 관계입니다."

"알겠습니다. 7시에 하십시다. 물론 비공식으로 말입니다."

그래야 된다, 선거 중에 대통령은 중립을 지켜야 되니까.

오후 7시 10분, 청와대 소식당 안.

원탁에 대통령 유준상과 민한당 대선 후보 이광이 각각 수행원들과 함께 둘러앉아 있다. 수행원은 오대근, 최영조 그리고 안학태다.

의례적인 인사를 마쳤을 때 먼저 이광이 입을 열었다.

"제가 중국 특사를 만났을 때 그러더군요. 한·중 합작으로 일본에 대응하자는 것이었습니다."

보고 받은 사항이라 유준상은 고개만 끄덕였고 이광이 말을 이었다.

"조선족 동포 이야기가 감동적이었습니다. 조선족을 중국의 선발대로 운용한다는 내용이었습니다."

이광이 정색하고 유준상을 보았다.

"대통령님께 부탁드릴 일이 있습니다."

"뭡니까?"

"일본 총리에게 한·일 국교 정상화를 제의하시지요. 저한테 공작을 꾸민 총리실 간부들의 음모와는 별개로 추진하시는 것입니다."

"……."

"저를 모함한 총리실 간부들은 그대로 국제법에 의해 고발, 조사하도록 하겠습니다. 그것 때문에 한·일 관계가 파탄되는 것은 바람직하지 않습니다."

"그렇군."

눈의 초점을 잡은 유준상이 이광을 보았다. 얼굴에 쓴웃음이 떠올라 있다.

"생색은 내가 내고 흙탕물은 이 후보가 뒤집어쓰시겠다는 겁니까?"

"이미 뒤집어쓴 겁니다."

이광의 얼굴에도 웃음이 띠어졌다.

"저는 총리실 직원들하고 싸울 테니까 대통령님은 총리하고 합의하시지요."

"대국적으로 그렇게 해야겠지만, 나만 생색내는 것 같아서 엄두도 못 내고 있었지요."

"대통령님이 하셔야 될 일입니다."

"알겠습니다. 내일 당장 외교 채널을 통해서 정상회담을 추진하지요."

유준상이 번들거리는 눈으로 이광을 보았다.

"중국 정부가 놀라겠군요."

특사를 보낸 반작용이다.

한국이 엄연한 주권 국가이며 일본이나 중국의 압력에 흔들리지 않는다는 의지의 표현이기도 하다.

유준상이 그제야 수저를 들면서 식사를 권했다.

"자, 식사하십시다. 이렇게 신구(新舊)의 손발이 맞으면 무슨 일이건 가능하겠습니다."

다음 날은 TV 토론이다.

자유당 후보 박상윤과 둘의 토론으로 90분간 양자 정면 대결이 된다.

원내 2당인 자유당은 현재 104석이 되어 있지만, 보수층을 기반으로 지지 세력이 견고하다. 항상 30퍼센트 정도의 세력을 유지하고 있다.

박상윤은 68세. 5선 의원으로 산전수전을 다 겪은 백전노장. 56세인 이광이 사회생활을 시작했을 때 이미 국회의원이었다.

토론 3시간 전인 오후 5시.

박상윤이 보좌관들과 함께 토론 예비회의를 하고 있다.

박상윤은 지난번 대선 때도 유준상과 격돌, 토론에서 6 대 4의 비율로 승리했다는 평가를 받았다. 달변가, 미국 스탠퍼드대의 경영학 박사 출신으로 박학다식. 거기에다 카리스마까지 갖췄다. '인물'로는 유준상보다 월등하다는 평가를 받았다.

그러나 선거 결과는 유준상의 손을 들어주었다. 50만 표 차이로 패했는데 유준상이 간발의 차이로 승리한 것이다.

후보실에 둘러앉은 보좌관 이정규가 먼저 입을 열었다.

"이광은 토론에 익숙하지 못합니다. 물론 공부를 했겠지만, 국정 전반에 대해서 절대적으로 무식합니다. 집중적으로 파고들면 근본이 드러날 것입니다."

옆에 앉은 보좌관 최기수가 거들었다.

"맞습니다. 하지만 너무 몰아붙이면 동정심, 반발심을 유발할 가능성도 있으니까 70퍼센트 정도에서 그쳐주시지요."

"그건 나도 알아."

박상윤의 얼굴에 쓴웃음이 번졌다.

"지난번 토론 때 90퍼센트까지 몰아붙였더니 반작용이 일어났더군. 유권자 수준에 맞춰야 돼."

"분위기에 맞춰야 되는 겁니다."

최기수가 말을 이었다.

"여론이 약자에게 쏠리는 경향이 있거든요."

그때 박상윤이 눈을 가늘게 떴다.

"토론을 보고 지지 후보를 바꾸는 사람이 몇이나 될까?"

"거의 없습니다."

여론 조사 실장 박만호가 바로 대답했다.

"하지만 지지 후보가 없었던 유권자들이 토론을 보고 결정할 가능성이 많습니다."

"도대체 그 숫자가 얼마나 되지?"

"아직 지지 후보를 결정하지 못한 유권자가 22퍼센트입니다, 후보님."

박상윤이 어깨를 늘어뜨렸다.

지난 대선 때 1.8퍼센트 표차로 낙선했던 것이다.

그때 박만호가 말했다.

"하지만 그 22퍼센트 중에서 TV 토론을 보고 후보를 결정하겠다는 유권자는 3퍼센트 정도였습니다."

"지난번, 대선 때는 1.8퍼센트 차이로 졌어."

"유준상 씨가 친일파 청산 문제를 들고 나온 것이 5퍼센트쯤 영향을 줬기 때문이지요."

"지금도 일본의 음모론으로 이광이 점수를 따고 있던데."

박상윤의 말에 방 안이 조용해졌다.

현재 여론 조사를 보면 42 대 32의 비율로 이광이 앞서나가고 있다.

이것도 일본 총리실의 음모가 드러난 후에 5퍼센트 정도가 상승한 효과 덕분이다.

"좋아."

박상윤이 어깨를 부풀리며 말했다.

"평생 짝퉁 물건이나 팔아왔던 장사꾼 놈한테 정치가 얼마나 힘든 일이라는 것을 오늘 한 수 가르쳐주기로 하지. 난 시청자 의식하지 않고 나서겠어."

그것이 '선수'의 자세다.

"박상윤 씨가 뭘 물었을 때 모르는 질문이 있으면 '모른다'고 하지 마십시오."

수행실장 김훈이 말했을 때 이광이 고개를 들었다.

옆쪽에 앉은 안학태는 쓴웃음만 짓고 있다.

이광이 물었다.

"무슨 말이야?"

"모른다고 하면, 바로 '준비가 덜 되었다'는 프레임이 먹힙니다."

정색한 김훈이 말을 이었다.

"정직하고 순수하다고 느끼는 사람은 오직 이쪽 지지자뿐입니다. 무당층, 지지자가 없는 측에는 그런 프레임이 금방 먹힙니다."

"어렵군."

그때 '토론 보좌관' 한영호가 나섰다.

"박상윤 씨는 정치 경험을 기반으로 집중적으로 공격할 것입니다. 그것에 말려들면 안 된다는 말씀이죠. 그냥 '모른다'고만 하지 마시고, 적당한 선에서 화제를 돌리시는 것입니다."

한영호는 토론 전문가다. 책도 써냈다.

한영호가 말을 이었다.

"박상윤 씨는 토론에서 전세를 만회하려고 할 것입니다. 필승 전략을 세우고 철저하게 준비를 해왔습니다."

김훈이 나섰다.

"잘난 척을 잘하는 박상윤 씨 성격으로는 끝까지 밀어붙일 겁니다. 그것이 오히려 반발심을 불러일으키겠지요. 차분하게 대응하시는 것이 중요합니다."

"그렇군."

건성으로 고개를 끄덕인 이광이 주위를 둘러보았다.

모두 긴장하고 있다. 불안한 표정을 짓는 사람도 있다.

2시간 전.

걱정이 된 부통령 후보 강윤호가 지원 유세를 하다가 찾아왔다.

이곳은 당사의 후보실 안.

이광은 방송국으로 출발 준비를 하던 중이다.

"후보님, 저도 함께 가겠습니다."

강윤호가 웃음 띤 얼굴로 이광을 보았다.

"제가 옆에서 모셔야 정상이죠."

"걱정이 되는 모양이네."

자리에서 일어선 이광이 쓴웃음을 지었다.

보좌역들이 따라 일어섰다.

그때 강윤호가 말을 이었다.

"후보님, 오늘 토론 신경 쓰실 것 없습니다. 박상윤은 독불장군입니다. 저보다 잘난 사람은 봐주지 못하는 스타일이죠. 그걸 참고로 하시지요."

당사를 나와 차에 나란히 앉았을 때 강윤호의 말이 이어졌다.

"박상윤의 말이 길어질수록 시청자들의 반감이 늘어날 것입니다. 놔두시죠."

"그것도 좋은 생각이야."

이광이 얼굴을 펴고 웃었다.

"그냥 박 후보에게 계속 말하게 해야겠구만."

"아니, 그러지는 마시구요."

강윤호가 난감한 표정으로 앞쪽에 앉은 안학태를 보았다.

안학태는 웃기만 한다.

TV 토론.

여당인 민한당 후보 이광과 야당 자유당 후보 박상윤의 대결. 여야 후보의 정면 대결.

기타 군소당 후보가 셋 더 있었지만, 모두 지지율 5퍼센트 미만이어서 토론에는 참석 못 한다. 선거법이 그렇게 정해졌기 때문이다.

오후 8시 5분.

KSC 방송의 시청률이 12.5퍼센트. 이만하면 대박이다. 여기서 얼마나 더 오를

지 모른다.

사회자는 유명 앵커 전우진.

서로 질문, 응답식. 주제는 정치, 경제, 사회, 안보, 국제관계 등 5가지. 제한시간 각각 5분씩.

90분간의 주고받는 토론이 끝나면 바로 전화 여론 조사, 결과가 발표되는 독특한 방식.

화면에 비친 이광은 차분한 표정이다. 눈빛도 맑다.

박상윤은 자신감이 넘치는 표정. 아마 주위 참모들의 조언을 받았을 것이다.

그것은 당연하다, '기업 경영' 빼고는 모든 면에서 이광을 압도한다고 자신하고 있으니까.

여론 조사에서도 그렇게 나와 있다. 63퍼센트. 압도적이다.

먼저 박상윤의 인사.

"존경하는 국민 여러분, 그리고 친애하는 민한당의 이광 후보님, 오늘 이렇게 토론의 장을 만들어주신 담당자 여러분, 저는 자유당 대통령 후보로서 이 자리에 선 것을 무한한 영광으로 생각하고 있습니다."

박상윤의 유창한 달변이 단 한 자도 어긋나지 않고 이어지고 있다.

박상윤은 연설의 대가다. 특히 선동의 명수다.

목소리의 고저, 문장의 길고 짧음을 적절하게 배합해서 그가 외치면 절로 주먹이 쥐어지게 된다고 한다.

과연 지금이 그렇다.

"대한민국이 가장 엄중한 시기에 이번 대선을 치르게 되었습니다. 주변 강대국의 압박이 나날이 심해지고 북한 핵을 머리에 이고 사는 엄혹한 현실입니다. 이런 상황에서 우리는 경륜과 국정 전반에 깊은 이해와 지식을 갖춘 인사가 필

212

요한 시국입니다……"

백번 지당한 소리다.

박상윤의 열변이 이어지고 있다.

"좋았어."

박상윤의 보좌관 이정규가 심호흡을 했다. 두 눈이 번들거리고 있다.

이곳은 자유당의 상황실 안.

방송국에 따라가지 않은 이정규가 당직자들과 함께 TV를 시청하고 있다.

"이번에 압도해버려야 돼."

그러자 옆자리의 당직자가 맞장구를 쳤다.

"최소한 5퍼센트는 먹어야 돼."

그 가능성이 있다.

이정규가 보기에 박상윤의 국정 전반에 대한 질문 공세에 이광이 제대로 대답할 리는 없기 때문이다.

박상윤은 즉흥 연설의 대가이기도 하다. 그것은 수십 년간의 정치 생활로 모든 현안에 대한 해박한 지식을 갖추고 있기 때문이다.

"시청률 봐라."

KSC의 보도본부장 양태식이 시청률을 보더니 주먹을 불끈 쥐고 흔들었다.

KSC 상황실 안.

옆쪽 스크린에 시청률 그래프가 초 단위로 번쩍이면서 숫자가 표시되고 있다.

현재 시청률은 17.5퍼센트. 박상윤의 인사말이 진행되고 있는데도 그렇다.

제한시간 4분인데 현재 3분 10초가 지난 상황이다.

"18.2퍼센트입니다."

뒤쪽의 담당자가 소리치면서 방 안 열기가 더 높아졌다.

이곳은 누가 '잘하는가' 따위는 상관없다. 시청률만 높으면 된다.

박상윤의 인사말이 끝났을 때 박수가 일어났다.

방송국에 모인 방청객들이다.

1백여 명밖에 안 되지만 저절로 박수를 친 사람들이 많다.

다음은 이광.

이광이 고개를 들고 시청자들을 보았다.

"친애하는 국민 여러분, 이광입니다."

이광이 부드러운 시선으로 이쪽을 보았다.

시청률 18.7퍼센트. 또 올랐다.

그때 이광이 말을 이었다.

"사업을 하다가 대선에 뛰어들어서 아직 정무 경험이 없습니다."

"이런!"

당황한 한창열이 소리쳤다.

이곳은 민한당의 당사 상황실 안, 당직자들과 토론 현장을 시청하고 있다.

한창열이 다시 소리쳤다.

"원고에 없는 말씀을 하고 있지 않아?"

그때 이광의 말이 이어졌다.

"앞으로 많이 배워야겠지요. 박상윤 후보에 비해 부족한 점이 많습니다."

"이런, 큰일 났다."

한창열이 벌떡 일어났지만, 어쩌겠는가.

생방송이고 이곳은 멀리 떨어진 당사 상황실 안이다.

214

말릴 수도 없고 말려도 들을 상황이 아니다.

"대박!"

뒤쪽 담당자가 다시 소리쳤을 때 시청률이 22퍼센트로 뛰었다.

"저 양반, 왜 저래?"

시청률이 올라가 좋긴 했지만, 은근히 걱정이 된 양태식이 이맛살을 찌푸렸다.

양태식은 은근히 이광에게 호의적이다.

그때 이광이 말을 이었다.

"국가와 국민을 위해서 더욱 열심히 일하겠습니다."

그러고는 이광이 머리를 숙이고 절을 했다.

1분 25초. 세상에, 주어진 시간이 4분이었는데 그 절반도 안 쓰고 끝내다니.

그때 방청객 사이에서 일어난 박수는 박상윤의 절반도 안 되었다.

"대박!"

담당자가 다시 소리쳤기 때문에 양태식이 고개를 들었다.

시청률이 24퍼센트.

걱정이 되거나 소문이 퍼졌기 때문에 와락 시청자가 몰려들었겠지.

"옳지!"

이곳은 자유당 상황실 안.

이정규가 소리치면서 박수를 쳤다. 엉성한 인사에 신이 난 박수다.

이광의 인사말이 끝났을 때 자유당 당사 안은 환호성까지 일어났다.

박상윤과 이광의 비교는 인사말에서부터 극명한 차이를 보인 것이다. 대학교수와 초등학생의 인사로 비교될 만했다.

박상윤은 3분 52초간의 연설에서 국정 전반에 대한 지식과 앞으로의 대안까지 제시한 반면 이광은 1분 25초를 썼다. 그것도 박상윤에게 배워야겠다는 따위로 버벅거리면서 때웠다.

이건 초장에 박살이 난 것이나 같다.

"앞으로 토론이 7번이야!"

이정규가 소리쳤다.

"토론 한 번에 2퍼센트만 먹고 들어가면 우리가 완승이다!"

"와앗!"

환호성이 울렸다.

그만큼 완벽한 차이다.

토론 40분이 지났을 때 양자의 차이는 극명하게 드러났다.

시장 안 식당에서 토론을 보던 생선가게 아줌마도 둘의 수준 차이를 알 정도다.

TV를 보던 이광 지지자 30퍼센트 정도가 자리를 박차고 나가는 상황이 되었다. 그러나 시청률은 33퍼센트까지 치솟았다.

중도 성향, 그리고 선거에 관심이 없던 시민들이 소문을 듣고 TV 앞에 모여들었기 때문이다.

민한당 당사로 항의 전화가 빗발쳤는데 왜 이광에게 토론 연습을 시키지 않느냐는 내용이었다.

토론 65분째.

마침내 득의양양한 표정의 박상윤이 질문 차례가 되었을 때 이광에게 물었다.

"현재 개인 사업자들의 개인 대출 한도가 정부 방침으로 제한되어 있습니다. 그 내용을 아십니까?"

"모르겠는데요."

"아니, 그것도 모르신단 말입니까? 3백만 개인 사업자가 그것 때문에 얼마나 고통을 받고 있는지를 모르신다는 말씀 아닙니까?"

"죄송합니다."

"그렇게 국정에 대해서 모르시는 분이 어떻게 국가를 이끌어 가실 겁니까?"

"잘 되겠지요."

"허, 이런."

기가 막힌 표정의 박상윤이 TV 화면을 향해 서글픈 웃음을 지었다.

"국민들이, 개인 사업자들이 안타깝지 않으십니까?"

"별로 그런 생각은 안 듭니다."

"허, 이런."

박상윤이 혀까지 차고는 사회자를 보았다.

"저는 이만하면 되겠네요."

"대박!"

담당자가 또 소리쳤을 때 양태식이 들고 있던 자료를 내던졌다.

서류가 담당자 얼굴에 맞더니 흩어졌다.

"야! 방정맞게 떠들지 좀 말아!"

놀란 담당자가 서류를 집는다.

담당자 등 위로 시청률의 문자가 드러났다.

44.5퍼센트, 초대박이다.

방금 박상윤의 안타까운 표정이 클로즈업되고 있다.

"안 되겠는데."

이젠 지친 표정의 한창열이 잇새로 말했다.

"아무리 처음이라지만, 저건 너무 성의가 없지."

한창열이 절레절레 고개를 저었다.

"국민을 완전히 무시하는 것처럼 보이는 거야."

"원고를 다 외우셨는데도 딴말을 하신 겁니다."

옆에 서 있던 연설 보좌관 박정도가 어깨를 늘어뜨리며 말했다.

"제 생각은 포기하신 것 같습니다."

"무슨 말이야?"

한창열의 날카로운 목소리에 모두의 시선이 모였다.

"후보님이 그러실 분이 아냐!"

그러나 동조하는 사람은 없다.

그때 한창열은 문득 이 분위기가 10년 전 자신이 총선에 떨어진 순간의 선거 사무실 같다는 생각을 했다.

"만세!"

자유당 상황실은 이미 축제 분위기다.

권투와 비교한다면 지금 박상윤은 그로기 상태의 이광을 일으켜 세우면서 연타를 계속 날리는 꼴이다. 벌써 KO로 늘어졌을 이광이지만 시간을 때우기 위해서 일으켜서 또 치고 또 치는 꼴이다.

그때 이정규가 소리쳤다.

"이젠 불쌍하다, 이광이."

그것이 모두의 심정이다.

75분째. 이번에도 박상윤이 자신만만한 표정으로 묻는다.

"한국은 강대국에 둘러싸여서 언제나 외국의 침략에 시달려야 했습니다. 이 후보께서는 외교 국방에 대한 의견이 있으십니까?"

그때 이광이 고개를 기울였다.

"미국, 중국, 러시아, 일본 관계를 잘 조율해야겠지요."

"글쎄, 그렇게 애매한 대답은 곤란하지요."

박상윤의 얼굴에 쓴웃음이 떠올랐다.

그러나 눈은 번들거리고 있다.

"아직도 15분이나 남았나?"

뒤쪽에서 누가 떨리는 목소리로 혼잣말을 했기 때문에 한창열은 어금니를 물었다.

그것이 자신의 심정이나 같기 때문이다.

상황실의 당원들은 이미 절반 가깝게 빠져나갔고 무거운 적막에 덮여있다. 마치 무덤 같다.

"대애박!"

담당자가 소리치는 바람에 잠깐 딴 곳을 보았던 양태식이 전광판을 보았다.

순간, 양태식이 숨을 들이켰다.

보라! 67퍼센트. KSC 방송사상 최고의 시청률이다.

그러나 양태식은 어디로 가고 싶은 충동을 견디고 있는 참이었다.

상황실 안은 흥분과 비감으로 절반씩 나뉘어 있다.

이광의 지지자들은 비통한 심정으로 탄식했고 박상윤 지지자들은 환호했다.

지금 이광은 박상윤의 질문에 또 초등학생 수준의 답변을 한다.

그때 박상윤이 어깨를 펴고 이광을 보았다.

지금 이광의 답변 시간인데 대답이 10초밖에 안 되었기 때문에 박상윤이 빼

먹고 있다.

"이 후보님, 구체적인 방법을 말씀해주셔야죠. 그런 대답은 초등학생도 할 수 있는 것 아닙니까?"

그때 이광이 고개를 들었다.

차분한 표정인데 양태식의 눈에는 저능아, 바보처럼 보였다.

"그럼 박 후보께서 말씀해주시죠."

"저런!"

옆에 앉은 보도본부 차장 고재평이 탄식했다.

그때 시청률이 69퍼센트!

양태식은 전광판을 부숴버리고 싶은 충동이 일어났다.

잔인한 사람들 같으니. 시청자들이 마치 시체에 모여드는 하이에나처럼 느껴졌다.

"아이구."

이광의 말을 듣자 눈을 감고 있던 한창열이 탄식했다. 마치 흐느끼는 것 같다.

상황실 안은 장례 행사를 끝낸 묘지 같다.

누군가 신음 소리를 뱉었는데 한창열에게는 그것이 울음소리처럼 들렸다.

"앗하하!"

이곳은 자유당의 상황실 안.

소리 내어 웃은 이정규가 옆에 앉은 선대본부 부본부장 정용복 의원에게 말했다.

"아무래도 내일 민한당에서 성명 발표를 할 것 같은데요, 정 의원."

"내 생각도 그래."

정용복이 어깨를 부풀리며 말했다.

"그러지 않으면 선대위원들이 집단으로 빠져나가든지."

"당 대표가 가만있지 않을 것 같은데요? 당에서 후보 교체론이 나오지 않을까요?"

"그럴 가능성이 많지."

그때 화면에서 열변을 토하는 박상윤의 모습이 펼쳐졌다.

"미국, 중국, 러시아, 일본과 밀접한 유대관계가 중요한 겁니다. 나는 대통령이 되면 4국과 차례로 정상회담을 할 예정입니다. 그래서……."

그때 이광이 손을 들었다.

"언제요?"

"예?"

되물은 박상윤이 쓴웃음을 지었다.

"1년 안에 4개국을 모두 방문할 예정입니다."

그때 이광이 쓴웃음을 지었다.

"난 지금 대통령 후보 상태지만, 내일이라도 4개국 정상을 서울로 모셔와 회담을 할 수 있습니다. 물론 자연인 이광의 신분으로 말이지요."

화면에 비친 이광의 눈이 반짝였다.

"내일 당장 4개국 정상과 스케줄을 잡지요. 내일 결정이 날 겁니다."

"그, 그것이 무슨 말입니까?"

놀란 박상윤이 처음으로 말까지 더듬었다.

"아니 내일 말입니까? 그것도 4개국 정상과 스케줄을 잡는다구요?"

"예."

이광이 '바보'처럼 고개를 끄덕였다.

"미국, 중국, 러시아, 일본 정상회담을 말입니다. 그 4개국 정상과 자연인 이광이 정상회담을 할 겁니다."

이광이 웃음 띤 얼굴로 화면을 보았다.

"그렇게 정치적인 수사로 넘어가지 않고 당장 확실하게 하겠습니다, 아니 북한 정상까지 포함한 5개국 정상들을 한국에 모시기로 하죠."

이광의 눈빛이 강해졌고 박상윤은 쩍 벌린 입을 아직 다물지 못했다.

입 끝에 침이 흘러내릴 것 같다.

시청률 82퍼센트. 그러나 KSC 보도본부에는 숨소리도 나지 않는다.

모두 이광의 말에 집중하고 있기 때문이다.

민한당 사무실 안.

한창열은 눈을 치켜뜨고 있다.

이쪽도 입을 딱 벌리고 있어서 입 끝으로 침이 떨어지고 있다.

역시 상황실 안은 숨을 죽이고 있다.

이곳은 자유당 상황실.

이정규가 눈을 가늘게 뜨고 있었는데 어깨가 움츠려져 있다.

이곳도 조용하다.

그때 화면에서 이광의 목소리가 울렸다.

"내일 중으로 5개국 정상의 일정을 받아놓지요. 한반도의 평화와 미래에 대한 6개국 회담입니다. 초청인은 자연인 이광이고 한국 측 대표는 대통령님이 맡으시겠죠. 내일 중으로 일정이 나올 것입니다."

말을 마친 이광이 박상윤을 보았다.

"실례지만, 박 후보님께선 이런 일을 할 수 있으신지요?"

이광의 표정은 차분했지만 눈빛이 강했다. 입술도 닫혀 있다.

"허, 이런."

박상윤이 바로 말을 받았지만 다음 말이 이어지지 않는다.

5장
대통령

"그렇지."

동교동 돼지갈비 식당에서 TV를 보던 백태식이 커다랗게 소리쳤다.

지금까지 속이 뒤집혀서 아예 등을 돌리고 앉아있던 백태식이다.

술기운을 빌린 백태식이 목소리를 높였다.

"바로 이거다! 이것이 이광하고 정치꾼들의 다른 점이야!"

식당 안이 조용해졌다.

그때 안쪽 테이블에서 다른 사내가 소리쳤다.

"저것이 이광의 진면목이야! 박상윤은 죽었다가 깨어나도 저런 일 못 한다! 아니, 미국 국무성 과장도 부를 수 없을 거다!"

과연 그렇다. 이광이 누구인가?

사람들의 머릿속에 온갖 생각이 파고들기 시작했다.

모두 꿈에서 깨어난 표정이다.

"어디, 내일 보자!"

누군가 다시 소리쳤다.

그때 TV에서 이광이 다시 말했다.

"내일 보십시다. 아마 한국의 대선 후보 토론을 강대국들도 보고 있을 테니까, 우리가 먼저 요청하지 않아도 저쪽에서 내 말에 대한 반응이 올지도 모르겠군요."

잠깐 말을 멈춘 이광의 표정이 엄숙해졌다.

"이번 주말인 3일 후까지 5개국 정상의 반응이 없다면 나는 후보를 사퇴할 것입니다."

그러고는 이광이 입을 꾹 다물었다.

토론이 끝났을 때의 지지도다.

61 대 28. 보류 11.

61이 누구인가? 이광이다.

이광이 마지막 외교 안보 토론의 2분 30초 동안에 판도를 뒤집어버린 것이다.

그런데 4개 여론 조사 기관에서 재빠르게 조사항목 1개를 추가시켰다.

'만일 5개국 정상이 3일 안에 정상회담 통보를 해왔을 때의 지지도는?'

놀라지 마시라. 92 대 3이다. 다만 5퍼센트만 결정을 유보했고, 이광이 92다!

전무후무한 지지율이다!

다음 날은 목요일이다.

목요일 오전 9시에 KSC 방송의 특보가 나왔다.

국민들이 기다리고 있었기 때문에 시청률 44퍼센트다.

오늘도 앵커 전우진이 나왔다.

"조금 전에 북한의 이영일 외교부장이 한국 외교부 장관 앞으로 공식 전문을 보냈습니다. 북한 국무위원장 김정은 주석이 회담에 참석하겠다는 통보를 한 것입니다. 일정은 한국 측과 협의하겠다고 했습니다."

1시간 후.

KSC의 화면에 외교부 장관 정천석을 방문하는 주한 일본대사 나까무라의 모습이 찍혔다.

외교부 현관 앞에서 기자들에게 제지당한 나까무라가 웃음 띤 얼굴로 말했다. 한국말이다.

"예, 가토 총리의 정상회담 참석 일정을 협의하려고 온 것이무다."

"언제 오십니까?"

기자 하나가 묻자 나까무라가 빙그레 웃었다.

"어젯밤, 이광 후보님의 제의를 수락한 것이무지요. 일정은 한고쿠 정부와 협의해봐야겠수무니다."

30분 후, KSC의 화면에 중국 CCTV가 비쳤다.

한국 시청자들은 요즘 자주 보아온 중국 외교부장 왕창의 얼굴을 본다.

왕창이 엄숙한 표정으로 화면을 보고 말했다.

여긴, 중국어이고 밑에 자막이 깔려 있다. 시청자들은 자막을 읽는다.

"중국 지도자 시진핑 주석께서는 한국 대선 후보 이광 씨의 초청을 정중하고 신중하게 받아들여 정상회담에 동의합니다. 우리는 대사관을 통해 즉시 일정을 조율할 것입니다. 이광 후보님의 제의를 고맙게 생각하는 바입니다."

이 자막을 읽고 감격하지 않는 한국인은 중국에서 돈 떼먹고 도망 온 사람뿐일 것이다.

미국은 오후 2시에 주한 미국 대사가 대사관으로 국내외 기자들을 불러 성명을 발표하는 방식으로 응답했다. 어젯밤 이광의 6개국 정상회담 요청에 대한 답변이다.

즉각적인 답변.

대한민국 건국 이래 미국 정부, 특히 백악관의 반응이 이렇게 즉각적으로 반응해 온 적은 없었다. 사상 초유의 일이다.

미국대사 맥나마라가 TV 화면에 등장했다.

맥나마라는 '한국말'에 유창하다.

어깨를 부풀렸다가 내린 맥나마라가 입을 열었다.

"미국 대통령 부시는 어젯밤 한국의 대통령 후보 이광 씨의 제의를 수용합니다. 한국인이며 아직 자연인인 이광 씨의 제의에 따라 6개국 정상회담의 일원으로 참가할 것을 약속합니다. 회담 일정은 곧 한국 정부와 협의할 것입니다."

유창한 한국어다.

군말이 하나도 없는 성명을 발표한 맥나마라가 고개를 숙여 보이고 연단을 떠났다.

이것으로 미국도 끝.

러시아? 이제 한국인의 모든 신경이 러시아로 옮겨졌다.

세상에, 만 하루도 되지 않아서 북한, 일본, 중국, 미국이 경쟁이나 하는 것처럼 정상회담에 호응한 것이다. 엄청난 반응이다.

그것을 듣고 본 대한민국 국민은 모두 자긍심, 자부심, 긍지, 보람에 심장이 터질 지경이다.

밥을 안 먹어도 배가 부르고 술을 안 마셔도 취한 것 같다.

이제 모두의 관심이 러시아로 쏠렸다.

자, 러시아, 어쩔래?

그때 오후 3시 반쯤 되었나? 우리의 KSC가 또 특보를 했다.

다음 총선 때 여당 후보로 나올 것이 보장된 앵커 전우진이 힘찬 목소리로 말했다.

"러시아 총리 메데네프가 이광 후보가 제의한 6개국 정상회담 일정을 협의하려고 방금 모스크바를 떠나 서울로 향하고 있습니다. 메데네프는 내일 오전 중 서울에 도착, 한국 정부 측과 정상회담 일정을 협의할 것입니다."

땡. 끝났다.

자유당 상황실? 비었다.

청소부가 들어와 청소기를 밀면서 투덜거리고 있다.

TV를 꺼놓지 않아서 전우진의 목소리가 꽝꽝 울리고 있다.

대신 자유당 선대본부장실 안에 선대위원장 한성환 등 간부들이 둘러앉아 있다.

박상윤은 후보실에 파묻혀 있었기 때문에 간부들의 회의다.

"어떻게 하죠?"

불쑥 이정규가 물었기 때문에 모두의 시선이 모였다.

이정규가 헛기침을 했다.

"다음 토론이 사흘 후입니다. 토론 준비를 해야 될까요?"

"아, 그만둬."

한성환이 손까지 저으면서 말했다.

"무슨 토론을 또 한다는 거야?"

"그렇게 규정되어 있지 않습니까?"

맞다. 자유당 쪽에서 부득부득 고집을 부려 토론 횟수를 늘려놓은 것이다.

그때 부위원장 하나가 나섰다.

"이번에 또 누구를 끌어들이라고?"

"예?"

"세계 각국 정상들을 다 선거판에 끌어들일 작정이야?"

부위원장의 언성이 높아지자 이정규도 부아가 치밀었다.

부위원장은 여섯 명이나 되어서 이름도 잘 기억 안 나는 놈이다.

"아, 내가 끌어들였습니까?"

"한 번 당하면 됐어. 그만둡시다."

"지금 지지율이 10퍼센트대로 추락했어요. 만회해야 됩니다."

"토론에서는 안 돼."

한성환이 고개를 저으면서 말했다.

"이광한테 당했어. 또 당하면 우리가 아예 대선에 안 나가는 게 나아."

그렇다. 이제 토론에서 KO패한 것이다. 이광이 그로기 상태에서 끌려가는 줄 알았더니 죽은 척하고 있다가 단 한 방에 박상윤을 기절시켜 버렸다.

정상회담 발언 이후로 8분 동안 박상윤은 버벅거리다가 끝냈는데 나중에는 인사말도 더듬었다.

그때 이정규가 한숨과 함께 말을 뱉는다.

"알겠습니다. 보류하지요."

이정규도 대선을 세 번이나 치른 경험자다.

호흡을 고른 이정규는 이번 대선은 어젯밤의 토론으로 끝났다는 생각이 들었다.

"한마디로 쪽팔렸어."

자유당 3선 의원 홍기평이 한숨을 쉬고 나서 말했다.

이곳은 여의도의 중식당 '상하이'의 밀실 안.

홍기평과 동료의원 장학수가 횟술을 마시는 중이다.

오후 8시 반.

그때 고량주를 한 모금에 삼킨 장학수가 고개를 저었다.

"덧붙인다면 격 차이가 난 거지."

둘은 선대위에 포함되지 않았기 때문에 시간이 좀 남는다.

장학수가 말을 이었다.

"토론에서 질질 끌려가다가 마지막 한 방으로 끝내버린 거야. 그것도 의도적이 아니고 자연스럽게 말야."

홍기평이 고개를 끄덕였다.

"안 돼. 게임이 원체 급수가 달라. 선대위에서 흘러나온 말을 들으니까 박 후보는 아예 그로기 상태라는데. 쪽팔려서 두문불출이래."

"그럴 만하지. 본인은 1년 만에 정상회담을 하겠다고 의젓하게 말했는데, 이광은 그다음 날 5개국 정상이 한국으로 오겠다고 해버렸으니."

"미리 짰을까?"

"짰다고 해도 그게 어디야? 우리 후보는 대가리를 처박고 사전 공작을 해도 불가능한 일이야."

"기가 막히는군. 생각할수록 드라마야, 드라마."

"KSC에서는 지금 그 토론의 마지막 장면을 24번째 틀어주고 있어."

"이제 끝났어. 여론 조사에서 80 대 20이야. 우리 지지층도 다 돌아섰어."

방 안에 무거운 정적이 덮였다.

민심은 요동을 치고 있다. 조변석개다. 누가 이렇게 될 줄 알았던가?

토론 중반만 해도 만세를 부르면서 희희낙락했던 자유당이다.

그것이 순식간에 뒤집어졌다.

이것이 변화무쌍한 민심이다.

저택의 식당 안.

이광과 강윤호가 술을 마시고 있다.

배석자는 후보 비서실장 안학태 하나뿐이다.

오후 9시, 오늘은 이광이 강윤호를 저택으로 초대한 것이다.

식탁에 놓인 술은 소주, 안주는 김치찌개와 홍어회, 돼지고기볶음이다.

술잔을 든 강윤호가 웃음 띤 얼굴로 이광을 보았다.

"후보님, 박상윤 씨가 앞으로 TV 토론을 안 하겠다고 했다는데요."

"그럴 수가 있나?"

정색한 이광이 강윤호를 보았다.

"토론하면서 내가 많이 배웠는데 만일 안 나오신다면 내가 개인교수라도 받아야 될 것 같은데."

"정말이십니까?"

정색한 강윤호가 이광을 보았다.

"박상윤 씨는 그럴 만한 인물이 아닙니다, 후보님. 토론에서 후보님을 무시하는 것을 겪으셨지 않습니까?"

강윤호가 말을 이었다.

"그분은 독불장군입니다. 자유당 안에서도 이번에 그분이 당한 것을 시원하게 생각하는 사람들도 많다고 합니다."

"하지만 박상윤 씨의 투쟁력, 집행력은 발군이라고 들었어."

술잔을 든 이광이 웃음 띤 얼굴로 강윤호를 보았다.

"국정 전반에 대한 지식도 해박하고, 그렇지 않나?"

"총리가 적격인 분이죠. 대통령감은 아닙니다."

"그분을 총리로 추천하지."

이광이 말하자 강윤호가 고개를 들었다.

잘못 알아들은 것 같다. 강윤호의 시선이 옆에 앉은 안학태에게 옮겨졌다.

시선을 받은 안학태가 웃기만 했기 때문에 강윤호가 이광에게 물었다.

"제가 잘못 들었습니다. 뭐라고 하셨습니까?"

"박상윤 씨를 총리로 기용하자는 말이네. 그것을 강 의원이 공식으로 제의를 하는 것이 낫겠어."

"제가 말씀입니까?"

"제의를 하고 나서 박상윤 씨를 만나 정중하게 요청하지."

"……"

"박상윤 씨가 거부하겠지만 그렇게 발표를 해."

"알겠습니다."

허리를 편 강윤호가 이광을 보았다. 두 눈에 생기가 반짝이고 있다.

"제가 박상윤 씨를 먼저 만나고 나서, 거부를 하더라도 우리 당의 입장을 발표하도록 하지요."

이광이 고개를 끄덕였다.

그렇다면 야당 후보까지 끌어안는 셈인가?

박상윤의 반응이 궁금하기는 하다.

다음 날 오전 10시.

자유당 당사는 민한당의 부통령 후보 강윤호가 방문했기 때문에 소란했다.

기자들이 진을 치고 기다리는 데다 당직자들이 몰려왔기 때문이다.

소문이 퍼지지 않을 리가 있나.

강윤호가 어젯밤 늦게 자유당 선대위에 방문 협의를 했을 때부터 온갖 소문이 퍼졌다.

가장 많이 퍼지고 그럴듯한 소문은 민한당의 이광 후보와 2차 토론 일정을 잡는다는 것이었다. 1차 토론에서 카운터를 맞고 회생불능이 된 박상윤에게 '기회'를 준다는 소문이다.

강윤호가 후보실에서 박상윤과 마주 앉았다.

배석자는 자유당 선대위원장 한성환과 후보 보좌관 이정규, 최기수, 그리고 강윤호는 당 홍보실장 양명수가 수행했다.

인사를 마쳤을 때 고개를 든 강윤호가 박상윤을 보았다.

"당 후보님의 말씀을 전해드리려고 온 겁니다."

그러자 박상윤의 얼굴에 쓴웃음이 떠올랐다.

"나 이제 TV 토론 안 할 겁니다. 국민들이 웃겠지만 더 망신당하지는 않겠어."

"후보님."

당황한 강윤호가 앞쪽 수행원들을 보았다.

그러나 강윤호와 시선을 마주치는 사람이 없다. 모두 얼굴이 구겨진 채 외면하고 있다.

그때 강윤호가 헛기침을 했다.

"후보님, 우리 후보님 말씀은 다른 겁니다. 토론 일정 말씀드리려고 온 것이 아닙니다."

"그럼 뭡니까? 언론에는 다 그렇게 보도되었던데."

"그거야 언론은 제멋대로 자극적인 내용만 내놓은 것이죠."

강윤호가 고개를 들고 박상윤을 보았다.

"후보님의 제의를 전해드리겠습니다."

방 안이 조용해졌고 강윤호의 말이 이어졌다.

"후보님께서는 박 후보님이 다음 정권에서 국무총리를 맡아주시기를 바라고 계십니다."

"잠깐만."

박상윤이 손을 들어 강윤호의 말을 막았다.

"지금 무슨 말씀을 하시는 겁니까? 내가 국무총리를 맡으라구요?"

"예, 공식 제의를 하셨습니다."

강윤호가 정색하고 박상윤을 보았다.

"제가 먼저 후보님께 말씀을 드리고 나서 공식 발표를 하는 것이 예의일 것 같아서요."

"허, 이런. 기가 막혀서."

"물론 박 후보님께서 대통령에 당선되실 수도 있겠지요. 하지만 우리 이광 후보께서 대통령이 되시면……."

"그만하시오."

다시 말을 막은 박상윤의 표정이 엄격해졌다.

"난 그런 쇼에 넘어가지 않겠습니다. 제의를 하건, 발표를 하건, 당신들 마음대로 하시고……."

어깨를 부풀린 박상윤이 말을 이었다.

"난 거부하겠습니다. 그렇게 전하시오."

강윤호가 당사를 나갔을 때 현관 앞까지 따라 나갔던 보좌관 최기수가 계단을 오르던 이정규의 소매를 잡았다.

"나 좀 봐."

고개를 돌린 이정규를 2층 복도 끝 쪽으로 데려간 최기수가 말했다.

"너무 강하게 반발하는 거 아냐? 그것이 오히려 역효과를 낼 것 같은데."

"내 생각도 그래."

이정규가 한숨을 쉬고 나서 말했다.

"그렇게 질색을 하고 걷어차다니. 그냥 웃고 넘길 수도 있을 텐데."

"이광 씨가 빈말을 할 사람도 아니니까 진짜 총리로 임명할지도 몰라."

"그럼 잘된 거지. 부통령제지만 총리는 제2인자야."

"곧 민한당 선대위에서 공식 제의를 하면 우리도 답변을 해야 할 테니까, 우리가 수위를 조절해야 돼."

서로의 시선을 잡은 둘이 동시에 고개를 끄덕였다.

이것이 당심(黨心)이다.

오후 3시에 러시아 총리 메데네프가 민한당 당사로 이광 대선 후보를 방문했다.

공항에 도착하고 나서 바로 이광에게 온 것이다.

공항에 마중 나갔던 외교부 장관 정천석은 당황해서 도중에 빠졌다. 이광의 선거 운동에 공무원이 영향을 줄 것을 우려했기 때문이다.

그래서 메데네프에게 완곡하게 이광행(行)을 만류했지만 막무가내였다. 역시 푸틴의 꼬붕답다.

메데네프는 주한 러시아 대사 안토노프와 함께 이광의 선대위로 찾아온 것이다.

물론 뒤를 수백 명의 내외신 기자들이 따르고 있다.

"각하."

이광을 본 메데네프가 두 팔을 벌리며 다가왔다.

메데네프는 러시아 총리가 되기 전에 '러시아 가스' 총재를 지낸 경제인이다.

53세, 억만장자. 메데네프는 '러시아 가스' 총재가 되기 전에 '유니온 석유' 전무를 지냈다.

그때 리스타의 자금 지원을 받은 '유니온 석유'가 러시아 제1의 가스 업체인 '러시아 가스'로 성장한 것이다. '유니온 석유'에서 리스타의 자금 지원을 끌어들인 공으로 메데네프는 '러시아 가스' 사장이 되었고 억만장자가 된 것이다.

메데네프의 어깨를 감싸 안은 이광이 귓속말을 했다.

"메데네프, 잘 왔어."

"푸틴 대통령께서 제가 아예 서울에 묵으면서 선거를 도우라고 하셨습니다."

"아이구, 그러면 되나?"

메데네프의 어깨를 안은 채 이광이 쓴웃음을 지었다.

그것을 모든 TV 방송국에서 다 찍었다.

방송은 메데네프의 방한 소식뿐만 아니라 이광이 박상윤에게 총리를 제의한 사실까지 보도했다.

"박상윤 총리는 빅 카드야."

대통령 유준상이 웃음 띤 얼굴로 국정상황실장 오대근에게 말했다.

"이 후보가 잘 선택했어."

"여론도 호의적입니다."

오대근이 말을 이었다.

"특히 자유당원, 당직자들도 대환영입니다. 선거에서 패해도 살아나게 되니까요."

"그렇지."

유준상이 풀썩 웃었다.

"선거에서 지면 거지가 되는데 이건 총리로 급부상한 셈이니까."

"당사자인 박상윤 씨만 길길이 뛰면서 반대하는 상황입니다."

"그 고집으로 끝까지 밀고 나갈 수는 없을걸."

의자에 등을 붙인 유준상이 길게 숨을 뱉었다.

비서실장이면서 러닝메이트였던 윤필성 사건의 충격이 조금씩 지워지고 있는 상황이다.

청와대의 집무실 안, 오후 5시가 되어가고 있다.

그때 오대근이 고개를 들고 유준상을 보았다.

"대통령님, 내일 메데네프 총리 접견은 오전 11시로 결정했습니다."

"그러지."

"언론에서는 메데네프가 이 후보부터 방문한 것을 모두 대서특필하고 있습니다."

유준상은 웃음만 띠었고 오대근이 말을 이었다.

"특히 KSC는 메데네프가 이 후보에게 귓속말한 것을 그대로 방송해버렸습니다. 그것이 특종이 되었습니다."

"특종감이더군. 나도 2번이나 보았어."

유준상이 얼굴을 펴고 웃었다.

메데네프와 이광의 귓속말이 방송을 탄 것이다.

"메데네프, 잘 왔어."

"푸틴 대통령께서 제가 아예 서울에 묵으면서 선거를 도우라고 하셨습니다."

"아이구, 그러면 되나?"

이렇게 주고받은 내용이 방송을 탄 것이다.

유준상이 말을 이었다.

"메데네프가 이 후보의 위상을 대통령 급으로 순식간에 올려준 거야."

"이 후보 덕분에 6개국 정상회담이 대통령님 임기 안에 성사될 것 같습니다."

오대근이 마무리를 했다.

다음 날 오전 민한당 대선 후보 이광이 카메라 앞에 섰다.

유세 중에 기자들의 질문에 대답하는 형식이다.

"어제 부통령 후보 강윤호 씨가 자유당 후보 박상윤 씨에게 총리를 제의했는데요. 후보님의 제의를 전한 것 맞습니까?"

기자가 묻자 이광이 정색했다.

"그렇습니다."

"박상윤 후보는 거부했다는데요. 이 후보는 어떻게 생각하십니까?"

"제가 이 기회에 다시 한 번 박상윤 후보에게 제의합니다."

정색한 이광이 말을 이었다.

"저는 박 후보님의 경륜, 국정 전반에 대한 해박한 지식, 그리고 자유당 의원 및 당직자들의 힘까지 필요합니다."

숨을 고른 이광이 화면을 똑바로 노려보았다.

"선거가 끝나면 나는 모든 인재를 모든 곳에서 골라 국정에 참여시킬 것입니다. 그것을 박상윤 후보께 먼저 약속하는 것입니다."

"선거 끝났구만."

장안평의 삼겹살 식당에서 TV를 보던 홍학수가 앞에 앉은 김진기에게 말했다.

둘은 골수 자유당원이다.

술잔을 든 홍학수가 얼굴을 펴고 웃었다.

"이제 자유당 표가 다 이광한테 가겠다. 압도적으로 당선되겠어."

"뭐, 그러지 않아도 이광이 되겠던데. 총리까지……."

김진기가 삼겹살을 집으면서 말했다.

"투표율이 뚝 떨어지겠는데. 하나마나한 선거가 되겠어."

"그래도 투표는 해야지. 난 이광을 찍겠어."

"이런 배신자."

"박상윤을 총리로 임명하는데 뭐가 배신이냐? 투표를 안 하는 네가 배신 자지."

말문이 막힌 김진기가 이광을 욕했다.

"물귀신처럼 왜 박상윤을 끌고 들어가지?"

그때 한 모금 술을 삼킨 홍학수가 말했다.

"이번 선거는 개판이야. 이광이 스펀지처럼 다 빨아들이고 있어."

과연 그렇다.

신한당 후보였던 이광이 여당인 민국당 후보 유준상과 합당을 하더니, 이제 는 자유당 후보를 선거 후에 총리로 기용하겠다는 '수'를 둔 것이다.

당선이 거의 확실시되는 상황이라 이제는 자유당까지 끌려들고 있다.

이곳은 부산 해운대의 바닷가 '초량식당' 안.

이광이 원탁에 둘러앉은 남녀를 보았다. 모두 20대로 7명.

이광은 수행실장 김훈과 동행이다.

초량식당은 생선회에 소주를 파는 해물식당으로 손님은 그들까지 포함해서 10여 명이다. 왼쪽 테이블의 4명은 이광의 수행단이니 손님은 대여섯 명뿐이다.

오후 7시, 오늘 회동은 이광과 '20대와의 만남'으로 선대위원회에서 주선한 것이다.

그때 이광이 고개를 들고 주위를 둘러보았다.

"나하고의 대담을 위해 준비들을 좀 하셨겠죠?"

부드러운 표정.

그때 청년 하나가 입을 열었다.

"취업난이 심각해져서 전 3년째 취업을 못 하고 있습니다. 앞으로 어떻게 살 아야 할지, 결혼은 생각지도 못하고 있는 상황입니다. 후보님께서 조언을 해주시면 고맙겠습니다."

청년의 시선을 받은 이광이 고개만 끄덕였다.

그러자 여자 하나가 나섰다.

"저는 2년째 개인회사에 다니는데 제 월급으로는 저축도 못 하고 겨우 생활비만 되는 실정입니다. 미래에 대한 희망이 일어나지 않아요."

이광이 다시 고개를 끄덕였을 때 이번에는 다른 사내가 말했다.

"정부에서 청년을 위한 직업훈련원을 만들어서 각 분야별로 취업률을 높여주면 좋겠어요. 대학을 나와도 전문직에 취업할 기회가 적습니다."

모두 심각하고 가라앉은 분위기다.

이광이 젓가락을 들면서 말했다.

"자, 우선 회부터 먹읍시다. 싱싱할 때 먹어야죠."

회를 먹으면서 청년 하나가 또 건의했다.

"선거 때마다 공약과 청년 일자리가 쏟아졌다가 선거가 끝나면 사라집니다. 정부의 일자리 대책, 청년 지원 방안이라는 것을 믿을 수가 없습니다. 근본적인 대책과 책임 있는 자세가 필요합니다."

이광은 여전히 듣기만 했다.

때로는 끄덕이고 가끔 감탄사를 뱉었지만 말을 내놓지는 않았다.

청년 남녀는 모두 7명이었다. 서로 번갈아서 마음껏 말하는 바람에 두 시간이 지났을 때는 모두 진이 빠진 것처럼 어깨가 늘어져 있다.

그때 이광의 눈짓을 받은 김훈이 입을 열었다.

"잘 들었습니다. 후보님이 많이 참고하셨을 것입니다."

김훈의 인사가 끝났을 때 이광이 자리에서 일어났다.

따라 일어선 청년들을 둘러본 이광이 고개를 끄덕이며 말했다.

"고맙습니다. 많이 배우고 갑니다."

돌아가는 차 안에서 김훈이 옆에 앉은 이광을 향해 조심스럽게 물었다.

"후보님, 두 시간이 넘도록 듣기만 하시고 한마디도 조언이나 충고도 해주시지 않으셨는데요."

김훈이 말을 이었다.

"청년들도 그것을 느끼고 있지 않을까요?"

"알고는 있겠지."

이광의 얼굴에 웃음이 떠올랐다.

"실컷 퍼부었고 많이 들었어. 내가 많이 배운 거야."

"낯이 뜨거워서 혼났습니다."

"내가 해줄 조언은 없어. 덕분에 청년들의 고충을 배운 거지."

이광이 말을 이었다.

"앞으로 많이 들어주도록 하겠어."

김훈이 입을 다물었다.

다른 사람들 같으면 몇 마디 듣고 그만큼 대답을 해주었을 것이다. 그것이 당연한 자세다.

그때 고개를 든 이광이 김훈을 보았다.

"저 청년들, 당원은 아니지?"

"아닙니다."

놀란 김훈이 바로 대답했다.

"당 게시판에 모집 공고를 내고 나서 랜덤으로 고른 겁니다. 사전에 말을 맞추지도 않았습니다."

"그렇다면 다행이야."

이광이 말을 이었다.

"나한테는 각본을 짠 연극을 하면 안 돼. 날 모욕하는 거야."

"알겠습니다."

숨을 들이켠 김훈이 정색하고 이광을 보았다.

"각 팀에도 전달하겠습니다."

그런데 그것이 과연 가능한 일인가?

정상회담 일정이 잡혔다.

물론 이광은 한국 대표가 아니다. 대통령 유준상이 정상회담의 초청국 대표로 미, 일, 중, 러, 북한 정상들을 맞는다.

회담일은 대선 15일 전인 2월 10일.

대선 2주일 전에 5개국 정상들이 서울에 오는 것이다, 대선 2주일 전에!

"대선은 끝난 것 같습니다."

자유당 후보 박상윤의 보좌관 이정규가 한숨을 쉬면서 말했다.

"여론 조사에서 역대 최고 차이로 승부가 결정 날 것 같다는 겁니다."

"빌어먹을 여론 조사."

선대위원장 한성환이 외면한 채 말했다.

"여론 조사 기관들을 없애야 돼."

"그렇죠. 여론 조사가 없었을 때 선거가 흥미진진했지요."

"여론을 조작하고 있어."

"조사 기관이 없었을 때는 바람이 먹혔지요, 입소문이 선거를 좌우했으니까요."

"신문이나 방송에서 한 방 터뜨리면 결정적이었지. 여론 조사 결과에 매달리지 않아도 되겠어."

그때 후보 비서 안행수가 방으로 들어와 말했다.

"후보님이 보자고 하십니다."

자유당 후보 박상윤이 방으로 들어선 한성환과 이정규를 맞는다.

오전 11시 반.

박상윤은 오후에 전라도로 내려가 1박 2일의 유세를 할 계획이다.

둘이 앞쪽에 앉았을 때 박상윤이 고개를 들었다.

"자유당에서 입장문을 발표하도록 합시다."

"무슨 입장문 말입니까?"

한성환이 묻자 박상윤이 쓴웃음부터 지었다.

"이번 정상회담을 환영한다는 입장문을 내는 겁니다."

"……."

"북핵 문제에 대한 정상회담 아닙니까? 더구나 당사자인 북한의 김정은이 참석한다는데 환영한다는 입장은 보여야겠지요."

"……."

"이것으로 민한당은 결정적인 승기를 잡게 되겠지만 말입니다."

"알겠습니다."

대답은 이정규가 했다.

박상윤의 가슴께에 시선을 준 채 이정규가 말을 이었다.

"대변인을 통해 바로 발표하겠습니다. 원고 초안을 유세 가시기 전에 보여 드리지요."

"아니, 내가 볼 것 없습니다. 한 위원장께서 결재해주시고……."

고개를 든 박상윤이 둘을 번갈아 보았다.

"발표문에 우리 자유당도 이번 회담에 적극 협조하겠다는 약속까지 넣어주세요. 그래야만 합니다."

국가를 위해서 당연한 일이지만 둘은 침묵했다.

이제는 여론 조사 따위는 떠오르지 않았다.

어디, 핵 폐기가 여론 조사로 결정되는 일인가?

1주일 후.

정상회담 1주일 전, 대선 3주일 전.

이광의 리스타에 관한 '3대 의혹' 혐의가 검찰 수사 결과 무혐의로 판명되었다.

그것은 일본 총리실 안보실장 다께다의 '자백'이 결정적이었다. 일본 수사당국에 자수한 다께다가 그것을 자신이 지휘한 '극비팀'의 작전이었다고 자백했기 때문이다.

따라서 세금 포탈, 마약 사업, 여성 편력 등 3대 의혹은 무혐의로 판명, 종결되었다.

이것으로 일본 총리 가토는 1주일 후의 정상회담에 홀가분한 모습으로 참석하게 되었다.

"흥, 일본 놈들 하는 짓이란"

한국 검찰의 수사 결과 발표를 TV로 본 김정은의 첫 일성이다.

오후 1시 반, 주석궁의 접견실 안.

주위에는 김여정과 이동욱 그리고 무력부장 조경만까지 셋이 둘러앉아 있다.

김정은이 말을 이었다.

"이제 일본 놈 시대는 끝났어."

"그렇습니다."

김여정이 맞장구를 쳤다.

무력부장 조경만은 감히 입술을 떼지 못한다.

"그런데 이번에 내가 서울에 가면 이 후보를 만나야겠는데."

고개를 돌린 김정은이 이동욱을 보았다.

"어때? 동무가 연락해봐."

"예, 각하."

"내가 정상회담에 가서 가장 먼저 만나고 싶다고 해."

"예, 각하. 연락하겠습니다."

"그러고 나서 대통령을 만나 핵 문제를 협상하면 되겠지."

김정은의 얼굴에 웃음이 떠올랐다.

"내가 서울에 가는 건 이 후보 때문이니까."

다음 날, 이광의 전화가 왔다.

김정은이 대동강 변의 초대소에서 전화를 받는다.

오후 3시 반, 만 하루 만이다.

"아이구, 후보님. 요즘 고생 많으시지요?"

반색을 한 김정은의 목소리가 높아졌다.

"어제 TV 보았습니다. 잘 해결되었더군요."

"고맙습니다, 각하."

이광의 목소리도 밝다.

"그런데 각하, 서울 오시면 저 만나실 기회가 없을 것 같습니다. 선거 때 중립을 지켜야 되어서요."

"아, 그것 참."

김정은이 혀를 찼다.

"그럼 제가 이 후보님 만나고 나서 그 자유당 후보를 만나면 되지 않을까요?"

"아, 그것은……."

"가서 인삼차나 한 잔 마시고 오지요."

"각하, 아무래도 문제가 될 것 같습니다."

"좋습니다. 그러지요. 그럼 대선 끝나고 만나십시다."

"알겠습니다."

"1주일 후에 서울 가서 만나고 싶었는데 안타깝군요."

그러나 김정은의 표정은 밝다. 반가운 사람은 목소리만 들어도 기쁘다.

6국 정상회담.

이것이 한국 대선 직전에 여당 후보의 제안과 초청으로 열리게 되었다.

이것은 세계적인 토픽 뉴스다. 사상 초유의 사건인 것이다.

미, 일, 중, 러의 정상이 이틀 사이에 주르르 서울에 도착하더니 맨 나중에 북한의 김정은이 등장했다.

서울 공항에 영접나간 대통령 유준상을 만난 김정은이 웃음 띤 얼굴로 말했다.

"대통령 각하, 핵 폐기 문제를 각하 임기 안에 결정하기는 어렵지 않겠습니까?"

은근하게 말하는 바람에 주위의 수행원들은 듣지 못했다.

지금 둘은 의장대를 사열하고 잠깐 연단 앞에 서 있는 참이다.

"아, 그건."

사방의 시선이 모였기 때문에 유준상이 약간 당황했다.

"그건 좀 있다 이야기하시지요."

"그러지요. 차 안에서."

김정은은 마음 내키는 대로, 시간, 장소에 구애받지 않고 말을 내놓는 성품이다.

그래서 겨우 고개를 끄덕인 김정은이 인사말을 하려고 연단으로 올라갔다.

시내로 들어가는 차 안.

유준상과 김정은이 나란히 앉아 있다.

그때 김정은이 유준상에게 말했다.

"사흘 동안의 6국 정상회담에서 핵 폐기를 결정할 수는 없습니다. 그렇지 않습니까? 보상 문제도 있으니까요."

"그렇지요."

유준상이 고개를 끄덕였다.

"사흘 만에 끝낼 수는 없지요."

"그럼 그 결과를 후임 대통령이 맺어야 될 것 아닙니까?"

"그래야 될 것 같습니다."

그러자 김정은이 정색하고 유준상을 보았다.

"그럼 각하께서 후임 대통령에게 그 결과를 맡겨야 되겠습니다."

그것이 이광이다.

유준상이 이광을 언급하면 대통령 당선은 맡아놓은 셈이다.

6국 핵 폐기 정상회담. 전 세계의 이목이 모인 회담이다.

회담의 주인공은 당연히 당사자인 북한의 주석 김정은. 매시간 TV 화면에 등장하는 김정은의 한마디, 한마디가 전 세계로 보도되고 있다.

"그렇습니다. 핵무기는 전 세계에 재앙을 불러일으킬 수 있습니다."

첫날은 이런 분위기의 '코멘트'가 10여 번 방송을 탔다. 물론 세계로.

그리고 둘째 날.

"우리는 막대한 자금을 투입하여 핵을 완성했습니다. 그래서 핵을 폐기시키려면 그 보상이 있어야 될 것 아니겠습니까?"

이런 코멘트를 여러 번 날리더니 셋째 날, 6자 회담에서 협상 대표 격인 미국 대통령이 중간발표를 했다.

"우리는 핵 보유 당사국인 북한과 보상금을 합의하기로 결정했습니다. 보상금액은 '보상금 합의 위원회'를 구성, 합의할 것입니다."

이제 보상 금액만 합의하면 '북한 핵'은 종결되는 것이다.

"일본 총리가 면담 신청을 했는데요."

안학태가 말하자 이광이 고개를 들었다.

오후 4시, 정상회담 3일 차.

오늘 오후 6시에는 회담이 끝날 예정이다.

"무슨 일이야?"

"지난번, 총리실 사건에 대한 사과를 하고 싶다는데요."

"……"

"지금이 대선 기간이지만 일본 총리실 사건에 대한 사과라니까 후보님이 만나실 명분이 있습니다."

"그런가?"

"만나시지요. 언론에 보도해도 좋다고 일본 측에서 말했습니다."

"……"

"이것으로 공식적인 사과도 하면서 정리를 하려는 것 같습니다."

그때 고개를 든 이광이 안학태를 보았다.

"박상윤 후보한테 연락해."

보좌관 이정규가 방으로 들어섰을 때는 그로부터 30분쯤 후다.

"민한당 후보 수행실장한테서 연락이 왔습니다."

박상윤이 고개를 들었고 이정규가 말을 이었다.

"일본 총리가 이광 후보한테 사과를 하러 온다고 합니다. 그래서 이광 후보가 후보님을 초대하셨습니다."

"무슨 말야?"

"이광 씨가 후보님께 총리를 같이 만나자고 한 겁니다."

"나를? 왜?"

"그것이 형평성이 있다고 생각하는 것이겠지요."

"……."

"거부할까요?"

그때 박상윤이 고개를 들었다.

"가겠다고 해."

오후 7시 반에 일본 총리 가토가 민한당 당사로 찾아왔다.

당사 현관 앞에는 민한당 대선 후보 이광과 자유당 후보 박상윤 둘이 서서 가토를 맞는다.

그래서 TV를 보던 시민들은 이곳이 자유당 당사인지 민한당 당사인지 헷갈렸다.

TV는 생방송으로 이 장면을 보도하고 있다.

이광과 박상윤의 안내를 받고 가토는 당 후보실로 들어섰다.

대표실 안에는 이광과 박상윤, 가토 셋이 둘러앉았고 수행원들은 뒤쪽에 자리 잡았다.

가토는 58세. 자민당 당수 출신으로 가토파를 이끌고 있다.

수행원은 외교 장관 다무라. 이광과 박상윤은 제각기 선대위원장 한창열과 한성환이 제각기 보좌관들과 앉아 있다.

그때 가토가 입을 열었다.

"우리 총리실에서 사건을 만들어 후보님을 음해했습니다. 이것에 대한 공식 사과를 드리려고 온 것입니다."

"사건은 심히 유감이지만, 총리님의 사과를 받아들입니다. 용기 있는 사과에 감명 받았습니다."

이광이 웃음 띤 얼굴로 말을 이었다.

"잘 오셨습니다."

"앞으로 일·한 관계가 좋아지기를 기대합니다."

그때 이광이 고개를 돌려 박상윤을 눈으로 가리켰다.

"자유당 후보이신 박상윤 후보께도 덕담 한마디 해주시죠."

통역을 통해 그 말을 들은 가토가 빙그레 웃었다.

"같이 계신다고 들어서 덕담을 준비했습니다. 자유당과 우리 일본 자민당은 유대가 깊습니다. 부디 선전하시어 좋은 결과 맺기를 기대하겠습니다."

"감사합니다."

박상윤도 얼굴을 펴고 웃었다.

"곧 다시 뵙게 되겠지요."

그때 이광이 말을 이었다.

"그렇죠. 우리는 자주 만나야 합니다."

인사와 사과를 마친 가토가 당사를 나갔을 때는 30분쯤 후다.

정상회담이 끝난 터라 가토는 밤 비행기로 일본으로 떠나는 것이다. 도쿄까지는 2시간밖에 안 걸리는 이웃나라다.

가토를 배웅한 이광과 박상윤은 다시 방으로 돌아왔다. 이제 방 안에는 이광과 박상윤을 중심으로 수행원들이 둘러앉았다.

그때 박상윤이 입을 열었다.

"자유당 입장은 당원, 당직자, 의원들의 중지를 모아야겠지만 제 입장을 말씀 드리지요."

숨을 들이켠 박상윤이 길게 뱉고 나서 말을 이었다.

"저는 후보께서 제의하신 국가 공동 경영에 찬성합니다. 저는 각하가 대통령에 당선되시면 적극적으로 국가 경영에 협조하겠습니다."

모두 숨을 들이켰다.

이것은 박상윤이 이광 행정부의 총리가 되는 것을 수락한 것이나 같다.

박상윤이 말을 마쳤을 때 이광이 고개를 끄덕였다. 얼굴에 웃음이 떠올라 있다.

"감사합니다."

그러고 나서 2주일이 순식간에 지났다.

대선 날이 된 것이다.

아침부터 투표소 앞에는 시민들이 길게 줄을 섰다.

오전 12시 정각의 투표율은 48퍼센트, 예상보다 높은 투표율이다.

"예상 투표율은 66퍼센트입니다."

이곳은 이태원의 저택 안.

응접실에서 수행실장 김훈이 보고했다.

지금 이광의 러닝메이트 강윤호가 당사 상황실에 앉아 개표 현장을 지켜보고 있다.

"후보님, 당사로 나가 보시지요."

김훈이 말했을 때 이광이 고개를 끄덕였다.

"투표가 끝났을 때 가지."

"국민들이 벌써 열광하고 있습니다."

"그런가?"

"열기가 식을 줄 알았는데 투표율이 이렇게 높을 줄 몰랐습니다."

김훈의 얼굴은 상기되어 있다.

"역사상 유례없는 압도적인 표차로 당선되실 것입니다."

선거 다음 날 오전 8시.

선거 결과가 발표되었다. 공식 발표다.

이광은 72퍼센트의 지지를 받아 압도적인 표차로 대통령에 당선되었다.

경쟁자인 박상윤은 21퍼센트였다.

이광이 우여곡절 끝에 대한민국 대통령이 된 것이다.

아침 일찍 당사에 나온 이광이 환호하는 당원, 지지자들을 향해 허리를 숙여 인사를 했다.

그것이 TV 화면에 비치었다.

당사에서의 당선 인사.

"감사합니다, 당원 동지 여러분. 고생하셨습니다. 성원해주신 국민 여러분께 다시 한 번 감사의 인사를 드립니다. 이제 대한민국을 함께 건설해 나가십시다. 후손들에게 이 나라를 자랑스럽게 만들어서 넘겨줍시다."

목이 멘 이광이 말을 그치고는 다시 허리를 숙여 절을 하고 인사를 끝냈다.

당사 후보실로 당장 수많은 전화 연락이 왔지만 비서실장 안학태의 지휘하에 모두 차단시켰다.

안학태가 이광에게 말했다.

"한 달 동안의 대통령직 인수 기간이 있습니다. 그동안 쉬시지요."

"쉴 수가 있나?"

쓴웃음을 지은 이광이 안학태를 보았다.

용의주도한 성품의 안학태는 대통령직 인수위원회를 이미 구성해놓았다.

현 대통령 유준상이 적극 협력해줄 것이기 때문에 인수 작업은 무난하게 진행될 것이다.

안학태는 각 분야별 전문가, 전문 관료, 학자를 인수위원회에 배치시켜놓았다.

그때 이광이 입을 열었다.

"박 후보한테 내가 인사를 간다고 해. 그래, 오늘 중으로 약속을 잡아."

"알겠습니다. 인사를 간다고 말할까요?"

이광이 고개를 끄덕이자 안학태는 서둘러 방을 나갔다.

대통령에 당선된 이광의 첫 행보다.

"나한테 인사를?"

이맛살을 찌푸린 박상윤이 전화기를 고쳐 쥐었다.

박상윤은 지금 당사 대표실에서 안학태의 전화를 받는다.

오전 9시 반.

주위에는 간부들이 모여 앉아 있다.

"예, 후보님께서 인사를 드리려고 가신다는데요."

"무슨 인사는……."

박상윤의 얼굴에 쓴웃음이 번졌다.

그러나 박상윤은 '이광의 정권'에서 '국무총리직'을 제의받은 상황이다. 확답은 하지 않았지만 '긍정적'으로 받아들였던 박상윤이다.

이윽고 박상윤이 말했다.

"좋습니다. 오후 3시쯤 뵙지요."

기자들이 이 뉴스를 그냥 넘길 리가 없다.

약속한 3시에 기자들은 구름처럼 자유당 당사 앞에 운집해 있다가 이광을 가로막았다.

"위로하러 오신 겁니까?"

그런 질문이 날아왔고.

"박상윤 후보를 총리로 임명하실 겁니까?"

누군가 묻자 이광은 웃기만 하고 발을 떼었다.

뒤를 강윤호와 안학태가 따른다.

엘리베이터 앞에서 기다리고 있던 박상윤과 당 간부들이 이광을 맞는다.

"어서 오십시오."

웃음 띤 얼굴의 박상윤이 이광에게 인사를 했다.

"이렇게 안 오셔도 되는데요."

"드릴 말씀도 있어서요."

악수를 나눈 둘이 앞장을 서서 회의실로 들어섰고 양측 간부들이 뒤를 따른다. 회의실의 원탁에 양측 인사들이 둘러앉았다.

대통령 당선자가 당선 직후에 경쟁자를 찾아온 적은 역사상 처음이다. 전화로 위로하고 축하해 온 것이 고작이었다.

이광이 웃음 띤 얼굴로 앞쪽의 박상윤과 자유당 간부들을 둘러보았다.

모두 긴장된 표정이다. 박상윤도 마찬가지다.

그때 이광이 입을 열었다.

"대통령직 인수위원회가 거의 다 꾸려졌는데 인수위원장을 맡아주셨으면 합니다."

이광이 박상윤을 응시한 채 말을 이었다.

"그것을 부탁드리려고 온 것입니다."

"아, 이런."

놀란 박상윤의 눈동자가 흔들렸다가 곧 얼굴을 일그러뜨리며 웃었다.

"저를 놀라게 하시는군요."

"인수위원회가 오늘부터 가동되어야 할 테니까 부탁드립니다."

그때 안학태가 말했다.

"수락하시면 제가 도와드리겠습니다."

"알겠습니다."

마침내 허리를 편 박상윤이 정색하고 이광을 보았다.

"제가 인수위원장을 맡지요."

그러고는 자리에서 일어서더니 이광을 향해 고개를 숙였다.

"믿어 주셔서 감사합니다."

이것이 언론에 대대적으로 보도되었다.

특종이다.

자유당을 지지했던 사람들도 선거 패배에 대한 정신적 보상을 받았다.

이런 경우도 처음이다.

선거가 끝나면 패자 측은 엄청난 정신적 충격을 받았기 때문이다.

그날 저녁에 이광은 청와대로 초대되어 유준상과 저녁 식사를 했다.

배석자는 안학태와 국정상황실장 오대근, 정책실장 최영조다.

오늘 식사는 유준상이 초대한 것이다.

"박상윤 씨를 인수위원장으로 임명하신 것, 신선합니다."

된장국을 떠먹은 유준상이 웃음 띤 얼굴로 말했다.

"이제는 여야 구분이 없는 것 같은 상황이 되었습니다."

"그런가요?"

따라 웃은 이광이 유준상을 보았다.

"하지만 윤필성 부류는 아직 남아 있습니다. 갈 길이 멉니다."

"새롭게 태어나야지요."

"하지만 대통령님께서 이룩하신 과업은 계속 진행하겠습니다. 언제든지 여기 있는 안 실장한테 말씀해주시면 수용하지요."

"고맙습니다."

감동한 유준상이 얼굴을 펴고 웃었다.

"이렇게 전현(前現) 정권의 인수인계가 부드럽게 되는 경우는 처음일 것 같습니다."

이광이 고개를 들고 오대근과 최영조를 보았다.

"오 실장, 최 실장도 나하고 함께 일하면 좋겠는데. 비서실 소속으로 말요."

이광이 눈으로 안학태를 가리켰다.

"안학태 씨가 비서실장을 맡게 될 테니까 상의해보시도록."

"좋은 일이지요."

유준상이 고개를 끄덕이며 말했다.

"오 실장, 최 실장이 청와대 조직도 잘 알 테니까 도움이 될 것입니다."

당사자인 오대근과 최영조는 당황한 듯 굳은 표정으로 입을 열지 않았다.

돌아오는 차 안에서 이광이 안학태에게 말했다.

"다 끌어안을 거다."

안학태는 고개만 끄덕였고 이광이 말을 이었다.

"남쪽에서부터 다 끌어안고, 그다음은 북쪽이야."

민한당의 뿌리는 민국당이다.

민국당은 본래 좌파 성향으로 운동권 출신이 주류였고 그 후계자가 부통령 당선자인 강윤호다.

강윤호는 이광의 후광을 받아 부통령이 되어 호의적이지만, 완전히 심복한 것은 아니다.

이광과는 태생적으로 상극인 입장이다.

운동권의 후예인 강윤호는 철저한 자본주의 사업가인 이광에 대해서 체질적으로 거부감을 품고 있는 상황이다.

오후 7시 반.

강윤호가 이광의 수행실장이었던 김훈과 마주 앉아 소주를 마시고 있다.

이곳은 여의도의 일식당 '오사카' 방 안.

둘은 민국당의 3선 의원 출신으로 친한 사이다.

"앞으로 만나기 힘들겠는데."

술잔을 든 김훈이 웃음 띤 얼굴로 강윤호를 보았다.

"부통령 각하께서 바쁘실 테니까 말요."

"비꼬지 마."

한 모금 술을 삼킨 강윤호가 김훈을 흘겨보았다.

"부통령은 그림자야. 이제는 총리가 대통령 대행이야."

"그건 그렇군."

김훈이 고개를 끄덕였다.

"박상윤 씨가 인수위원장까지 맡게 되었으니까 날개까지 단 셈이 되었어."

그때 강윤호가 말을 이었다.

"내 역할이 없어. 난 대통령이 부를 때만 기다리는 벨보이 신세야."

"차라리 총리가 되는 게 낫겠구만."

"그런가?"

"지금 후보님이 대통령 만나러 가셨는데 이번에는 무슨 일이지?"

"대통령 초대니까 축하하는 자리겠지."

강윤호의 눈이 흐려졌다.

계속해서 소외감을 느끼는 것 같다.

오후 11시 반.

응접실에 앉아있는 이광의 옆으로 정남희가 다가와 앉았다.

이태원의 저택 안, 주위는 조용하다.

2층 저택은 이광의 서울 안가(安家)로 이제는 '대통령 당선자'가 되어서 경호원들의 보호를 받고 있다.

"나도 청와대로 들어가고 싶어요."

정남희가 정색하고 이광을 보았다.

"가서 세컨드 레이디 노릇이라도 해보고 싶어요."

"뭐? 세컨드 레이디?"

놀란 듯 이광이 눈을 크게 떴다가 정색하고 말했다.

"당신이 들어오면 당연히 퍼스트레이디지, 누가 뭐래?"

"혼자 괜찮겠어요?"

"불편하면 언제든지 부를 테니까."

이광이 정남희에게 리스타를 맡긴 것이다. 이제 정남희는 리스타랜드에서 리스타를 운영해야 한다. 1년 매출이 대한민국의 세금 규모를 상회하는 세계 최대 기업을 관리하는 것이다. 그러니 이광과 함께 청와대에서 지낼 수는 없다.

정남희가 입을 열었다.

"당신의 계획을 국민들이 안다면 놀라겠지요?"

"놀라겠지."

이광이 말을 이었다.

"아니, 실감하지 못한다는 표현이 맞을 거야."

"욕심 부리지 마세요. 서두르지 마시라는 말이에요."

정남희가 이광의 손을 잡았다. 부드럽고 따뜻한 손이다.

"리더는 외롭다고 하더군요. 저도 자주 느끼고 있어요."

"당연하지."

이광이 정남희의 손을 맞잡았다. 이런 말을 해주는 사람은 정남희뿐이다.

"책임이 따르기 때문이지."

"남북통일이 되면 그다음을 생각해야 되겠지요."

고개를 든 이광이 정남희의 어깨를 당겨 안았다.

정남희는 이광의 포부를 아는 것이다.

김정은의 축하 사절단이 도착했다. 바로 여동생 김여정이다.

당선 사흘째가 되는 날이다. 기다리고 있었던 김정은이 서둘러 김여정을 보낸 것이다.

이광은 당사에서 김여정을 맞았다.

오후 3시 반.

현관에서 기다리던 이광이 웃음 띤 얼굴로 김여정의 손을 잡았다.

"어서 오시오."

"축하드립니다."

김여정도 환하게 웃었다.

이광과 함께 대표실로 들어선 양측은 소파에 둘러앉았다. 보도진을 내보내고 양측만 남았을 때 김여정이 이광을 보았다.

"각하, 지도자 동지께서 축하의 말씀과 함께 북남관계 개선을 위해 모든 협조를 해드릴 것을 약속하셨습니다."

"감사합니다."

이광이 고개를 돌려 옆에 앉은 강윤호를 눈으로 가리켰다.

"앞으로 대북관계는 여기 있는 강윤호 부통령 후보가 맡으실 겁니다."

그 순간 놀란 강윤호가 숨을 들이켰더니 상반신을 세웠다.

그때 김여정이 강윤호에게 웃음 띤 얼굴로 말했다.

"그럼 앞으로 저하고 자주 뵙게 되겠네요."

"잘 부탁합니다."

강윤호의 얼굴이 상기되었다.

이광 정권에서 가장 중요한 업무가 바로 대북 사업이다. 국민의 통일에 대한 열망이 치솟아 오르는 상황이었기 때문이다.

여의도에서 김훈과 신세 한탄했던 것이 머릿속에서 싹 지워졌다.

이곳은 도쿄. 총리실의 관저에서 가토 총리가 아소 부총리와 함께 밀담 중이다.

TV에는 이광과 김여정이 만나는 장면이 비치는 중이다.

가토의 눈짓을 받은 비서관이 리모컨으로 음 소거를 시켰을 때 아소가 말했다.

"북한이 저렇게 적극적으로 나오는 걸 보면 이광 임기 안에 성사가 될 것 같아."

가토는 눈만 끔벅였다.

아소 다로는 부총리만 15년을 맡고 있는 정계 원로다. 가토의 대선배다. 그래서 가토는 아소를 후견인 겸 사부로 모시고 있다. 이렇게 둘만 있을 때는 아소가 가토에게 거침없이 반말을 한다.

아소가 말을 이었다.

"때가 온 것 같아, 가토."

"무슨 때 말입니까? 통일 말이지요?"

"분위기가 그래."

"남한 측 주도의 통일이겠지요?"

"당연하지."

"그럼 아소 선배, 북한 핵은 어떻게 합니까."

"그게 문제야."

이맛살을 찌푸린 아소가 눈을 가늘게 떴다.

"김정은은 절대로 핵을 놓지 않으려고 할 거야. 남한을 끌어들여 핵을 갖고 있으려고 하겠지."

"막아야 할 것 아닙니까?"

"우리가 지금까지 소극적으로 대처했는데 급해졌어."

아소가 말을 이었다.

"남북한이 통일되면서 핵까지 보유하면 당장 우리가 위험해."

"중국도 문제가 될 것 아닙니까?"

"바로 그거야."

아소가 목소리를 낮췄다.

"가토, 밀사를 시진핑한테 보내."

"시진핑한테 말입니까?"

"그래. 중국과 연합해서 남북한 공조를 막아야 돼."

아소가 말을 이었다.

"미국도 핵에 대해서는 우리를 지원해줄 테니까."

시진핑도 김여정의 서울 방문 장면을 TV로 보았다.

방 안에는 7, 8명의 당 간부들이 둘러앉아 있었는데 모두 가라앉은 분위기다.

천안문의 인민대회당 귀빈실 안이다.

정면의 대형 TV에서 김여정의 모습이 사라졌을 때 시진핑이 고개를 들어 위청을 보았다.

위청은 한국에 특사로 갔던 인물이다.

"북한과 한국의 교류가 급물살을 타겠는데."

주눅이 든 위청이 눈만 껌벅였을 때 총리 리커창이 입을 열었다.

"적극적으로 대처해야 될 것 같습니다."

"어떻게 말인가?"

"이번에는 대통령 당선 축하 사절을 보내는 것이지요."

리커창이 말을 이었다.

"고위급 인사가 가는 것이 낫겠습니다."

고개를 든 리커창이 힐끗 위청을 보았다.

위청보다는 고위급을 말하는 것이다.

그때 외교부장 왕창이 나섰다.

"주석 동지, 일본대사가 방문 신청을 해왔는데 그 일 때문인지 모르겠습니다."

시진핑의 시선을 받은 왕창이 말을 이었다.

"조금 전에 연락이 왔습니다."

"만나도록 하지."

바로 시진핑이 대답했는데 드문 경우다.

그만큼 마음이 급해졌다는 뜻이겠지.

그날 오후 7시 반.

이화원 근처의 안가에서 시진핑이 일본대사를 접견하고 있다.

배석자는 외교부장 왕창과 오무라.

오무라는 자민당 원내 부총무로 가토 총리의 심복이다.

인사를 마친 오무라가 시진핑을 보았다.

"주석 각하, 총리께서 남북한의 공동 핵 보유에 대비하는 중·일 연합전선의 설립을 제의하셨습니다."

오무라가 유창한 중국어로 말을 이었다.

"중·일이 연합하면 가능한 일입니다, 각하."

"그렇군."

시진핑이 고개를 끄덕였다.

"중국 측 실무 책임자로 여기 있는 왕창 외교부장을 임명하겠소. 일본 측은 누구요?"

"그것은 바로 연락드리겠습니다."

너무 빠른 승낙에 당황한 오무라의 얼굴이 붉어졌다.

"총리께서도 기뻐하실 것입니다."

"양국의 국익에 관계되는 일이니 결정은 빠를수록 좋지."

시진핑이 말을 이었다.

"물론 비밀 조직으로 가동되어야 할 거요."

"당연한 일입니다, 각하."

오무라가 기운차게 대답했다.

대한민국 대통령이다.

이번 대통령부터는 4년 중임제가 시행되기 때문에 연임을 하게 되면 8년 동안 집권하게 된다. 더구나 부통령제가 시행되어 미국과 같은 방식이다.

"각하, 지금 현 상황을 가장 경계하는 국가가 바로 중국과 일본입니다."

강윤호가 말했을 때 이광이 빙그레 웃었다.

"지금 일본과 중국의 고위층이 밀담을 나누고 있을 거야."

강윤호의 시선을 받은 이광이 말을 이었다.

"일본에서 베이징으로 밀사가 갔거든."

"누가 말입니까?"

"가토 총리의 심복 오무라."

"자민당 부총무 말씀이지요?"

고개를 끄덕인 이광이 강윤호를 보았다.

"리스타 정보국의 정보 보고를 받았는데 앞으로는 우리 국정원의 대외 기능을 대폭 증강시켜 놓을 거야."

"그래야죠."

강윤호의 두 눈이 반짝였다.

이곳은 민한당 당사 안. 후보실에서 이광과 강윤호가 앉아 있다.

그때 이광이 말을 이었다.

"난 후보 자격으로 미국에 가서 한·미 관계를 상의할 거야. 취임식이 한 달이나 남았는데, 여기서 기다리고 있을 수만은 없지."

"미국에 말씀입니까?"

"한 달 동안 인수위원회가 국내 일은 맡을 테니까 큰일은 없어."

"그렇죠."

"당신은 그동안 북한에 가서 김 위원장, 김여정 부장, 그리고 이동욱 보좌관까지 만나보도록 해."

"예, 각하."

어깨를 편 강윤호의 눈빛이 강해졌다.

"준비하겠습니다."

대업(大業)이다. 큰일을 맡게 되면 기운이 나는 법이다.

이동욱에게 이광의 대통령 당선은 본인의 성취처럼 느껴졌다. 감동은 그 이상이다.

지금은 남북 공존의 시대인 것이다.

북한의 지도자 김정은을 중심으로 당 간부 전체가 이광의 대통령 당선을 축하하는 분위기여서 감동이 배가된 것이다.

오후 3시 반.

이동욱이 숙소인 제9초대소로 돌아왔을 때다.

응접실로 들어선 이동욱이 눈을 크게 떴다.

처음 보는 여자가 서 있었기 때문이다.

"누구야?"

"저는 남기옥이라고 합니다. 부장 동지께서 보내셨습니다."

다가온 종업원에게 재킷을 맡긴 이동욱이 소파에 앉았다.

남기옥은 미인이다. 긴 머리가 어깨까지 닿았고 진주색 투피스 차림에 무릎 밑의 두 다리는 매끈하다.

이동욱이 눈으로 앞쪽 자리를 가리켰다.

"거기 앉아요."

"감사합니다."

자리에 앉은 남기옥이 단정하게 무릎을 모으고는 두 손을 얹었다.

이동욱이 물끄러미 남기옥을 보았다.

초대소에도 여접대원이 7, 8명 있는데 모두 미인이다. 그런데 남기옥은 눈이 떨어지지 않을 만큼 아름답다. 이동욱은 북한에 와서 질리도록 미인을 봐왔지만 이런 여자는 처음이다. 그래서 '순간적으로' 여자가 김여정 부장이 보냈다는 것도 잊어버렸다.

그때 여자가 입을 열었다.

"저는 보좌관님 비서로 임명되었습니다. 잘 부탁드립니다."

"내 비서라구?"

"네, 보좌관님."

이동욱이 호흡을 조정했다.

저런 섹시한 미녀를 매일 측근에 둔다는 것을 감당해낼 자신이 없기 때문이다.

행동대 출신인 이동욱의 장점이 자신의 한계를 아는 것이다. 그렇지 않았다면 이미 이 세상에 남아있지 않았을 것이다.

김정은의 보좌역이 되어서 이광과의 연락을 맡아왔지만 이제 상황이 변했다.

이광이 한국 대통령이 된 것이다. '리스타 회장' 이광이 아니라 '한국 대통령' 이광이다.

연락관 이동욱의 입장도 바뀌어야 한다.

그것에 대한 북한 측의 배려인가?

그때 남기옥이 말을 이었다.

"저는 김일성대 정치학과를 졸업하고 중국 베이징대에 유학을 다녀왔습니다. 그리고 나서 호위총국 특별반에서 1년간 특별 교육을 받은 후에 외교부 부속실 요원이 되었지요."

목소리가 마치 나무쟁반 위에 구슬이 굴러가는 것처럼 느껴졌다.

그런데 무슨 특별 교육인가, 혹시?

그때 남기옥의 옥 굴러가는 소리가 이어졌다.

"이번이 제 첫 임무입니다만, 열성을 다해서 봉사하겠습니다."

갑자기 이동욱의 머릿속이 후끈거렸고 숨이 가빠졌다.

이동욱이 남기옥을 보았다.

"그러니까 남기옥 씨는 공무원 신분이군. 외교부 직원이란 말이지?"

"그렇습니다, 보좌관 동지."

"결혼했나?"

"아닙니다."

남기옥의 화장하지 않은 우윳빛 볼이 금세 붉은 복숭아처럼 변했다.

"미혼입니다."

"그럼 앞으로 날 매일 수행하는 것이지?"

"네, 보좌관 동지."

"동무의 근무지는 이곳 초대소가 되겠구만, 그렇지?"

"예, 그래서 안쪽 방도 배정받았습니다."

"그렇군."

고개를 끄덕인 이동욱이 지그시 남기옥을 보았다.

남기옥이 '접대용' 여성이 아닌 것은 확실해졌다.

지금까지 이동욱은 여러 번 접대원의 유혹을 받았지만 정중하게 사양했다.

그러자 김여정도 더 이상 보내지 않았던 것이다.

"곧 남쪽에서 부통령 당선자가 올 거야. 그분께 보여줄 자료가 필요해."

"말씀하십시오."

"노동 인력 조사를 의뢰해왔어. 각 지역별 노동 인력 조사를 해줘."

"예, 보좌관 동지."

"핵 시설에 대한 자료도."

순간, 고개를 든 남기옥에게 이동욱이 쓴웃음을 지어 보였다.

"남측 최고위층만 알고 있어야겠지. 그건 북측에 맡긴다고 했어."

"알겠습니다, 보좌관 동지."

어느새 남기옥은 노트에 메모를 하는 중이다.

이동욱은 홀린 것 같은 시선으로 남기옥의 얼굴을 들여다보는 자신을 깨닫고는 시선을 돌렸다.

이런 경우는 처음이다. 마치 어린애가 신기한 장면을 본 것처럼 끌려간다.

그것을 의식한 이동욱의 얼굴에 쓴웃음이 떠올랐다.

여자를, 미인들을 한두 명 겪은 것도 아니지 않은가?

잠깐 이동욱은 뭘 잘못 먹었나 하고 떠올려 보았다.

"전쟁밖에 없어."

오채명이 말하고는 팔짱을 꼈다.

이곳은 베이징 서북쪽 교외의 주택가 안.

'골드타운'이라고 불리는 신 주택가인데 주로 고급 관리, 군 장성이 거주하고 있다.

그중 붉은색 벽돌로 지은 2층 건물의 1층 응접실 안이다.

그때 앞에 앉은 장평이 고개를 들었다.

"서해안의 연평도가 적당합니다. 그곳에 새로 배치된 제247포대가 연평도를 포격하는 겁니다."

장평은 사복 차림이지만 해방군 정보국장으로 상장이다.

장평이 말을 이었다.

"247포대장은 우리한테 매수된 인물입니다. 연평도에 방사포 1백 발만 내갈기고 바로 탈북을 하도록 시키지요."

"……"

"그렇게 되면 연평도는 절반쯤 폐허가 될 겁니다. 해병대 병력 절반쯤 사망하고 주민 수백 명의 사상자가 발생하면 남한군이 대응을 안 할 수가 없지요."

"……"

"김정은이 말릴 수도 없습니다. 남한군은 지금 대통령 교체 시기여서 명령 계통이 뒤죽박죽이 될 것이고 첫째로 군인들의 기강이 풀려 있습니다."

"남한이 어디까지 대응할까?"

"247부대가 주둔한 죽섬은 아예 분화구가 될 것이고 사령부가 있는 연포도 포격으로 무너뜨릴 겁니다."

"그럼 북한 3군단이 움직이겠군."

"남포에는 해군 전력도 있습니다. 구식이지만 120정이나 됩니다. 그놈들이 분계선을 내려오겠지요."

고개를 든 장평이 오채명을 보았다.

"여기까지 자동 매뉴얼입니다. 전시(戰時)에 최고위층 지시가 없더라도 자동 응전, 대응 계획이 그렇게 세워져 있습니다."

"남포의 해군 공격정 120정이 남하하는 것까지인가?"

"다음에는 북한군 공군이 떠야 하는데 그건 미미해서 남한과 상대가 안 됩니다."

"그때는 남한 전투기가 발진했겠지?"

"영해를 침범한 북한 해군 공격정을 불덩이로 만들겠지요."

"그 시점에서 양국 수뇌부가 전투를 중지시켜야겠군."

"예, 부주석 동지."

오채명이 고개를 끄덕였다.

66세인 오채명은 당 군사위 부주석으로 같은 상장이지만 장평의 대선배다.

당 서열이 8위. 그러나 공개석상에 나타난 적이 드물었기 때문에 '신비의 인물', 중국 군부의 막후 실력자로 불리고 있다. 중국 지도자 시진핑의 최측근으로

5년째 중국군을 이끌고 있다.

이윽고 오채명이 말했다.

"이광의 대통령 취임 전에 시행해."

"예, 부주석 동지."

어깨를 부풀린 장평이 번들거리는 눈으로 오채명을 보았다.

"247부대 지휘관들 가족부터 도피시켜야 합니다. 그래야 마음 놓고 작전을 수행할 테니까요."

"지휘관 하나면 되나?"

"정치장교, 참모장까지 셋입니다."

"보장은 해줬겠지?"

"예, 각각 베이징에 안가와 자본금 5백만 불씩 주기로 했습니다. 국가유공자 대우와 자동차, 자녀 학비까지 무상 지급해 주기로……"

"잘했어."

"탈출 계획까지 만들어줘야 안심하고 작전을 수행합니다."

"그래야지."

오채명이 눈의 초점을 잡고 장평을 보았다.

"기한은 언제가 낫겠나?"

"열흘만 주십시오, 부주석 동지."

"좋아. 열흘 후라고 보고하겠네."

고개를 끄덕인 오채명이 웃음 띤 얼굴로 장평을 보았다.

"나는 사후대책까지 수립해놓아야겠어."

강윤호가 평양에 도착했을 때는 오후 5시 무렵이다.

공항에는 이동욱과 외교부장 이영일이 나와 있었는데 성대한 의전행사를 준비했다.

의장대도 도열해 섰고 '관제 동원'이지만 수백 명의 '여성 동무'가 꽃다발을 흔들면서 환성을 질렀다.

만족한 강윤호가 이동욱에게 물었다.

"전에 이 대통령님, 아니 이 회장님이 오셨을 때도 이렇게 환영했습니까?"

"아뇨."

정색한 이동욱이 고개까지 저었다.

"저런 환영 인파는 없었습니다."

"어, 그렇군."

그때 이영일이 다가와 말했다.

"의장대를 사열하시지요."

"아, 예."

숨을 들이켠 강윤호가 이영일을 따라 의장대 쪽으로 다가갔다.

이동욱은 뒤에 남아서 기다렸다.

그때 옆으로 남기옥이 다가와 물었다.

"오늘 밤, 숙소에 접대원을 보낼까요?"

이동욱의 시선을 받은 남기옥의 눈동자가 흔들렸다.

"외교부 부속실에서 저한테 물어서요."

"보내라고 해."

"네, 보좌관 동지."

남기옥이 똑바로 이동욱을 보았다.

"부통령님은 제14초대소에 투숙하실 것입니다."

이동욱이 고개를 돌렸다.

남기옥도 외교부 부속실 소속이었던 것이다.

첫 임무라고 했지만, 전에 우간다 대통령이 왔을 때 방으로 보내졌는지 누가 알아?

강윤호와 김정은의 만남은 오후 8시에 제2초대소에서 이루어졌다.

현관에서 기다리던 김정은이 강윤호를 맞는다.

"어서 오시오."

강윤호의 인사를 받은 김정은이 손을 내밀어 악수를 청했다.

"당선을 축하합니다."

"감사합니다, 지도자 동지."

둘 다 웃음 띤 얼굴이고 부드러운 분위기다.

김정은과 함께 응접실로 들어온 강윤호가 자리에 앉았다.

상석에 앉은 김정은과 비스듬한 위치.

김정은은 김여정, 이영일을 좌우에 배석시켰고 강윤호 옆에는 이동욱이 앉아 있다.

그때 김정은이 말했다.

"앞으로 북남 관계가 급진전될 것입니다. 남측 책임자가 되셨으니, 책임이 막중하시겠어요."

"예, 지도자 동지. 막중한 책임을 느끼고 있습니다."

강윤호가 순순히 시인했다.

"하지만 무한한 영광이기도 합니다."

"그렇지요."

김정은이 옆에 앉은 김여정을 눈으로 가리켰다.

"여기 있는 김 부장이 우리 북측의 대남 관계 책임자요."

김여정은 웃음만 띠었고 김정은의 말이 이어졌다.

"김 부장이 경제 협력에서부터 핵 사업에 대한 것까지 모든 것을 책임질 것입니다. 그래서 오늘은 두 책임자가 처음 만나는 셈이지요."

"예, 열심히 노력하겠습니다."

역사에 남을 업무인 것이다.

강윤호의 의욕은 충천했고 김정은의 호의가 느껴졌기 때문에 에너지가 상승되었다.

이런 분위기라면 해볼 만하다.

그날 만찬을 마치고 초대소로 돌아왔을 때 함께 돌아온 이동욱에게 강윤호가 물었다.

"이 보좌관은 지금 어디에 계시오?"

"난 9초대소에 있습니다."

이곳은 제14초대소다. 오후 10시가 되어가고 있다.

응접실에 마주 앉은 둘에게 초대소 여직원이 마실 것을 내려놓고 돌아갔다.

강윤호는 만찬 때 마신 '백두산주' 때문에 얼굴이 상기되어 있다.

"보좌관은 위원장님의 신임을 받고 계시는군요."

강윤호가 웃음 띤 얼굴로 말을 이었다.

"들은 것보다 더 신임하고 계시는 것 같았습니다."

만찬 석상에서도 김정은이 수시로 이동욱에게 의견을 묻고 들었던 것이다.

오늘 김정은과의 만남에서 확인된 사실 중 하나가 이동욱의 위상이다. 그것을 김정은이 강윤호에게 보여준 것이다.

그때 이동욱이 자리에서 일어섰다.

"자, 그럼 편히 쉬십시오."

다음 날 오전.

이동욱이 초대소 식당으로 나왔을 때는 오전 8시 정각이다.

기다리고 있던 남기옥이 자리에서 일어났다.

이동욱이 테이블에 앉자 남기옥이 앞쪽에 앉았다.

"어젯밤, 강윤호 씨 방에 접대원이 들어갔습니다."

시선을 내린 남기옥이 말을 이었다.

"접대원은 조금 전에 방에서 나왔습니다."

"잘됐군."

이동욱이 고개를 끄덕였다.

"호의를 받아들인 거야, 악의가 없는 대접이었으니까."

그때 접대원이 아침 식사를 가져왔기 때문에 남기옥이 자리에서 일어섰다.

"아, 잠깐."

이동욱이 남기옥에게 말했다.

"같이 아침 먹지."

도로 자리에 앉은 남기옥에게 이동욱이 말을 이었다.

"오늘 강윤호 씨는 원산, 회령 지역 시찰을 나갈 테니까."

북한 측 안내인을 따라 강윤호가 북한 지역을 시찰하는 것이다.

이동욱은 수행하지 않는다.

강윤호의 수행단 급은 아닌 것이다.

이광의 출국 전날 밤에 청와대 국정상황실장 오대근이 찾아왔다.

대통령 유준상의 밀서를 가져온 것이다.

오후 8시 반, 이곳은 이태원의 저택 응접실 안.

"대통령께서 부시 대통령에게 보내는 친서를 주셨습니다."

오대근이 탁자 위에 밀봉한 봉투를 내려놓았다.

이른바 '친서'다.

고개를 끄덕인 이광이 봉투를 받아 들었을 때 오대근이 말을 이었다.

"그리고 저도 후보님을 수행하도록 허락하셨습니다."

이광이 유준상에게 요청한 것이다.

"잘됐군."

이광이 밝아진 얼굴로 옆에 앉은 안학태를 보았다.

"여기 있는 안 실장이 당신을 다음 정권에서도 국정상황실장으로 일했으면 좋겠다는데, 어때?"

그때 오대근의 얼굴이 붉어졌다.

"새 술은 새 부대에 담아야 되지 않겠습니까?"

"난 새 술이 아냐. 그리고 새 부대도 싫어, 오 실장."

정색한 이광이 말을 이었다.

"유 대통령의 정책 중 이어 받을 것은 이어받아야 돼. 그리고 청와대 실정을 가장 잘 아는 측근이 필요해."

그러자 안학태가 거들었다.

"오 실장, 내가 후보님께 건의했네. 나하고 같이 일하세."

"감사합니다."

오대근이 상기된 얼굴로 고개를 숙였다.

"영광입니다. 열심히 봉사하겠습니다."

CIA 부장 매크레인의 보고를 받은 부시가 고개를 기울였다.

"중국이 그렇게까지 할 수 있을까?"

"가능합니다."

매크레인이 단정 짓듯 말했다.

백악관 오벌룸 안.

지금 매크레인은 긴급 보고를 하고 있다. 옆에는 안보보좌관 선튼 하나만 배석시킨 독대다.

매크레인이 말을 이었다.

"정보국장 장평이 분주하게 움직였는데 결국 북한 공작이었습니다. 장평의 공작부대가 중점적으로 한 일이 북한군 장교 가족들의 탈출 지원이었습니다."

매크레인이 탁자 위에 놓인 서류를 눈으로 가리켰다.

"그 가족들은 한국 서해안 죽섬에 위치한 제247포대의 포대장과 정치장교, 작전참모의 가족이었습니다."

"갓. 이 작자들이 무슨 일을 하려는 거야?"

"도발이 분명합니다, 대통령님."

매크레인이 말을 이었다.

"247포대에서 한국으로 대포를 쏘는 겁니다. 그럼 당연히 한국은 대응 사격을 하게 될 것이고……."

그때 선튼이 말을 받는다.

"남북한 화해, 교류는 중지되겠지요. 그 후유증이 몇 년은 갑니다."

"중국은 남북한이 핵을 소유한 통일 한국이 되는 걸 견디지 못하는 겁니다."

매크레인이 결론을 내렸을 때 부시가 문득 고개를 들었다.

"이광이 언제 여기 도착하지?"

"이틀 후입니다."

선튼이 대답했다.

"오후 6시에 이곳을 방문하고 나서 티 미팅 스케줄이 잡혔지요. 아직 당선자 신분이기 때문에 그만해도 최상급 의전을 해준 겁니다."

"지난번 6자회담에 우리가 참석해준 것도 특별 케이스였지. 아마 동양권에서 그런 배려를 받은 국가가 코리아뿐일걸?"

"이광의 영향력이 그만큼 큰 겁니다."

매크레인이 말을 받았다.

"이광의 위상은 아시아 국가원수 중에서 최고입니다. 아마 그때 이광의 초청에 불응했다면 왕따가 될 상황이었으니까요."

"갓."

그때를 떠올린 부시가 어깨를 부풀렸다가 내렸다.

"코리아가 어쩌다 이렇게 되었지?"

"이광 덕분이지요."

매크레인이 말을 이었다.

"리스타가 세계를 제패하면서 한국과 이광의 위상이 덩달아 솟아오른 겁니다."

맞다. 부시가 고개를 끄덕이며 물었다.

"이걸 어떻게 해야지?"

매크레인과 선튼이 서로의 얼굴을 보았고 부시가 혼잣말을 했다.

"이광한테 말해줘야 하나?"

태평양 위를 날아가는 전용기 안.

이광은 당선자 신분이어서 대통령 전용기를 탈 수도 있지만 리스타 회장 전용기를 이용하고 있다.

앞쪽 회의실에 이광과 안학태, 그리고 한 사내까지 셋이 앉아있다.

50대 초반으로 사내는 백상호, 국정원 제1차장이다.

작년부터 제1차장은 '국제 정보'를 총괄하는 부서로 기능이 강화되었다.

이번에 이광의 미국 방문에 갑자기 백상호가 동행하게 된 것은 급하게 보고할 것이 있다고 했기 때문이다. 백상호의 보고를 들은 대통령 유준상이 이광에게 보낸 것이다.

이광의 시선을 받은 백상호가 입을 열었다.

"중국 정보부 주변에서 흘러나온 정보입니다. 제가 이중으로 확인했습니다."

백상호가 말을 이었다.

"정보부에서 북한 군부를 조종하고 있습니다. 지금 북한군 실무 연대장 급 간부 몇 명의 가족을 중국으로 도피시키는 작전을 진행 중입니다."

"어떻게 할 작정인가?"

"그것은 도발뿐입니다."

이광의 시선을 받은 백상호가 말을 이었다.

"중국 정보부가 북한 군부를 조종해서 도발을 일으키려는 것입니다."

"……."

"그래서 군부 지휘관 가족을 미리 도피시켜주는 것이죠."

고개를 든 백상호가 이광을 보았다.

"지금 가족들이 안가에 모여 있는데 그것이 누구의 가족인지를 알아내려는 중입니다."

"그렇군."

고개를 끄덕인 이광이 길게 숨을 뱉었다.

"이것을 김 위원장도 알고 있나?"

"아직 모르고 계실 겁니다."

백상호가 말을 이었다.

"현재로서는 극비 상황이어서요. 먼저 말씀드렸다가는 정보가 새나갈 가능성이 많습니다."

맞는 말이다. 잘못 건드렸다가 이쪽에서 대비하기 전에 일이 터질 수 있다.

그때 이광이 고개를 돌려 안학태를 보았다.

"이 보좌관한테 연락해."

"예, 알겠습니다."

대답한 안학태가 백상호를 보았다.

"내가 손을 쓸 테니까 백 차장이 사람을 이 보좌관한테 보내는 것이 낫겠습니다."

이 보좌관은 이동욱이다.

국정원의 밀사를 이동욱에게 보내라는 것이다.

전화로 내용을 주고받을 상황이 아니다.

6장
풍운의 위구르

주석궁 안, 오후 2시 반.

강윤호가 3박 4일의 방문을 마치고 김정은에게 작별인사를 하고 있다.

"부통령, 좋은 결실을 갖고 돌아가시기를 바랍니다."

주석실 안.

소파에 김정은과 김여정, 그리고 7, 8명의 고위층이 둘러앉아 있다.

김정은의 말에 강윤호가 화답했다.

"감사합니다, 위원장님. 3박 4일 동안 북한에 대해서 많이 공부했습니다."

"자주 들르셔야 할 겁니다."

"예, 당연하지요."

"북남 간 관계는 이번 이 대통령의 임기 안에 완성되어야 할 겁니다."

"알고 있습니다, 위원장님."

강윤호가 결연한 표정으로 응답했을 때다.

옆쪽 문에서 꽃다발을 든 여자가 들어섰다.

분홍색 투피스 차림이어서 몸 전체가 꽃다발 같다.

모두의 시선이 그쪽으로 쏠렸고 여자를 본 강윤호가 숨을 들이켰다.

정선희다, 평양을 방문한 첫날밤부터 사흘간 동침했던 여자.

밤만 되면 찾아왔고 그 시간을 기다렸던 강윤호다. 어젯밤에는 잠도 못 잤다.

떠나기 전날 밤이어서 정선희가 품에 안겨 울고 짰기 때문이다.

그때 다가온 정선희가 강윤호에게 꽃다발을 내밀었다. 얼굴에 웃음을 띠우고 있다.

엉겁결에 일어선 강윤호가 꽃다발을 받았을 때 주위에서 박수가 일어났다.

그때 김정은이 말했다.

"부통령께서 북조선에 애정을 갖게 되셨기를 바랍니다."

강윤호가 숨을 들이켰다.

앞에 선 정선희의 얼굴이 흐려져서 잠깐 보이지 않았다. 심장 박동이 빨라졌다.

이윽고 강윤호는 심호흡을 했다. 강윤호는 임기응변이 뛰어난 인물이다.

곧 머릿속에 생각이 떠올랐다.

'그럼 어때, 다 이런 접대를 받았을 텐데. 이광 씨도 마찬가지였을걸, 뭐.'

강윤호를 배웅하고 돌아온 이동욱에게 남기옥이 말했다.

초대소 안이다.

"정선희 씨한테 제14초대소에서 거주하도록 지시를 내렸습니다."

이동욱이 고개만 끄덕였다.

정선희를 강윤호의 '부인' 대접을 해주는 것이다.

이제 강윤호는 북한에 또 하나의 '가정'이 만들어졌다.

고개를 든 이동욱이 앞에 선 남기옥을 보았다.

"이것은 북한식 호의야. 함정이나 미끼라는 생각은 안 들어."

남기옥은 외면했고 이동욱의 말이 이어졌다.

"내가 겪어봐서 알 것 같아. 이것이 함정이라고 생각하는 사람이 오히려 불순한 의도를 품고 있는 거지."

"……."

"믿으면 의심하지 말아야 돼."

이동욱의 목소리에 열기가 띠어졌다.

"난 우리 회장님, 아니 대통령님도 믿고 김 위원장도 믿어."

그때 탁자 위에 놓인 휴대폰이 울렸기 때문에 이동욱이 집어 들었다.

수신 버튼을 누르자 곧 안학태의 목소리가 울렸다.

이동욱은 외부와 직통 전화를 할 수 있는 것이다.

"이 보좌관, 곧 한국에서 자네한테 특사가 갈 거야."

안학태가 말을 이었다.

"최기성이란 국정원 부장이야. 북측에 말해서 입국시켜주게."

"알겠습니다."

이동욱이 통보하면 바로 입국 조치가 가능하다.

휴대폰을 귀에서 뗀 이동욱이 남기옥을 보았다.

남기옥을 시키면 된다.

"무슨 일이죠?"

앞쪽 소파에 앉은 김여정이 묻자 이동욱이 아직도 뒤에 선 최기성을 눈으로 가리켰다.

방금 최기성은 김여정에게 인사를 했다.

"최 부장의 보고를 들어보시지요."

이동욱이 최기성에게 옆에 앉으라는 손짓을 했다.

김여정의 시선을 받은 최기성이 자리에 앉더니 입을 열었다.

"보고드리려고 서울에서 왔습니다."

"무슨 일인데요?"

"북한군 지휘부 가족 같은데, 세 가족 20여 명이 중국으로 여행을 갔습니다. 이건 탈북 같습니다."

긴장한 김여정의 눈빛이 강해졌고 최기성이 말을 이었다.

"가족들이 중국군 정보국의 보호를 받고 있는데 다행히 가족들의 신분증 카피를 저희들이 입수했습니다."

최기성이 서류봉투를 탁자 위에 놓았다.

"이 가족들의 신분증으로 지휘관을 찾을 수 있지 않겠습니까?"

"당연히 찾지요."

고개를 끄덕인 김여정이 최기성을 보았다.

"언제 가족들이 탈북했지요?"

"둘씩, 셋씩, 국경을 넘어 단둥으로 갔는데 인민 해방군 정보국원의 안내를 받았습니다. 그것이 포착된 것이지요."

"……."

"지금은 모두 베이징 안가에 머물고 있는데 엄중히 보호 받고 있습니다."

"……."

"약 한 달간에 걸쳐서 일어난 일이고 2주일 전에 끝났습니다. 우리는 해방군 정보국이 탈북 자금을 청구하는 과정에서 정보를 빼낸 것입니다."

"목적은 뭐라고 판단합니까?"

김여정이 묻자 최기성은 바로 대답했다.

"정권 교체기의 혼란을 이용해서 중국의 사주를 받은 북한군 일부가 대남 도발을 일으키는 것입니다. 그것밖에 이유가 없다고 판단하고 있습니다."

"……."

"가족들이 3개 무리인 것을 보면 지휘관급 3명인 것 같습니다."

"……."

"저희들이 추측하기로는 휴전선 근처의 부대나 해군 함정, 또는 미사일 부대의 지휘관들 같습니다."

"알겠어요."

김여정이 서류봉투를 쥐더니 자리에서 일어섰다. 그러더니 이동욱과 최기성을 번갈아 보았다.

눈이 번들거리고 있다.

"고맙습니다."

오후 7시 반이다.

최기성이 평양에 도착한 지 2시간이 되어가고 있다.

김여정이 서둘러 응접실을 나갔을 때 긴장이 풀린 최기성이 어깨를 늘어뜨렸다.

그때 이동욱이 벽시계를 보았다.

"워싱턴은 지금 몇 시인가?"

"어서 오십시오."

백악관 현관 앞에서 기다리던 부시 대통령이 활짝 웃는 얼굴로 이광을 맞는다.

둘러선 방송사 기자들의 카메라가 일제히 번쩍거렸다.

"반갑습니다."

부시와 악수를 한 이광이 기자들에게 포즈를 취해 보인 후에 일행과 함께 회의실로 들어섰다.

부시는 국무장관 마이클 존슨, 안보보좌관 선튼, 그리고 CIA 부장 매크레인도 참석시켰다.

이광은 안학태 그리고 국정원 1차장 백상호다. 주요 인사가 그렇다는 말이다.

원탁에 마이클, 선튼, 매크레인의 보좌관들이 왔다 갔다 했기 때문에 수선스럽다. 이것이 미국식이다.

그때 부시가 주의를 주자 선튼이 주변을 정리했다.

이윽고 회의실에 주역들만 둘러앉았을 때 부시가 입을 열었다.

"이 당선자님, 대통령 취임하시기 전에 북한 문제가 터질 것 같은데요."

이광은 물론 안학태, 백상호까지 영어를 한국어처럼 사용할 수 있다. 통역이 필요 없다.

그 말을 들은 이광의 시선이 매크레인에게 옮겨졌다.

다시 부시가 말을 이었다.

"북한의 일부 군부대가 중국의 사주를 받고 도발을 일으킬 가능성이 있습니다."

그때 이광이 고개를 끄덕였다.

"각하, 감사합니다. 그래서 저도 여기 국정원 책임자를 동행시켰습니다."

이광이 백상호에게 말했다.

"백 차장, 말해 봐요."

"예, 당선자님."

어깨를 편 백상호가 부시를 보았다.

"중국 정보부에서 북한 군부 가족들을 입국시키고 있습니다. 그것은 군 지휘관들이 마음 놓고 행동할 수 있도록 하려는 것입니다."

부시와 매크레인의 시선이 마주쳤고 백상호의 말이 이어졌다.

"지금 그 가족들이 누구의 가족인지를 확인하고 있는 중입니다. 그러면 그 군부대를 알 수 있을 것입니다."

그때 부시가 말했다.

"매크레인, 말해줘."

그러더니 이광을 향해 지그시 웃었다.

"내가 이 당선자께 첫 선물을 드리는 겁니다. 나한테 빚진 것, 잊지 마시오."

그러자 매크레인이 입을 열었다.

"우리가 알아냈습니다. 서해안 죽섬에 위치한 제247포대의 지휘관 셋입니다."

"이런."

놀란 이광이 고개를 돌려 안학태를 보았다. 그리고 영어로 말했다.

부시를 의식한 것이다.

"지금 당장 이동욱에게 연락해."

이광이 이번에는 부시에게 설명했다.

"지금 김정은 위원장 옆에 제 측근이 보좌관으로 가 있습니다."

오후 4시 반.

주석궁에서 김정은과 이동욱이 마주 보고 앉아 있다.

배석자는 김여정과 호위총국장 고천수, 무력부장 조경만, 보위부장 서규만 이다.

이동욱이 고개를 들고 김정은을 보았다.

"부대를 찾아냈습니다."

김정은이 시선만 주었다.

3시간 전에 김여정한테서 북한군부 지휘관 가족들의 탈북을 보고 받은 상황 이다. 그래서 이동욱의 면담 신청을 받자 즉시 자리를 마련해 놓은 것이다. 주석 궁에 군부 실세들을 소집시켜놓고 기다리는 중이다.

그때 5쌍의 시선을 받은 이동욱이 말을 이었다.

"우리 당선자님이 미국 대통령을 만나셨을 때 CIA 부장이 보고를 했습니다."

모두 숨을 죽였고 이동욱이 말을 이었다.

"CIA는 중국 해방군 정보국이 북한군 지휘관 가족들을 탈북시킨 것을 확인하고 있습니다."

"……."

"그들은 죽도에 있는 247포대의 포대장, 정치장교, 작전참모 셋의 가족입니다. 포대의 핵심 지휘관들입니다."

그때 고개를 든 김정은은 보위부장 서규만을 보았다.

"당장 처리해."

김정은의 시선이 고천수와 조경만에게 옮겨졌다.

"247포대로 새 지휘부를 보내고 감시를 철저히 하도록."

셋이 일제히 자리를 차고 일어섰다.

워싱턴, 오전 8시 반.

숙소인 영빈관으로 돌아온 이광이 이동욱의 보고를 받는다.

"회장님, 처리 끝났습니다."

이동욱의 목소리가 수화구에서 울렸다.

"세 명한테서 자백까지 받았습니다. 모두 중국 정보부가 배후임을 자백했고 연평도를 향해 2백 발 정도의 포격을 할 계획이었습니다."

"수고했어."

이광이 길게 숨을 뱉었다.

어쨌든 미국의 도움을 받았다.

자백으로 끝난 것이 아니다.

죽도의 제247포대는 장사포 50문, 120밀리포 75문, 사정거리 300킬로 정도인 '천리마 미사일' 22문을 보유한 포병연대다.

포대장은 안태용 대좌, 정치장교는 최기문 중좌, 작전참모는 강영호 중좌다. 셋이 247포병연대의 핵심 지휘관이다.

이곳은 죽도의 247연대 사령부 안.

상석에 앉은 보위부장 서규만이 눈을 부릅뜨고 앞에 선 장교들을 보았다.

"모두 잡았나?"

"예, 부장 동지."

선임 장교가 소리쳐 대답했다.

보위부장 서규만이 헬기편대로 죽도에 상륙한 것은 3시간 전이다.

헬기 12대가 동시에 죽도 연병장에 착륙하고 1백 명 가까운 보위부 특수대가 쏟아져 나왔을 때부터 247포병연대는 뒤집혔다.

특수대는 즉시 포대장, 정치장교, 작전참모를 체포한 후에 심문을 시작했고 자백을 받은 것이다. 보위부장까지 날아온 상황이어서 셋은 스스로 자해할 여유도 없이 체포되었다.

그리고 나서 서규만이 포대의 전 장교, 하사관까지 체포하고 심문을 시작한 것이다.

이제 포대에는 호위총국 병사까지 수백 명이 몰려와 득실거리고 있다.

그때 방 안으로 호위총국장 고천수가 들어섰다.

뒤를 호위총국 장교들이 따라 들어서고 있다.

"보위부장 동무, 각 포대의 지휘관 중에서 내통자가 있을 거요."

고천수가 앉지도 않고 소리쳐 말했다.

"모조리 체포해서 끌고 갑시다."

"그럴 작정입니다."

조금이라도 인정을 보인다면 바로 동조자로 의심받을 가능성이 있는 것이다.

반역 사건이다. 더구나 군부의 반역 사건인 것이다.

현재 서규만이 체포한 장교는 57명, 하사관이 167명이다. 가장 먼저 체포한 지휘관 3명과 그 측근 장교 22명을 포함하면 250명 가까운 인원이다.

그때 고천수가 어깨를 부풀리면서 말했다.

"내가 일단 반항하는 놈들 대여섯 명을 즉결처분하겠소."

"그러시지요."

서규만이 고천수의 체면을 세워주었다.

서규만은 용의자 체포, 심문 책임을 맡았고 고천수는 부대 장악을 맡은 것이다.

고천수가 다시 바람을 일으키며 부하들과 함께 방을 나갔다.

베이징, 이화원 근처의 안가에서 군사위 부주석 오채명과 인민 해방군 정보국장 장평이 응접실에 앉아있다.

오후 3시 반.

장평이 외면한 채 보고했다.

"지금 247포대에 보위국, 호위총국 병력이 가득 들어차 있습니다."

"……."

"안태용, 최기문, 강영호는 체포되었고 장교, 하사관 전원이 체포되어 심문을 받고 있습니다."

"다 드러나겠군."

"이미 배후가 드러났다고 봐야 될 것 같습니다."

"동무는 남의 일처럼 말하는군."

"제가 책임을 지겠습니다."

"어떻게 진단 말인가?"

"자살을 하지요."

정색한 장평이 오채명을 보았다.

"그러니 제 가족만 그대로 살게 해주십시오."

"……."

"제가 독단으로 한 것이라고 사유서를 쓰고 죽겠습니다."

장평이 얼굴을 일그러뜨리며 웃었다.

"부주석 동지, 서두르셔야 합니다."

그때 오채명이 고개를 들었다.

"알았어. 동무 가족은 내가 책임지고 보호해주지."

"부주석 동지."

장평이 눈썹을 모으고 오채명을 보았다.

"서약서를 써 주시지요."

"……."

"장평이 모든 일에 책임을 지고 죽는 대신, 나는 장평 가족을 끝까지 보호해 주겠다라고 써 주십시오."

"……."

"그 서약서를 내 가족에게 보여주고 믿을 만한 곳에 맡겨 놓으려고 합니다."

"이것 봐, 동무."

"제가 정보국장입니다. 안전장치를 해놓고 떠나야 되지 않겠습니까? 부주석 동지께선 이해하실 텐데요."

"알았어. 쓰지."

오채명이 고개를 끄덕였다.

"써줄 테니까 서둘러야겠네."

오후 4시의 한미 정상회담.

엄격하게 말하면 한국 대통령 당선자와 미국 대통령과의 정상회담이다.

이것도 파격이다. 대통령과의 정상회담도 일정 잡는 데 몇 달이 걸리는 상황에 후보와의 정상회담인 것이다.

부시가 지그시 이광을 보았다. 은근해진 표정이다.

"미스터 리, 이번에는 내가 부탁할 일이 있습니다."

이광의 시선을 받은 부시가 말을 이었다.

"핵 문제요."

부시가 똑바로 이광을 보았다.

"지난번 6자회담에서 핵 보상금 문제를 결정짓지 못했는데, 이번에는 이 회장이 주도해주셨으면 합니다."

"……"

"북한의 경제를 파격적으로 도와드리기로 하지요. 경제 협력 자금으로 1백억 불을 차관 형식으로 대여해주는 것이 어떻겠습니까?"

"……"

"물론 한국이 주도하지만 우리 미국, 일본, 중국이 20억 불 정도씩 지원해드릴 수가 있겠지요. 한국은 40억 불을 내고."

"……"

"대통령이 되신 후에 바로 6자회담으로 결정하는 것이 어떻습니까?"

"먼저 제가 김정은 위원장하고 만나서 이야기하도록 하겠습니다."

이광이 말을 이었다.

"그 후에 6자회담을 하는 것이 순서일 것 같습니다."

"그러지요."

고개를 끄덕인 부시가 이광을 보았다. 어느덧 정색하고 있다.

"북한 핵은 무슨 일이 있더라도 폐기시켜야 합니다. 그것은 지켜야 합니다."

부시가 말을 맺는다.

"그것이 미국의 방침입니다. 그것을 김 위원장한테도 말씀해주시지요."

정남희의 전화가 왔을 때는 오후 11시 반이 되어갈 무렵이다.

서울은 오전 1시 반이다.

"웬일이야, 잠도 안 자고?"

서울 시간을 체크한 이광이 묻자 정남희가 웃음 띤 목소리로 되물었다.

"식사는 제대로 하세요?"

그 순간, 이광의 심장박동이 빨라졌다.

가장 흔하고 평범한 이 말에 가슴이 미어졌기 때문이다.

대통령 취임식은 간소하게 거행되었다.

외국 국가원수를 초청하지도 않았고 광장에다 수천 명을 모아놓지도 않았다. 3부 요인들과 각 지자체장, 시민 대표를 다 모은 것이 3백여 명밖에 되지 않았다.

소요된 시간은 2시간. 대통령 이광의 인사말은 5분밖에 되지 않았다.

오전 9시에 시작된 대통령 취임식은 11시에 끝났다.

이것으로 제18대 이광 대통령의 시대가 시작되었다.

내각은 이미 자유당 후보였던 박상윤 총리를 중심으로 일사불란하게 조각되었다. 역사상 이렇게 순탄하게 조각이 구성된 적이 없다. 박상윤이 내각의 장관 명단을 이광에게 제출했고 그것이 다 받아들여진 것이다.

이광은 취임사에서 이렇게 선언했다.

"제가 할 일은 단 하나, 평화통일과 한민족의 번영입니다. 나머지는 내각에 일

292

임하겠습니다."

그렇다. 지금 남북한 이민이 아프리카로 쏟아져 가는 상황이고 북한 핵이 걸려있지만 남북한 관계는 역사상 가장 밀접 되어 있다. 서로 신뢰하고 있기 때문이다.

평양 주석궁에서 TV로 취임식 장면을 본 김정은이 감탄한 표정으로 김여정에게 말했다.

"나도 저렇게 취임식을 하고 싶다."

김여정이 눈만 깜빡였고 김정은이 말을 이었다.

"간단하고 숫자도 몇 명 없지만 아주 멋있어. 앞으로 우리도 저런 방법으로 해야 돼."

"참고하겠습니다."

김정은의 시선이 왼쪽에 앉은 이동욱에게 옮겨졌다.

"이 보좌관, 이 대통령이 앞으로 평화통일에 집중한다고 했으니까 자주 만나게 되겠다."

"예, 주석 동지."

"국가원수들을 초청하지 않아서 내가 못 갔어."

김정은이 말을 이었다.

"동무가 연락해. 내가 남조선을 가장 먼저 방문을 할 테니까."

"예, 주석 동지."

이동욱이 말을 이었다.

"지금 바로 연락하겠습니다."

남북한 정상의 첫 정상회담이다.

이광이 평양을 방문한 것은 취임 한 달 후다.

이광은 이번에는 퍼스트레이디 '대행'인 정남희를 대동했는데 수행원으로는 비서실장 안학태와 국정상황실장 오대근, 그리고 외교 장관, 국방 장관이다. 남북한 정상회담인 것이다.

김정은이 이번에는 이광의 대통령 취임식에 감동을 받았는지 순안공항에 영접을 나왔지만 행사는 조촐했다. 그러나 이광을 부둥켜안은 '힘'은 어느 때보다도 강했다.

"각하, 제2초대소를 각하용으로 준비해놓았습니다."

시내로 달리는 차 안에서 김정은이 이광에게 말했다.

"평양에 오실 때는 항상 2초대소를 각하 저택으로 사용하시지요. 제가 각하께 드리는 선물입니다."

"아이구, 이런."

이광이 웃음 띤 얼굴로 김정은을 보았다.

"제가 이렇게 받기만 해서 되겠습니까?"

"아니, 우리가 각하께 받은 것이 몇 배는 더 많습니다."

김정은이 이광의 옆에 앉은 정남희에게 말을 이었다.

"사모님은 제 처하고 관광을 하시지요. 서커스 공연, 매스게임도 준비시켜 놓았습니다."

"아유, 그렇게 안 해주셔도 되는데요."

정남희가 사양했지만 김정은은 정색했다.

"저희 대동강 악단의 쇼도 볼 만합니다."

준비를 단단히 해놓은 모양이어서 사양하는 것도 실례다.

이제는 정남희가 웃기만 했다.

지난번 이광이 왔을 때는 시내 인도에 꽃을 든 인민들이 가득 동원되어 있었는데 이번에는 없다. 이것도 간소한 취임식의 영향을 받았는가?

　오후 9시 반.

　제2초대소에서 만찬을 마친 후에 김정은과 이광이 2층 응접실로 들어가 소파에 앉는다.

　배석자는 김여정과 안학태. 딱 한 명씩만 배석시켰으니 독대나 마찬가지다.

　김정은이 먼저 입을 열었다.

　"지금 우리 둘의 만남을 세계가 주목하고 있겠지요?"

　이광은 웃기만 했고 김정은이 말을 이었다.

　"특히 미·일·중 3국은 핵 문제를 우리가 어떻게 처리할까 신경을 곤두세우고 있을 겁니다."

　"그렇겠지요."

　이광이 정색하며 대답했다.

　이번 방문 목적도 '취임 인사 및 현안에 대한 정상회담'이라고 했지만 내용은 핵 문제, 경협이다.

　그때 김정은이 고개를 들었다.

　"나는 핵을 내놓지 않을 겁니다."

　이광은 시선만 주었고 김정은의 말이 이어졌다.

　"20년간 우리 공화국의 모든 것을 쏟아부어서 완성한 핵입니다. 그것도 '자위수단'으로 말입니다."

　김정은의 얼굴이 상기되었고 목소리에 점점 열기가 띠어졌다.

　"인민이 굶어 죽어가는데도 강냉이 살 돈으로 핵 개발을 했던 것입니다. 핵을 개발하려고 수백만 명의 조선 인민이 희생당한 것입니다. 그것을 어떻게 돈으로 보상받는단 말입니까?"

"……"

"리비아를, 이라크를 보십시오. 카다피와 후세인이 핵을 갖고 있었다면 그렇게 허무하게 당했을 것 같습니까? 지금 우리도 그렇습니다."

김정은이 얼굴을 일그러뜨리면서 웃었다.

"우리가 핵을 보유하고 있으니까 이렇게 살아남아 있는 것 아닙니까?"

"……"

"핵이 없었다면 진즉 미군 폭격기가 내 숙소를 폭격해버렸을 겁니다."

"……"

"핵 협상도 다 사기입니다. 핵 폐기를 시켜놓고 우리를 무장해제시키려는 수작이지요. 그때는 우리 공화국은 흔적도 없이 사라집니다."

"……"

"물론 나는 그보다 먼저 사라지겠지요."

그때 이광이 고개를 끄덕였다.

"동감합니다."

옆에 앉은 안학태가 숨을 들이켰지만 어깨만 조금 올라갔을 뿐 표시는 나지 않았다. 그러나 심장 박동은 거칠어졌다.

그때 김정은이 말했다.

"지난번 사건으로 우리가 중국의 멱살을 틀어쥐고 있다고 봐도 되겠지요."

이광이 고개를 들었다. 두 눈이 번들거리고 있다.

이번 정상회담에서 가장 중요한 '의제'다. 숨겨진 '의제'라고 봐야 된다.

지난번 북한군 포대 지휘관들을 포섭, 남북한 전쟁을 일으키려고 했던 '중국 측 기도'에 대한 '조처'다.

그때 이광이 말했다.

"공식 항의를 한다면 오히려 효과가 적을 겁니다. 부인하고 오리발을 내밀 테니까요."

"그렇죠. 오히려 우리가 공작을 한다고 뒤집어씌울 겁니다."

"우리 예상으로는 해방군 정보국장이 결백을 주장하면서 자결하는 것으로 국면 변환을 할 것 같습니다. 그러면 중국 여론이 뒤집힐 테니까요."

김정은이 고개를 끄덕였다.

"그렇게 되면 적반하장으로 중국인들이 우리를 욕하겠지요. 관제 언론이 선동하고 말입니다."

그때 김여정이 나섰다.

"맞습니다. 우리 정보부에서도 그렇게 예상하고 있습니다. 눈도 깜빡 안 하고 억지를 쓸 것 같습니다."

"다른 방법으로 책임을 물어야 합니다."

이광이 결연한 표정으로 말을 이었다.

"전쟁 도발 혐의입니다. 이대로 가만둘 수는 없습니다."

"어떻게 하실 겁니까?"

김정은을 배웅하고 다시 응접실로 돌아왔을 때 안학태가 선 채로 물었다.

10시 반이다.

이광이 웃음 띤 얼굴로 안학태를 보았다.

"나하고 김 위원장 생각이 같아."

"그건 들었습니다."

"핵을 보유할 거야."

"그럴 수 있을까요?"

"방법을 찾아야지."

"잘못하면 우리도 덮어쓿니다. 국제 사회에서 북한과 함께 왕따가 될 수도 있습니다, 대통령님."

"남북한이 공동으로 대처하면 가능성이 있어."

고개를 든 이광의 두 눈이 번들거렸다.

"먼저 중국부터 공동 작전을 해야 돼."

그런데 둘은 아직 입 밖으로 말을 뱉지 않았다.

어떻게 한단 말인가? 이심전심이란 말인가?

북한군 내부의 반란 세력을 소탕하는 것은 미국 CIA의 도움이 컸다. CIA가 중국 인민해방군 정보국의 활동을 알려주지 않았다면 남북한은 전쟁 상태가 되었을 것이다.

미국은 한국과 동맹국이다. 따라서 한국이 외침을 받았을 때 유일하게 도와줄 국가인 것이다. 그렇기 때문에 한국의 전쟁 위기를 사전에 예방해줄 의무도 있는 셈이다.

오전 10시 반.

이곳은 서울. CIA 지사장 워렌 포드가 정보분석관 마이클 패튼에게 물었다.

"한 달이 지났지?"

"뭐가 말입니까?"

"북한 반란 세력이 체포된 지가 말야."

"24일 지났습니다."

둘은 CIA 지부 사무실인 광화문의 오송빌딩 상황실에 앉아있다.

7층 건물의 현관에는 '국제실업'이라는 알루미늄 간판이 붙어 있는데 '국제' 라는 상호가 한국에 1천 개도 넘는다.

워렌이 이맛살을 찌푸렸다.

"지금 중국 놈들, 남북한 눈치를 보고 있겠지?"

"당연하지요, 먼저 나설 수는 없을 테니까요."

마이클이 쓴웃음을 지었다.

"지금 평양에다 온 신경을 집중하고 있을 겁니다. 남북한이 공동으로 중국에 대응할지 어쩔지 불안해하겠지요."

"어젯밤 이광하고 김정은이 그 이야기를 했겠지? 중국 놈들을 어떻게 손봐줄까 하고 말야."

"남북한이 공조하면 중국 정권이 망할 수도 있습니다."

"백악관이 가장 좋아하는 소리를 하는군. 넌 출세하겠다."

"그래서 우리가 247부대 정보를 준 것 아닙니까?"

"도청 못 했지?"

"안 됩니다. 초대소에 차단 장치가 완벽하게 되어 있어요."

"빌어먹을 김정은 놈."

"김정은과 이광이 아주 손발이 맞아요. 마치 형제간 같아요."

"그래서 일본이 이광을 대통령 안 시키려고 그 지랄을 했지 않나."

"어쨌든 간에 일본하고는 남북한이 대립 상태 아닙니까? 남북한은 일본, 중국에 낀 샌드위치 안의 스테이크 신세란 말입니다."

"그건 옛날 말이고."

이맛살을 찌푸린 워렌이 벽에 걸린 지도를 보았다.

"잘하면 남북한이 일본에다 중국까지 먹을지도 몰라."

장평은 아직 자살하지 않았다.

해방군 정보국장도 계속하고 있지만 좌불안석이다. 언제 터질지 모르는 '불발탄'을 옆에 두고 사는 꼴이다. 그러니 하루하루가 긴장과 불안의 연속이다.

군사위 부주석 오채명은 또 어떤가? 장평한테 서약서까지 써 줬지만 '자살'

하라고 독촉할 상황도 아니다. 역시 초조한 것은 마찬가지. 그래서 이번 남북 정상회담에 가장 신경이 곤두서 있는 인물 중의 하나가 되었다.

오전 11시.

이화원 근처의 안가에서 오채명과 장평이 머리를 맞대고 있다.

화창한 날씨지만 둘의 얼굴은 비 오기 전 날씨처럼 어둡다.

"가족들은 어떻게 했나?"

불쑥 오채명이 묻자 장평이 심호흡부터 했다.

"처리했습니다."

"처리하다니?"

"예, 증거를 지웠습니다."

"어떻게?"

"그건 아실 필요 없습니다. 저만 알고 있도록 하지요."

그 순간 어깨를 늘어뜨린 오채명이 외면했다.

포대장 이하 포대 지휘부 3명의 가족을 말한다. 이미 셋이 다 체포된 터라 가족들은 부담이 되어 있다. 중국 땅에서 발견된다면 중국이 사주했다는 명백한 증거가 된다. 없애버리는 것이 최선이다.

그때 장평이 말을 이었다.

"남북한 정부가 터뜨린다면 제가 즉각 성명을 발표하고 자결할 계획이었지만 예상이 빗나갔습니다. 남북한은 다른 방법으로 대처할 것 같습니다."

"그래서 만나자고 한 건데. 정보부의 생각은 어떤가?"

"정보부 내부에서도 극비로 처리한 일이라 몇 명밖에 모릅니다."

"말해봐."

"이번에 남북한 정상이 만나서 중국에 대한 작전을 짰을 것입니다. 절대로 가만있지는 않을 겁니다."

"당연하지. 전쟁을 일으키려고 했는데."

"하지만 공식적인 방법보다 비공식, 비밀 작전을 취할 것 같습니다."

"뭔가?"

"티베트와 위구르 지역에서 반란군을 지원, 서북부 지역을 내란 상태로 만들 수도 있습니다."

오채명은 입을 다물었고 장평의 말이 이어졌다.

"북한군은 테러단의 원조 격입니다. 중동의 테러 단체가 북한군 교관으로부터 교육을 받을 정도입니다."

"……."

"북한의 테러 기술, 남한의 자금이 티베트와 위구르의 반군에 투입되면 서북부 지역은 순식간에 붕괴될 것입니다."

"이봐, 말 쉽게 하지 마."

오채명이 꾸짖었지만 장평은 오히려 어깨를 폈다.

"천하를 통일했던 수나라는 39년 만에 멸망했습니다. 중국은 그보다 더 오래 버틴 셈입니다."

"동무, 반역적인 언사를 닥치지 않으면 당장 고발하겠다."

놀란 오채명이 버럭 소리쳤다.

오채명의 얼굴은 누렇게 굳어졌고 치켜뜬 눈에는 초점이 멀어졌다. 입술 끝도 푸들거리며 떨리고 있다.

고위 공직자인 장평이 위대한 중국 정부를 39년 만에 멸망한 수 제국에 비유한 것이다.

그때 장평이 오채명을 보았다.

"중국은 수 제국보다 더 썩었습니다. 수 제국은 양제의 폭압 정치로 멸망했지만 중국은 고위층 대부분의 부패와 부정으로 썩어서 악취가 진동합니다. 오히려 수 제국보다 더 나쁩니다."

"내가 고발하겠다, 장평."

오채명이 어깨를 부풀리며 손가락으로 장평의 코끝을 가리켰다.

"넌 반역자다."

"나도 군사위 부주석 동지의 죄상을 낱낱이 폭로하겠소."

똑바로 시선을 준 장평이 빙그레 웃었다.

"나하고 북한 작전을 수립할 때부터 다 녹음해놓았으니까 말요."

숨을 멈춘 오채명을 향해 장평이 말을 이었다.

"그리고 당신이 지금까지 축적한 재산 규모가 미화로 35억 불에 이른다는 것까지 다 폭로할 준비가 되어 있어."

"……"

"스위스의 가조린 은행에 7억 5천만 불, 바하마의 유진 은행에 4억 2천만 불, 미국 시티 은행 특별 계좌에 6억 7천만 불. 내가 외우고 있는 것만 그렇고, 모두 기록해 놓았으니까……"

"……"

"당신의 해외 부동산은 모두 27개. 시가로 14억 5천만 불 가치더군. 당신의 처남이 관리하고 있지? 명치산이 말야."

장평이 고개를 절레절레 흔들었다.

"주석이 알면 당신은 총살이야. 그리고 당신 가족도 모두 반역 도당으로 몰려 사형당하겠지."

"……"

"홍콩에서 돈질을 하고 사는 당신의 정부 양양은 내가 내일이라도 잡아서 감옥에 넣을 수 있어. 그년이 지난달에 술 처먹고 포르쉐를 몰고 가다가 학생을 치어 죽였지? 당신이 홍콩 경찰청장한테 손을 써서 빼내었고 말야."

"……."

"그년이 3백만 불짜리 저택에 살면서 한 달에 1백만 불도 넘게 쓴다는 거, 다 알고 있어. 당신은 한 달에 두 번 그년을 만나고 말야."

"이것 봐, 장 국장."

마침내 오채명이 갈라진 목소리로 장평을 불렀다.

"진정하고 차분하게 이야기하지."

평양, 오후 1시 반.

오늘은 주석궁에서 한국 측 방문단과 북한 고위층의 오찬이다.

보통 오찬이 아니라 산해진미를 먹으면서 모란봉 악단, 대동강 서커스단, 금강산 무용단의 각종 공연을 보는 것이다. 그래서 12시에 시작된 오찬 행사가 아직도 끝나려면 멀었다. 2시 반쯤 끝날 예정이다.

"위로 올라가시지요."

김정은이 이광에게 말했을 때 무려 10미터나 공중으로 치솟는 널뛰기 서커스를 보고 난 후였다. 그것도 10살 안팎의 아이들이 공중에서 팔랑개비처럼 돌면서 뛰고 내리는 것이라 간이 졸아든 참이었다.

이광이 정신 나간 얼굴로 쳐다보고 있는 정남희를 놔두고 안학태와 함께 일어섰다.

김정은도 김여정과 함께 일어났는데 이동욱이 따라오고 있다.

2층 응접실에 둘러앉았을 때 아래층의 소음은 전혀 들리지 않았다.

방음 장치가 잘되어 있기 때문이다.

소파에는 다섯이 둘러앉았는데 김정은이 먼저 입을 열었다.

"중국을 가만둘 수는 없습니다. 그래서 우리도 같은 방법으로 갚아주려고 계획을 세워놓았는데요."

김정은의 두 눈이 번들거렸다.

"위구르입니다."

이광이 고개만 끄덕였고 김정은이 말을 이었다.

"그래서 우리는 위구르의 반군 지도자 하지타크하고 접촉했습니다. 하지타크는 펄쩍 뛰듯이 반기는 상황입니다. 그래서 우리는 그곳에 최수만 대좌를 책임자로 파견할 예정입니다."

김정은이 이광을 보았다.

"각하, 그런데 남북한의 지휘관이 필요합니다. 최 대좌를 보좌관으로 하고 그 지휘관을 이동욱으로 하는 것이 낫지 않겠습니까?"

이광의 시선이 이동욱에게 옮겨졌다.

이동욱은 '리스타연합'의 사장까지 지낸 경험이 있다. 아프리카의 독재 정권들을 무너뜨린 영웅이기도 한 것이다.

이광이 이동욱에게 물었다.

"어때? 해 보겠나?"

그때 이동욱이 똑바로 이광을 보았다.

"지시하신다면 합니다."

"좋아. 부탁한다."

이광이 고개를 끄덕였다.

"고맙다."

그러자 김정은이 얼굴을 펴고 웃었다.

"그럼 됐습니다. 이동욱 지휘하에 최수만 대좌의 공작팀을 위구르로 보내는 것입니다."

한국은 지휘관과 자금, 장비를 북한은 병력을 대는 구조다.

그때 김정은이 어깨를 펴고 말했다.

"북남의 첫 작전입니다. 그 상대가 중국이라니 감개가 무량합니다."

그러더니 덧붙였다.

"자업자득이죠. 중국은 우리를 너무 깔보았습니다. 이번에 당해봐야 합니다."

그때 이광이 말했다.

"이번 중국 공작에 미국의 도움을 받는 것이 낫겠어요."

"미국 말입니까?"

김정은의 눈동자가 흔들렸다가 곧 멈췄다. 그러더니 고개를 끄덕였다.

"그렇군요. 적의 적은 동지라고 제 아버님이 말씀하셨습니다."

"아버님이 명언(名言)을 하신 겁니다."

"미국이 반가워하겠지요?"

"그건 이동욱이 알아서 할 겁니다. 아프리카에서 CIA와 여러 번 작전을 한 경험이 있으니까요."

"그렇군요."

김정은이 얼굴을 펴고 웃었다.

"잘되었습니다."

국방 장관 김용진은 육사출신으로 61세. 동기들보다 진급이 늦었다. 그래서 55세 때 소장으로 예편했는데 이번 이광 정권에서 국방 장관이 된 것이다.

소장, 별 2개 출신이 국방 장관이 된 것은 한국에서는 처음 있는 일이지만 이광은 국무총리 박상윤의 추천을 받아 임명했다. 청문회에서도 만장일치로 임명을 동의했는데 그만큼 김용진의 명성이 높았기 때문이다.

김용진은 전방 사단장이었을 때 북한군의 도발에 교전수칙을 따르지 않고 우물대는 군단장을 찾아가 모욕을 주고 그 자리에서 예편 신고를 한 것으로 유명해졌다.

그 '모욕'의 내용은 끝까지 함구했기 때문에 당한 군단장도 입을 열지 않아서 소문만 떠돌았다. 군단장실 안에서 둘이 있을 때 일어난 일이었다.

그 사건 후에 누가 잘했느냐로 한국이 떠들썩했지만 결국 그 군단장은 '줄'이 세서 참모총장까지 지내고 예편했다.

오후 4시 반.

주석궁의 지하 1층 상황실 안, 오찬 행사를 마친 남북한 군 수뇌부가 둘러앉았다.

김용진의 상대는 무력부장 조경만이다.

조경만은 73세. 북한군 현역 차수.

회담장 분위기는 화기애애하다. 남북 평화공존 시대. 근 4년 가깝게 휴전선에서는 총성 한 발 울리지 않았고 서해안 NLL을 넘어온 배 한 척이 없었기 때문이다.

오늘 회담 주제는 '연락사무소' 확대 방안이었는데 개성에 남북한 사무소 요원 40명씩을 두는 것을 결정하면 된다. 미리 다 맞춰왔기 때문에 양측 대표가 사인하면 끝나는 일이다.

이윽고 양측 대표인 김용진과 조경만의 사인이 끝났을 때다.

김용진이 조경만에게 불쑥 말했다.

"제의 사항이 있습니다."

모두의 시선이 모였고 조경만이 고개를 들고 물었다.

"뭡니까?"

"남북한 합동 군사훈련을 하십시다."

조경만은 가는귀가 먹어서 잠깐 눈만 껌벅였다가 다시 물었다.

"무슨 훈련이라고 하셨지요?"

"남북한 합동 군사훈련 말입니다."

"남북한요?"

"예, 우선 육군부터 휴전선 근처의 남북한 보병, 포병, 기갑사단까지 포함하면 더 좋을 것이고."

그때 북한 쪽은 숨소리도 나지 않았지만 한국 쪽은 태연했다.

다시 김용진이 말을 이었다.

"요즘 미군과 연합 훈련을 안 하다 보니 기강도 해이해지고 첫째로 군의 전력도 약화되고 있어요. 북한은 그렇지 않습니까?"

"그건 그렇습니다."

조경만이 고개를 끄덕였다.

"우리도 맨날 밥 먹고, 똥 싸는 일밖에 안 하니까 군기가 빠진 상황입니다. 훈련 안 하는 군대는 군대가 아니죠."

"그럼 남북한 합동 훈련을 하십시다."

"적은 어디로 하지요? 만일 한다면 말입니다. 가상의 적을 만들어야 하는데."

그래 놓고 조경만이 정색했다.

"적은 미군으로 했으면 좋겠는데."

"일본이나 중국은 괜찮지 않겠습니까?"

"어쨌든."

어깨를 부풀렸다가 내린 조경만이 주름진 눈을 크게 떴다.

"그 제의, 대통령 각하 허가를 받으신 것이지요?"

"물론이지요. 제가 독단으로 그럴 수가 있습니까?"

"아, 그렇다면 저도 지도자 동지께 여쭙고 오겠습니다."

그때 옆에 앉은 총참모부 장군이 조경만의 귀에 대고 바쁘게 속삭였다. 그러자 조경만이 헛기침을 하고 김용진을 보았다.

"장관 각하, 조건을 붙여도 되겠습니까?"

"조건이라뇨? 뭡니까?"

"훈련에 필요한 기름, 주부식까지를 부탁합니다. 피복류, 장비까지 지원해주신다면 더 바랄 것이 없습니다."

"알겠습니다."

김용진이 어깨를 폈다.

"그건 제가 대통령 각하의 허가를 받지 않아도 결정할 수 있을 것 같습니다. 해드리지요."

그때 조경만이 자리에서 일어섰다. 두 눈이 번들거렸고 얼굴은 상기되었다.

분단 80년, 사상 처음으로 남북한 합동 군사훈련인 것이다.

통일 한국군의 훈련이다.

1시간 후.

오찬 파티를 마치고 제1초대소에 가 있던 김정은이 조경만의 보고를 받는다.

조경만은 차를 타고 달려온 후에 초대소 2층 계단만 제 발로 올라왔는데도 가쁘게 숨을 내쉬고 있다.

"지도자 동지, 남조선에서 북남 합동 군사훈련을 제의했습니다."

조경만이 보고했을 때 김정은이 눈썹을 모았다가 물었다.

"자세히 말하라우."

조경만이 이번에는 한마디씩 떼어서 또박또박 말했더니 김정은은 풀썩 웃었다.

"좋아. 내일 아침에 이 대통령하고 합동 군사훈련에 합의를 하면 되겠군."

김정은의 두 눈이 번들거렸다.

"이번 북남 정상회담의 최대 업적이다."

그날 오후 7시에 이동욱은 제14초대소에서 최수만과 마주 앉아 있다.

최수만은 대좌 계급장을 붙인 군복 차림이었는데 건장한 체격에 얼굴은 볕에 타서 아랍계 같다. 42세. 이동욱보다 연장자였지만 시종 깍듯이 상관 대접을 했다.

이동욱이 입을 열었다.

"위구르에 들어가 먼저 상황을 보는 것이 중요해요."

"우선 특공대 1개 조를 데려가겠습니다."

최수만이 말을 이었다.

"모두 아프간, 리비아 등에서 테러 교관으로 활동한 경험자들입니다."

"1개 조는 몇 명인데?"

"12명입니다. 저하고 부관까지 14명이 되겠습니다."

"아프간을 통해서 들어가도록. 먼저 파키스탄 페샤와르에 가서 무기, 장비를 공급 받고 아프간으로 가는 거요."

"알겠습니다."

최수만이 번들거리는 눈으로 이동욱을 보았다.

"그쪽을 잘 아십니까?"

"아프간에서 1년쯤."

이동욱이 말을 이었다.

"내가 페샤와르에 연락해 놓을 테니까 그곳에서 안내자를 만나도록."

"예, 대장님."

"나도 곧 따라갈 테니까 페샤와르에서 만납시다."

이동욱이 주머니에서 쪽지를 꺼내 최수만에게 내밀었다.

"이건 페샤와르에서 만날 안내인 전화번호하고 이름이오. 공항에 나올 거요."

최수만이 쪽지를 받자 이동욱이 쓴웃음을 지었다.

"최 대좌도 알겠지만, 작전에도 자금이 필요해. 맨손으로 일을 할 수는 없다구. 그러니까 일단 페샤와르에서 손발을 맞추도록 합시다."

"예, 대장님."

"귀관은 조원들을 데리고 맨손으로 페샤와르까지 가기만 하면 돼, 나머지는 내가 알아서 챙길 테니까."

"알겠습니다."

"귀관은 부대장 겸 내 보좌역이야."

이제 이동욱의 표정이 엄격해졌다.

김정은의 보좌관이 되기 전에 '리스타연합'의 아프리카 지역 사장으로 부대를 지휘했던 이동욱이다.

이동욱이 말을 이었다.

"곧 '리스타연합'에서도 지원군이 올 거야."

다음 날 오전.

이광이 출국하기 전에 김정은과 '남북한 합동 군사훈련' 계획서에 서명을 했다.

기갑사단까지 포함한 양국의 각 5개 사단 병력이 서부전선 부근에서 실시하는 대규모 방어 훈련이다.

총계 15만 명의 병력, 탱크 650대, 장갑차 2,500대, 각종 야포와 미사일 4,700문이 동원될 계획이다. '가상의 적'은 '없는 것'으로 했다.

그러나 그것이 발표된 순간, 금세 세계 토픽 뉴스가 되었다.

중국, 일본은 물론 미국까지 야단법석을 떨었다.

제각기 자국을 가상의 적으로 삼았다는 것이다.

도둑이 제 발 저린 격이지.

오후 9시면 원명원 근처의 제2주차장은 무료로 개방되지만 출입하는 차량들이 없다.

넓은 주차장에 낡은 승용차 서너 대만 바위처럼 서 있을 뿐이다.

보안등도 켜 있지 않고 그 흔한 CCTV도 없다.

9시 10분이 되었을 때 승용차 한 대가 주차장으로 들어서더니 구석 쪽에 주차된 낡은 승용차 옆에 멈춰 섰다.

짙은 어둠에 덮인 구석이다.

차가 라이트를 끄자 곧 차들은 벽과 구분이 되지 않았다.

그때 방금 도착한 차에서 사내 하나가 내리더니 옆 차 문을 열고 들어섰다.

어둠 속이라 근처에서 눈을 부릅뜨고 쳐다봐도 보이지 않을 것이었다.

차 안으로 들어선 홍현이 장평을 보았다.

장평은 핸들에 두 손을 얹은 채로 앞쪽 어둠만 응시하고 있다.

옆자리에 홍현이 탔어도 시선을 돌리지 않는다.

그때 홍현이 물었다.

"무슨 일입니까?"

긴장한 홍현의 목소리가 굳어 있다.

홍현은 베이징 주재 CIA 지부장이다.

중국계 미국인 홍현은 장평과도 여러 번 만난 사이다. 한 달쯤 전, 정보 관련 회담에서도 만난 적이 있다.

그때 장평이 고개를 돌려 홍현을 보았다.

"내가 북한군 도발 공작의 책임자요."

순간, 숨을 들이켰던 홍현이 똑바로 장평을 보았다. 그러고는 3초가 지나고 나서 천천히 고개를 끄덕였다.

"예상하고 있었어."

"북한이 가만있지 않을 거야."

"당연하지. 몇 배로 갚아주려고 할걸."

"그래서 정부는 나한테 뒤집어씌울 작정이야?"

"그거야 뻔하지. 그걸 예상 못 했다면 당신은 정보국장 자격이 없는 거야."

"군사위 부주석 오채명이 책임자야."

"그렇겠지. 당신은 희생양이 되고. 중국은 다 그렇게 돌아가고 있는 거 아냐?"

거기까지는 둘이 잘 치는 탁구선수들처럼 치고받았다.

그러다가 다시 침묵. 이번에는 5초쯤 걸렸다.

그리고 나서 장평이 입을 열었다.

"내가 오채명의 약점을 쥐고 있어."

"……."

"이럴 줄 알고 오래전부터 뒷조사를 했지. 자료를 다 확보해놓았어."

이제는 홍현이 방해하지 않으려는 듯이 눈만 껌벅였고 장평은 말을 잇는다.

"그 증거를 들이대었더니 꼼짝 못 하고 살려달라고 하는군. 입 다물고 있을 테니까 서로 상부상조하자는 둥 아주 내 똥구멍도 핥을 기세야."

"……."

"그렇게 시간을 벌고 나서 날 죽일 공작을 하겠지. 당장 죽이고 싶지만 내가 증거 자료를 어디다 맡겨 놓고 있을까 봐 조사를 확실하게 하고 끝내려는 거야."

"내가 자료 맡을까?"

참지 못한 홍현이 나섰을 때 장평이 고개를 들었다.

눈이 어둠 속에서 번들거리고 있다.

"내가 떠나기엔 너무 억울해."

"그건 맞아."

"오채명이 손을 쓰기 전에 처리했으면 좋겠어."

"방법은 당신이 더 잘 알 텐데."

"오채명이 한 달에 한 번 마사지를 받아. 궁중비법 마사지로 한 번에 3만 위안을 내는데 고관들의 단골집이지."

"나도 들었어."

"거기서 사고사로 죽는 것이 가장 자연스러워."

"사고사가 자연스럽다니, 재미있군."

"내가 가는 날짜를 알려줄게."

"그 대가는?"

"지금 이 대화, 녹음하고 있는 것도 알아, 홍현 선생."

장평이 번들거리는 눈으로 홍현을 보았다.

"홍 선생, 당신이 오채명보다는 나을 것 같아서 이런 제의를 하는 거야."

"내가 별꼴을 다 보는군."

CIA 서울 지부장 워렌 포드가 어이없는 표정을 짓고 정보 분석관 마이클 패튼을 보았다.

"뭐? 남북 합동 군사훈련? 이것들이 지금 꿈속에서 살고 있나?"

"양쪽 15만 명 규모랍니다. 사상 최대 연합 훈련이죠."

"그래서 어쩌자는 거야?"

마이클에게 따지듯 물었던 워렌이 문득 고개를 들었다.

"이번 중국 측 도발 공작에 대한 보복인가?"

"그럴 가능성이 있죠."

마이클이 동의했다.

"가만있는 것이 병신 아닙니까?"

"이봐, 이건 국가 간 문제야. 동네 깡패들이 싸우는 게 아니라고."

워렌의 눈이 흐려졌다.

그때 마이클이 말했다.

"훈련 상대를 명시 안 했지만 서해안과 서부전선으로 훈련 장소가 되어 있습니다. 중국을 상대로 하는 것이나 같습니다."

오후 1시 반, CIA 서울 지부 건물의 지부장실 안이다.

둘은 지금 남북한 정상이 평양에서 발표한 '남북한 합동 군사훈련'에 대해서 이야기 중이다.

발표를 마친 이광은 평양에서 서울로 날아오고 있다.

"지저스."

워렌이 다시 투덜거렸다.

"이광, 김정은이 다음에 무슨 쇼를 벌일지 가슴이 뛰는구만."

심호흡을 한 워렌이 말을 이었다.

"내가 호주나 싱가포르 지사로 손을 쓰는 건데. 잘하면 여기서 다치겠다."

워렌은 52세, 지금까지 해외 근무로 수전산전 다 겪었지만 이곳은 별나다.

한반도 정세는 평화도 아니고 그렇다고 전쟁도 아니다. 그렇지만 엄청난 변혁으로 몰고 가는 치킨게임(Chicken Game)이 될 수도 있는 것이다.

그때 방문이 열리더니 상황실 요원이 들어섰다.

"헨슨 씨가 오셨습니다."

요원 뒤를 따라 들어선 마크 헨슨은 CIA 도쿄 지부의 부지부장이다.

CIA 도쿄 지부는 아시아 본부 역할을 했기 때문에 마크 헨슨은 워렌과 동급이다.

"마크, 무슨 일이야?"

자리에서 일어선 워렌이 손을 내밀며 물었다.

마크가 갑자기 날아온 것이다.

"남북 군사훈련 때문인가?"

"마침 마이클도 와 있군. 잘됐어."

악수를 나눈 셋이 자리에 앉았을 때 마크가 입을 열었다.

"연달아서 큰일이 터졌어."

"글쎄 말야."

워렌이 맞장구를 쳤다.

"이것들이 겁대가리 없이 군사훈련이라니. 우리도 미·일 합동훈련을 해야……"

"잠깐."

마크가 손을 들어 말을 막았다.

"오버하지 마, 워렌."

무안해진 워렌이 입을 다물었을 때 마크가 둘을 번갈아 보았다.

"지금 평양에서 서울로 날아오고 있지? 이 대통령 전용기가 말야."

"곧 도착할 겁니다."

마이클이 말을 받았고 워렌이 홧김에 다시 거들었다.

"왜? 북한의 서해안 미사일 기지에서 전용기를 쏜다는 거야?"

"미친놈."

마크가 눈을 흘겼다.

"한국산 소주를 좋아한다더니 소주 처먹고 미쳤군."

"뜸 들이지 말고 본론을 말해, 일본 놈아."

"지금 그 전용기에 이동욱이 타고 있어."

"이동욱?"

눈을 치켜떴던 워렌이 어깨를 치켰다. 숨을 들이켰기 때문이다.

"이동욱이 대통령하고 같이 온단 말야?"

"그래."

마크가 가늘게 뜬 눈으로 워렌을 보았다.

"그럼 김정은 보좌관은 그만둔 건가?"

"우리하고 비밀 회담 요청을 했어. 이동욱이 말야."

워렌과 마이클은 숨을 죽였고 마크가 말을 이었다.

"고위층과의 면담을 요청했기 때문에 오늘 오후 6시쯤 조나단 부국장이 서울에 올 거야."

"부국장이?"

"그래. 8시에 고려 호텔에서 비밀 회담이다. 그래서 내가 미리 온 거야."

"지저스."

"남북 정상회담의 비하인드 스토리를 알 수 있을 거야. 이동욱을 통해서 말야."

숨을 고른 마크가 눈의 초점을 잡은 후에 다시 둘을 번갈아 보았다.

"그리고 또 있어."

"뭔데?"

"중국 정부 내부에서 일이 터졌어. 그건 오늘 부국장하고 같이 협의를 해야 돼. 부국장이 그것까지 맡게 될 거야."

마크는 내용을 말하지 않았기 때문에 워렌도 묻지 않았다.

하지만 적국 내부에서 일이 터졌다니 나쁜 소식은 아니다.

비행기가 한국 영공으로 들어왔을 때 이광이 이동욱을 불렀다.

이동욱이 전용기 앞부분의 대통령 집무실로 들어서자 이광이 웃음 띤 얼굴로 맞았다. 방 안에는 비서실장 안학태도 와 있다.

이동욱이 자리에 앉았을 때 이광이 말했다.

"오늘 밤에 CIA 간부를 만나기로 했다면서?"

"예, 부국장 조나단 캐쉬를 만납니다."

이광이 고개를 끄덕였다.

"이제 네가 위구르로 가면 한동안 만나지 못하겠다."

이동욱은 웃기만 했고 이광이 말을 이었다.

"너한테 그야말로 밑바닥 일만 시켰는데 지금도 위험천만한 일을 하라고 내보내는구나."

"어차피 누군가 할 일이니까요."

이동욱이 담담한 표정으로 이광을 보았다.

"오히려 저는 적성에 맞는 일을 맡겨주시는 각하께 항상 고맙게 생각하고 있습니다."

"다 맞았을 리가 있어? 네가 책임감이 강했기 때문이지."

고개를 든 이광이 안학태를 눈으로 가리켰다.

"안 실장이 네가 일하는 데 어려움이 없도록 조치해놓기로 했다."

"예, 각하."

"그런데 위구르에 동행하는 여자가 있다고 들었는데, 맞느냐?"

남기옥이다. 남기옥도 지금 전용기에 타고 있다.

고개를 든 이동욱이 이광을 보았다.

"평양에서 제 보좌관을 지냈던 여자입니다. 당의 지시로 위구르에도 저하고 동행하게 되었습니다."

"네 감시역이겠지?"

"예, 각하."

"불편하지 않겠어?"

"이제는 서로 익숙해져서 괜찮습니다."

이동욱이 정색하고 이광을 보았다.

"위구르에서 부부 행세를 하고 지내는 것이 더 나을 것 같습니다."

"너한테 일임하겠다."

"예, 각하."

"그런데 김 위원장이 나한테 말했는데."

이제는 이광도 정색하고 이동욱을 보았다.

"네 보좌관 말이야."

"예, 각하."

"아주 착실하고 품행이 좋은 여성이라고 칭찬하더구나. 성분도 좋고."

"……"

"성분이 좋다는 건, 공산당 성분일 테니 너한테는 맞지 않겠지만 칭찬을 오래 하더구만. 안 실장도 같이 들었다."

이광이 다시 눈으로 안학태를 가리켰다.

"너하고 맺어주고 싶은 모양이야. 그 여자를 말이다."

"각하, 저는……"

"알아. 그래서 위구르 작전이 끝나고 다시 이야기하기로 했다."

"예, 각하."

시선을 내린 이동욱에게 이광이 얼굴을 펴고 웃었다.

"김 위원장이 너한테 부인까지 소개시켜 줄 정도로 신임하고 있는 거다. 넌 남북한 지도자로부터 신임을 받고 있는 유일한 인물이야."

이동욱은 고개만 더 숙였다.

집무실을 함께 나온 안학태에게 이동욱이 다가가 섰다.

"실장님."

이동욱의 시선을 받은 안학태가 눈으로 무슨 일이냐고 물었다.

둘은 전용기 앞쪽 복도에 마주 보고 섰다.

"이 말씀 드리지 않으려고 했는데요. 제가 위구르로 떠나게 되어서……."

"말해, 이 중장."

안학태가 웃음 띤 얼굴로 '이 중장'이라고 불렀다.

김정은이 떠나기 전에 이동욱을 북한군 '중장'으로 임명한 것이다. 이번 작전에 북한군을 지휘할 수 있도록 계급을 준 것이다. 한국에서는 어림 반푼어치도 없는 일이지만 북한에서는 자연스러운 일이다.

북한군 '중장'은 별이 2개짜리다, 소장, 중장, 상장, 대장, 차수, 원수 순서로 올라가니까.

그때 이동욱이 입을 열었다.

"지난번 부통령께서 취임식 전에 북한에 오셨지 않습니까?"

"그랬지."

"그때 접대원이 방에 들어갔습니다. 사흘 동안 계속 들어갔습니다."

쓴웃음을 지은 이동욱이 말을 이었다.

"제 보좌관 남기옥의 말을 들으니, 그 접대원은 평양 시내에 고급 아파트를 배정받았다고 합니다. 부통령에게도 그 사실을 알려주었다는군요."

"알았어."

안학태가 웃음 띤 얼굴로 고개를 끄덕였다.

"호의로 그렇게 해준 것이겠지."

"저도 그렇게 생각합니다. 김 위원장님은 그것을 악용할 분은 아닙니다."

"참고로 하겠다."

"그리고 저는……."

이동욱이 손으로 뒷머리를 만지면서 말을 이었다.

"저는 남기옥이하고 그런 관계가 아닙니다, 실장님."

"저런."

쓴웃음을 지은 안학태가 혀까지 찼다.

"자네, 그것을 자랑이라고 나한테 말하는 거냐?"

"아닙니다, 실장님."

"네가 와이프를 다섯 명 만들었다고 해도, 김 위원장은 잘했다고 했을 거다."

"예, 실장님."

안학태가 눈의 초점을 잡더니 정색하고 이동욱을 보았다.

"내가 지금 무슨 소리를 하는 거야? 잠깐 돌았나 보다."

그러더니 이동욱의 어깨를 두 손으로 움켜쥐었다.

"꼭 살아서 돌아와야 돼, 동욱아."

안학태의 두 눈이 번들거리고 있다.

오후 8시. 소공동의 고려 호텔은 조선 호텔 뒤쪽 사거리에 위치한 15층 건물이다.

고려 호텔 14층 방 안에 넷이 둘러앉아 있다.

원탁 안쪽에 앉은 사내가 2시간 전 서울에 도착한 CIA 부국장 조나단 캐쉬. 그리고 좌우에 워렌과 마크, 정면에 이동욱이 앉아있다.

조나단은 55세, 해외작전국장까지 역임하고 랭글리로 돌아와 부국장이 되어 있다.

CIA 서열은 5명 부국장 중 3위. 그러나 국장이 될 가능성은 희박하다. 흑인이다. 그래서 아프리카 근무를 20년이 넘도록 했다는 소문이 있다. 작전통답게 치밀하고 냉정한 성품, 또한 흑인답게 표정 변화가 없는 것이 특징이다.

조나단이 지그시 이동욱을 보았다.

"이번에 중장이 되셨지요? 축하합니다, 장군."

"아, 고맙습니다."

조나단이 웃지도 않고 말했기 때문에 이동욱도 정색하고 대답했다.

그래서 어색함이 줄어들었다. 어쨌든 CIA 정보력은 탁월하다.

그때 조나단이 붉은 핏줄이 깔린 눈으로 이동욱을 보았다. 말을 기다리는 표정이다.

김정은이 중장으로 임명한 것은 '위구르 작전' 때문이다. 조나단은 그것을 먼저 언급함으로써 이동욱의 입이 자연스럽게 열리도록 해준 것이다.

이동욱이 입을 열었다.

"이번에 남북 정상이 위구르 작전을 결정했습니다. 그래서 내가 그 지휘관이 되었지요."

"축하합니다, 장군."

"부지휘관 격인 북한 측 최수만 대좌가 팀장급들을 인솔하고 곧 페샤와르에 도착할 겁니다."

"아, 그렇군요."

"미국의 도움이 필요해요."

"알겠습니다."

조나단이 커다랗게 고개를 끄덕였다.

"대통령께 보고하지요."

어깨를 부풀렸다가 내린 조나단이 말을 이었다.

"그렇다면 미국은 배후 지원하는 것으로 하면 되겠지요?"

"그렇습니다."

"위구르에 대한 정보가 많습니다. 반군 지휘관에서부터 병력, 무장 상태까지."

이제 조나단의 목소리에 열기가 섞였다.

"장군은 언제 페샤와르로 들어갑니까?"

"5일 후입니다. 정리할 것이 있어서요."

"그렇다면 우리도 바로 준비를 하죠. 난 당장 다시 미국으로 돌아가 보고를 해야겠고."

"그리고 전해드릴 말씀이 있습니다."

이동욱이 똑바로 조나단을 보았다.

"우리 대통령 말씀입니다."

"말씀하시지요, 장군."

"이번 남북한 합동 군사훈련의 대상은 중국이라고 말씀하셨습니다. 부국장을 만난다고 보고했더니 그렇게 전하라고 하셨습니다."

"그 말씀도 바로 우리 대통령께 전해드리지요."

어깨를 편 조나단의 자세가 금방 두 팔을 벌려 이동욱을 껴안으려는 것처럼 보였다.

옆에 앉은 워렌의 눈에 그렇게 보였다는 말이다.

천안문 아래쪽, 외성의 천단공원 오른쪽에 낡지만 깨끗한 건물들이 늘어서 있다.

이곳은 고급 상가, 대리점들이 운집한 곳으로 3층 건물인 '한정원'은 건평이 2천 평이나 되지만, 간판이 어른 머리통만 한 게 붙어 있을 뿐이다.

정문의 현관도 좁고 로비는 10평 정도로 안내원 하나만 앉아있는 건물이다.

그러나 건물 주차장은 지하 3층까지 설치되었고 출입자들은 대부분 주차장 엘리베이터를 통해 출입한다. 엘리베이터가 20여 개나 되는 터라 각 구역 주차장에서 바로 오갈 수가 있는 것이다.

그러니 출입자의 기밀이 철저히 보장된다. 건물 뒤쪽의 주차장 입구로 진입하여 지하 주차장에서 건물로 들어왔다가 가면 되니까.

이곳이 바로 '황제마사지'로 유명한 '한정원'이다.

검정색 중형 한국산 '현대차'가 지하 1층 주차장 17구역 앞에 도착했을 때는 오후 3시 반이다.

차 뒷문이 열리고 사내 하나가 내리더니 바로 2미터 앞쪽의 엘리베이터로 다가가 버튼을 눌렀다. 그러자 바로 문이 열리더니 사내를 삼키고는 3층으로 올라갔다.

3층 17번 엘리베이터 앞에서 기다리던 종업원이 밖으로 나온 오채명을 향해 고개를 숙여 절을 했다. 그리고는 잠자코 앞장을 서서 바로 옆쪽 방으로 안내했다.

붉은 양탄자가 깔린 복도에는 안내원과 오채명 둘뿐이다.

안내원이 방문을 열자 오채명은 안으로 빨려 들어갔다.

엘리베이터에서 내린 지 5초밖에 안 되었다.

전신 마사지가 끝났다.

이제는 온몸에 꿀을 바르고 특별한 서비스를 기다리고 있다.

오늘 마사지의 절정이다. 바로 오채명의 파트너 '유나'가 와서, 그것도 실오라기 하나 걸치지 않은 알몸으로 오채명의 온몸을 핥아먹는 것이다.

꿀을 먹는 것이다. 그러면 두 알몸이 꿀범벅이 된다.

오채명도 유나의 '꿀몸'을 핥아먹는다.

방 안은 무아지경, 천국, 극락이 된다.

그때 방문 열리는 소리가 들리더니 안에서 자물쇠 채우는 소리가 '찰칵' 하고 났다.

항상 듣는 소리지만 오채명은 이것이 극락으로 출발하는 신호음처럼 들렸다.

저 소리를 들으면 '안심'이 되는 것이다.

이제 방 안에서 유나와 둘이 '꿀' 같은 시간을 보내도록 준비되어 있는 것이다.

아무도 방해하지 못하는 시간, 장소다.

오채명은 벌거벗은 몸으로 침대에 반듯이 누운 채 만족한 숨을 뱉었다.

눈을 감은 오채명의 얼굴에는 이미 행복한 웃음이 떠올라 있다.

서해안 NLL 근처 죽섬의 '247포대 반란' 사건은 아직 대외(對外)로 발표하지 않았다.

북한 당국은 포대장 이하 반란 지휘부를 체포, 자백까지 받아놓았지만 '배후 조종자'인 중국 당국에 공식 항의를 하지 않은 것이다.

그러나 중국 정부는 그야말로 '전전긍긍'한 상태로 남북한의 반응을 주시하고 있는 중이다. 물론 작전의 최고 지휘자인 오채명은 사전, 사후에 지도자 시진핑에게 낱낱이 보고를 해왔다.

오채명 단독으로는 '코털' 하나 뽑을 수 없는 것이 중국 체제다.

오채명은 최악의 경우까지 대비하여 시진핑에게 보고를 했는데 그것은 정보국장 장평을 희생양으로 삼아 이쪽에서의 책임을 끝낸다는 것이다.

그런데 북한이 터뜨리지 않는 상황이라 이쪽도 '대기 중'이었다.

이쪽이 먼저 '숙청'을 하면 '반란 기도'를 시인한 셈이 될 것이니까 그렇다.

오후 6시 반.

시진핑이 주석실 비서 호주방의 보고를 받는다.

이곳은 이화원 북쪽의 주석용 별궁 안.

"주석 동지, 군사위 부주석 오채명 동무가 한 시간 전에 천단공원 근처의 한 정원이란 마사지 하우스에서 심장마비로 사망했습니다."

시진핑이 시선만 주었고 호주방이 말을 이었다.

"시신은 벌거벗은 채로 마사지 침대에 누워 있었는데 마사지 걸이 잠깐 기구를 가지러 간 사이에 심장 발작을 일으켜 죽은 것 같다고 합니다."

"기구를?"

시진핑이 묻자 호주방이 정색했다.

"예, 몸에 꿀을 바르려고 꿀을 가지러 갔다고 합니다."

"꿀을?"

"예, 주석 동지. 몸에 꿀을 바른 후에 마사지 걸이 빨아먹는다고 했습니다."

"……."

"오채명은 그곳 단골로 한 달에 한두 번은 꼭 들렀고 담당 마사지 걸은 산둥성 칭다오 출신의 유나라는 여성입니다."

"……."

"26살로 오채명한테 1회에 5천 위안씩 팁을 받았다고 자백했습니다."

"……."

"한정원의 1회당 마사지 요금은 3만 위안입니다."

그때 시진핑이 고개를 들고 호주방을 보았다.

"장평을 불러."

"예, 주석 동지."

호주방이 뒷걸음질을 하더니 소리 없이 물러갔다.

남기옥의 숙소는 장충동의 안가다. 리스타의 안가를 이동욱과 함께 사용하고 있는 것이다.

남산 아래쪽 고급 주택가에 위치한 안가는 2층 건물로 3백 평이 넘는 정원에 담장이 높아서 밖에서는 2층 지붕만 보이는 구조다.

건평이 2백 평 정도의 대저택에 이동욱, 남기옥 둘과 가정부 둘, 관리인까지 다섯이 생활하고 있다.

오전 8시 반.

1층 식당에서 가정부가 차려준 아침을 먹으면서 이동욱이 남기옥에게 물었다.

"서울 구경했어?"

"어제 아래쪽 마트에 갔다가 왔어요."

남기옥이 웃음 띤 얼굴로 이동욱을 보았다.

서울에 도착한 지 사흘째가 되는 날 아침이다.

첫날은 오후 늦게 도착했으니 어제 하루 시간을 낸 것이다.

"그리고 평양에 전화도 했구요."

남기옥은 이동욱이 물어줘서 반가운 기색이다.

이동욱은 서울에 도착한 날부터 혼자 바쁘게 돌아다녔기 때문이다.

장충동 안가에서 평양에 직통 전화가 개설된 것이다. 그래서 남기옥은 마음 놓고 평양에 보고를 했다.

그때 이동욱이 수저를 내려놓고 말했다.

"그럼 아침 먹고 나하고 관광이나 하지, 서울하고 지방까지."

이동욱이 말을 이었다.

"쇼핑도 하고 바닷가에 가서 이틀쯤 보내고 오는 것도 좋겠지."

시청 옆 백화점에 갔더니 남기옥은 처음에 얼어서 말도 제대로 하지 않았다.

남기옥은 서울에 올 때 트렁크에 가득 옷과 신발까지 넣고 왔는데 모두가 유명 브랜드다.

그런데 가만 보니까 남기옥이 직접 가서 산 것이 아니라 받은 것 같았다.

당국에서 브랜드 제품을 사다가 나눠준 것이다. '특별한' 대상한테만 나눠줬겠지. 그러니 수천 벌씩 매장에 쌓인 '브랜드' 제품을 보고 기가 죽지 않겠는가?

그러나 30분쯤 지난 후에는 남기옥이 금방 적응했다.

이동욱한테서 2천만 원 한도의 카드와 2시간 시간을 받은 남기옥은 에너지를 펄펄 내뿜으면서 매장으로 달려갔다. 서울에서 쇼핑을 한 물건을 평양 가족에게 보내주겠다는 이동욱의 약속까지 받은 것이다.

남기옥의 활기찬 뒷모습을 보는 순간, 이동욱의 심장박동이 빨라졌다.

그동안 억제했던 남기옥에 대한 성 충동이 솟아올랐기 때문이다.

이제는 그럴 시간, 분위기가 될 만도 했다.

아니, 김정은 식으로 푼다면 벌써 애를 낳았을지도 모른다, 조산아겠지만.

오후 1시 반.

11시에 달려 들어갔던 남기옥이 2시간 반 만에 시청 앞 일식당 '도쿄'의 방으로 들어왔다.

30분이 늦었다.

"짐은 모두 장충동으로 보냈어요."

남기옥이 상기된 얼굴로 말하면서 앞자리에 앉았다.

이동욱은 이미 회에 초밥, 술까지 시켜놓고 기다리는 중이다.

"1,880만 원어치 샀어요."

앞에 앉은 남기옥이 이동욱에게 카드를 건네주며 말했다.

"120만 원 남았어요."

"백화점에서 놀랐겠다."

"선물할 TV, 가전제품도 서너 개씩 샀어요."

"TV를 샀어?"

"예, 80인치짜리 3대."

"그거, 북한에서도 될까?"

"되겠죠."

남기옥은 태연했다.

"안 되면 되팔면 되죠."

"너, 통이 크구나."

"누구 아내인데요?"

그 순간, 시선이 마주쳤고 둘은 동시에 웃었다.

북한에서부터 부부 행세를 하고 같이 산 지 5개월 가깝게 되는 것이다. 몸만 섞지 않았지 신혼부부 시기도 지났다.

초밥을 입에 넣은 남기옥이 또 감탄했다.

"초밥이 꿀처럼 달아요, 서울은."

"백화점 돌아다닌 소감이 어때?"

"우리가 왜 이렇게 살지 못하게 되었을까 하는 생각이 들더군요."

"그래서?"

"지도자 동지는 그렇게 애를 쓰고 계시는데도 말이죠."

"다 간부들 때문인가?"

"우리, 인민들 책임도 있죠."

"참 착한 인민들이야."

"지금 비꼬시는 건가요?"

"아니, 우리 남조선 인민들이 각성해야 된다는 뜻이야."

"정말이죠?"

"조금."

"알아요."

남기옥이 정색하더니 흐린 눈으로 이동욱을 보았다.

"나두 바보가 아녜요."

"너, 섹시하더라."

그 순간, 남기옥이 눈을 흘기더니 입을 다물었다. 갑자기 얼굴이 빨개지면서 남기옥이 젓가락도 내려놓았다.

그것을 보면서 이동욱이 말을 이었다.

"네가 좋아하며 백화점으로 뛰어가는 모습을 보고 행복했어."

"……."

"네가 내 아이를 낳으면 진짜 대한국인이 될 거야. 엄마와 아빠의 우성 인자를 받은 아이로 말이지."

"……."

"두 시간 동안 그 상상만 했다."

"……."

"사흘 후에 출발이야. 그러니까 그동안 우리 바닷가에 가서 열심히 아이 만들자."

그때 남기옥이 앞에 놓인 젓가락을 집어 던졌다.

젓가락이 이동욱의 가슴에 맞더니 앞으로 튕겨나가 물 잔을 건드렸다.

이동욱이 젓가락을 주우면서 말을 이었다.

"그동안 연락이 왔어. 중국 군사위 부주석 오채명이 마사지를 받다가 심장마비로 죽었어."

놀란 남기옥이 엉겁결에 이동욱이 건네준 젓가락을 받았다.

이동욱이 말을 이었다.

"정보국장 장평이 군사위 상임위원을 겸하면서 군부 실력자가 되었다는군. 우리 작전에 도움이 될 것 같다."

리스타에서 빌려준 현대차를 타고 이동욱과 남기옥이 고속도로를 달려가고 있다.

오후 2시 반.

점심을 먹고 나서 출발했기 때문에 이제 막 서울 톨게이트를 지났다.

평일이어서 차는 밀리지 않지만 남기옥은 창밖 구경에 정신이 없다.

목적지는 강릉. 바닷가 앞 호텔에 예약도 해놓았다.

차가 영동고속도로에 들어섰을 때 남기옥이 마침내 감탄했다.

"도로가 잘 되어 있네요."

"그런가? 난 한국에 자주 안 와서."

"부러워요."

"통일이 되면 다 우리나라야. 부러울 것 없어."

"그렇게 될까요?"

"돼."

'리스타 서울법인'은 이동욱이 차를 부탁했더니 최고급 현대차 '오네시스'를 가져왔다.

한국에서 장관급이 타는 차다. '오네시스'는 시속 140으로 달리는데도 진동도 소음도 없다. 묵직한 속도감만 느껴질 뿐이다.

옆자리에 앉은 남기옥이 고개를 돌려 이동욱을 보았다.

"한국에서 사실 건가요?"

"무슨 말야?"

"작전 끝나고 한국으로 돌아오실 거냐구요."

"글쎄."

핸들을 쥔 채 이동욱이 머리를 기울였다.

차량 통행이 뜸했기 때문에 이동욱은 더 속력을 내었다.

속도계가 170을 가리키고 있다.

남기옥이 말을 이었다.

"살아서 돌아오면 말이에요."

"……."

"저도 같이 돌아와도 돼요?"

그때 이동욱이 힐끗 남기옥을 보았다.

"어디로?"

"한국으로."

"오고 싶어?"

"네."

"평양은?"

"당신 따라서 올 테니까."

"……."

"허락도 받았어요."

"……."

"돼요?"

남기옥이 고개를 돌려 이동욱을 보았다.

"그럼."

이동욱이 앞쪽을 향한 채로 대답했다.

"되고말고."

"날 보고 대답해요."

"운전 때문에 안 돼."

"잠깐이라도 봐요."

"시속 180이야, 지금."

"속도 줄여요."

"안 돼."

그때 남기옥이 손을 뻗어 이동욱의 허벅지를 움켜쥐었다. 놀란 이동욱이 속
력을 줄였다가 곧 갓길을 발견하고 차를 세웠다.

이동욱이 고개를 돌려 남기옥을 보았다. 얼굴에 웃음이 떠올라 있다.

"기옥 씨는 지금까지 평양에만 있었지?"

"베이징에서 2년, 모스크바에서 2년, 4년간 유학했죠."

남기옥이 반짝이는 눈으로 이동욱을 보았다.

"중국어, 러시아어를 배우고 학습 받았죠. 영어, 일본어까지 4개 국어는 해요."

"나보다 낫구나."

"겸손하신 말씀."

남기옥이 눈웃음을 쳤다.

"당신은 아랍어, 중국어까지 유창하다고 들었어요. 영어는 기본이고."

"그런데."

이동욱이 정색하고 남기옥을 보았다.

"총 쏘는 법 알아?"

순간 남기옥의 얼굴도 굳어졌다.

"군에서 6개월간 특수훈련 받았어요."

"어떤 훈련인데?"

"사격, 독도법, 행군, 총기 분해, 격투기. 죽을 고생을 했어요."

남기옥이 고개를 흔들었다.

"그래서 어지간한 총기 조작, 사격은 해요."

"사람은 죽여 보았어?"

"아뇨. 하지만 죽여야한다면 죽여야겠죠. 각오는 하고 있어요."

남기옥이 똑바로 이동욱을 보았다.

"나한테 긴장을 풀지 말라고 말하고 싶은 거죠?"

"아니, 우리가 앞으로 어떻게 될지 모른다는 말을 하고 싶은 거다."

"닥쳐봐야 알겠지만 잘 될 거예요."

"그래. 맞다."

고개를 끄덕인 이동욱이 팔을 뻗어 남기옥의 어깨를 당겨 안았다.

"그래. 닥치면 견뎌 내야겠지."

남기옥이 이동욱의 허리를 두 팔로 껴안았다.

"실망시켜 드리지 않을게요."

"넌 잘할 거야."

이동욱이 남기옥의 얼굴을 두 손으로 감싸 안았다.

남기옥의 얼굴은 금세 상기되었고 조금 벌어진 입에서 가쁜 숨소리가 났다.

이동욱이 벌어진 석류 같은 남기옥의 입을 맞췄다.

그렇다. 지난 일을 떠올려 비교할 필요는 없다.

머물다가 떠난 여자들, 그들을 배신한 적은 없으니까. 죽은 여자들의 얼굴이 떠올랐지만 시공이 뒤죽박죽이 되어서 누가 먼저이고 누가 나중인지 모르겠다. 다 가슴이 저릴 만큼 상처를 받았지만 내색하지 못하고 지나왔다.

그러다 남기옥이 갑자기 입술을 떼면서 가쁜 숨과 함께 말했다.

"사랑해요."

그러고는 다시 입술을 붙였다.

그 순간, 이동욱의 심장 박동이 멈췄다가 다시 뛰었다.

남기옥은 지금까지 '이유' 없는 행동을 한 적이 없는 것이다. 이것은 스스로에게 다짐한 '사랑 작전'인 것 같다. 사랑하기 때문에 키스를 한다는.

이동욱은 남기옥의 입술을 부드럽게 애무했다.

남기옥이 자신의 일정을 낱낱이 보고해왔다는 것을 알고 있는 것이다.

부시가 고개를 들고 CIA 부장 매크레인을 보았다.

백악관 오벌룸 안.

소파에 둘러앉은 사내들은 다섯. 국무장관 마이클 존슨, 안보보좌관 선튼, 그리고 서울에서 허겁지겁 달려온 조나단 캐쉬다.

방금 모두 조나단의 보고를 들은 참이다.

"매크레인, 이것이 잘 된다면 우리가 '태평양 방어선'이네. 인도, 베트남, 필리핀과 대만을 잇는 '아시아 방어선' 따위의 골치 아픈 조직들이 없어도 되지 않겠어?"

"뭐, 그렇긴 합니다만……."

애매하게 대답한 매크레인이 말을 이었다.

"만일 그렇게 된다면 이제 한국의 파워가 경계 대상이 되겠죠."

"한국이 아시아에서 패권을 잡는 것이 중국이 잡는 것보다 낫지 않아?"

그때 마이클이 나섰다.

"지금 한국이 아프리카를 '먹는' 상황을 보면 중국 이상이 될 가능성이 있습니다."

"제 생각도 그렇습니다."

매크레인이 바로 동조했다.

"오히려 친미주의로 무장한 이광의 한국이 미국을 압도할 가능성이 있습니다."

어깨를 부풀린 매크레인이 말을 이었다.

"남북한이 공동 전선을 펴면 핵을 보유한 데다 1억 가까운 인구가 일사불란하게 움직이게 될 겁니다. 국방력만 해도 통합하면 미국, 중국에 이어서 세계 3위입니다, 아니 육군 병력은 세계 1위지요."

"갓댐."

욕을 했지만 부시의 얼굴에는 웃음이 떠올랐다.

"이광이가 대통령이 된 이유를 이제 알겠다."

모두의 시선을 받은 부시가 말을 이었다.

"그 힘으로 8년 동안 재산을 끌어 모으면 전무후무한 재벌이 되겠구만. 그렇지?"

아무도 대답하지 않았기 때문에 부시가 헛기침을 했다.

"그래서 매크레인, 마이클, 당신들은 남북한의 위구르 작전에 동의하지 않는 건가?"

"그건 아닙니다."

매크레인이 고개를 저었다.

"적극적으로 협조를 하되 남북한을 경계해야 된다는 말씀입니다."

"어떻게?"

"이동욱 측근에 연락관을 붙여놓는 것입니다. 이동욱도 우리 지원을 받으려면 필요할 테니까요."

"그렇지."

"그러면 우리가 작전 상황을 수시로 보고 받게 될 것입니다."

"그렇게 하지."

그때 마이클이 고개를 들었다.

"일본에 이 작전을 알려주는 것이 낫지 않겠습니까?"

방 안이 조용해졌다. 매크레인이 입을 다물고 있는 것은 마이클과 생각이 같기 때문인 것 같다.

그때 선튼이 입을 열었다.

"안 됩니다."

선튼이 똑바로 마이클을 보았다.

"일본은 이광의 대통령 당선을 막으려고 총리실에서 공작을 했다가 탄로가 난 상황이오. 그래서 지금도 양국 분위기가 팽팽한 상태 아닙니까?"

마이클이 외면했고 선튼의 말이 이어졌다.

"일본에 정보를 주면 틀림없이 중국으로 흘러갑니다. 일본의 주적은 중국이 아니라 한국인 상황이오. 일본에 정보를 주면 안 됩니다."

"선튼의 말이 맞네."

부시가 바로 고개를 끄덕이더니 마이클을 보았다.

"누구, 친한 일본 놈 있어?"

"무슨 말씀입니까?"

"정보를 줄 놈 말야."

"각하, 농담하지 마십시오."

정색한 마이클이 상체까지 뒤로 젖혔을 때 부시의 시선이 조나단에게 옮겨졌다.

"이봐, 조나단."

"예, 각하."

"당신이 위구르 작전을 직접 나한테 보고하도록."

"예, 각하."

부시의 시선이 매크레인에게 옮겨졌다.

"매크레인이 아무래도 마이클과 한통속인 모양이야. 그래서 그래."

마이클이 입맛을 다셨고 매크레인은 한숨을 쉬었다.

고개를 든 부시가 엄격한 표정으로 앞에 앉은 넷을 둘러보았다.

"잘 들어."

모두 긴장했고 부시의 말이 이어졌다.

"앞으로 위구르 작전은 따로 팀을 만들어 극비로 진행한다. 이것은 오직 남북한과 미국의 작전임을 명심하도록."

이것이 부시의 장점이다. 덜렁거리고 가볍게 보이지만 결단력이 있고 제가 한 말에는 책임을 진다. 그래서 대통령이 되었겠지만.

오벌룸을 나온 매크레인과 조나단이 나란히 복도를 걷는다.

매크레인이 건들거리며 걷다가 고개를 돌려 조나단을 보았다.

"베이징 지부장이 누구라고 했지?"

"홍현 말입니까?"

"맞다."

걸음을 늦춘 매크레인이 목소리를 낮췄다.

"오채명 암살 사건을 아는 건, 홍현하고 도쿄, 서울 지부장 정도지?"

"예, 극비로 처리했으니까요."

조나단이 바짝 다가섰다.

"각하께 보고하셨지요?"

"그럼."

고개를 끄덕인 매크레인이 복도 벽 쪽에 멈춰 섰다.

현관으로 통하는 복도는 길다. 벽 옆에 붙어 선 둘 옆으로 직원들이 지나갔다.

매크레인이 말을 이었다.

"그건 국무장관 마이클한테도 말해주지 않았을 거야. 아마 안보보좌관 선튼만 알고 있을걸?"

"당연히 그래야죠."

오채명은 홍현이 고용한 중국인 해결사에 의해서 살해된 것이다. '심장마비'로 위장한 살해다.

매크레인이 쓴웃음을 지었다.

"각하는 내가 마이클과 한통속인 것처럼 쇼를 하는군. 연기를 잘해."

"덕분에 제가 튀었죠."

조나단이 맞장구를 쳤다.

마이클은 수시로 중국 정부와 접촉하는 입장이다. 내막을 알면 문제가 될 수도 있는 것이다.

그때 매크레인이 말을 이었다.

"마이클 앞에서는 장평 이야기를 꺼내지 말도록 해."

"도쿄, 서울 지부장한테도 다시 한 번 함구령을 내리겠습니다."

"이것으로 자네 운이 변하겠군."

다시 발을 뗀 매크레인이 흐린 눈으로 조나단을 보았다.

"이봐, 조나단."

"예, 부장님."

"위구르 작전이 잘 끝나면 자네가 내 후임이 될 거야."

"무슨 말씀을."

"부시가 묻는 말에만 대답하면 돼. 그럼 틀림없어. 잘난 체 말고."

어느새 백악관 현관 앞이다.

〈2권에 계속〉